O CAPRICHO DAS ESTRELAS

Também de Emma Donoghue

Quarto
O milagre

O CAPRICHO DAS ESTRELAS

EMMA DONOGHUE

Tradução
Vera Ribeiro

1ª edição
Rio de Janeiro-RJ / Campinas-SP, 2022

VERUS
EDITORA

Editora
Raïssa Castro

Coordenadora editorial
Ana Paula Gomes

Copidesque
Lígia Alves

Revisão
Tássia Carvalho

Diagramação
Beatriz Carvalho

Título original
The Pull of the Stars

ISBN 978-65-5924-058-6

Copyright © Emma Donoghue, Ltd., 2020
Edição publicada mediante acordo com Little, Brown and Company, Nova York, NY, EUA.
Todos os direitos reservados.

Tradução © Verus Editora, 2022
Direitos reservados em língua portuguesa, no Brasil, por Verus Editora.
Nenhuma parte desta obra pode ser reproduzida ou transmitida por qualquer forma
e/ou quaisquer meios (eletrônico ou mecânico, incluindo fotocópia e gravação) ou arquivada
em qualquer sistema ou banco de dados sem permissão escrita da editora.

Verus Editora Ltda.
Rua Benedicto Aristides Ribeiro, 41, Jd. Santa Genebra II, Campinas/SP, 13084-753
Fone/Fax: (19) 3249-0001 | www.veruseditora.com.br

CIP-BRASIL. CATALOGAÇÃO NA FONTE
SINDICATO NACIONAL DOS EDITORES DE LIVROS, RJ

D74c

Donoghue, Emma
O capricho das estrelas / Emma Donoghue ; tradução Vera
Ribeiro. – 1. ed. – Campinas [SP] : Verus, 2022.

Tradução de: The Pull of the Stars
ISBN 978-65-5924-058-6

1. Ficção irlandesa. I. Ribeiro, Vera. II. Título.

CDD: 828.99153
CDU: 82-3(417)

21-75306

Meri Gleice Rodrigues de Souza – Bibliotecária – CRB-7/6439

Revisado conforme o novo acordo ortográfico.

Seja um leitor preferencial Record.
Cadastre-se no site www.record.com.br e receba
informações sobre nossos lançamentos e nossas promoções.

Atendimento e venda direta ao leitor:
sac@record.com.br

SUMÁRIO

I. VERMELHO   7

II. MARROM   83

III. AZUL   141

IV. PRETO   199

NOTA DA AUTORA   249

I

VERMELHO

A inda restavam horas de escuridão quando saí de casa naquela manhã. Pedalei por ruas fétidas de Dublin, escorregadias com a chuva. Minha capa verde curta me protegeu do pior, mas as mangas do casaco logo se encharcaram. Cheiro de estrume e sangue ao passar por uma rua em que havia animais de corte à espera. Um garoto com capote de homem gritou uma grosseria na minha direção. Acelerei as pedaladas, passando por um carro que avançava rastejante para poupar gasolina.

Deixei a bicicleta na viela habitual e prendi o cadeado de segredo na roda traseira. (Fabricação alemã, é claro. Como é que eu o substituiria quando o mecanismo enferrujasse?) Soltei a fita adesiva que prendia os lados da saia e tirei da cesta minha bolsa encharcada de chuva. Preferiria fazer de bicicleta todo o trajeto para o hospital, o que me levaria até lá em metade do tempo gasto pelo bonde, mas a enfermeira-chefe não queria nem ouvir falar em alguém da equipe aparecer transpirando.

Ao emergir na rua, por pouco não esbarrei numa carroça de desinfecção. Seu cheiro adocicado de piche marcava o ar. Abaixei-me para fugir dos homens mascarados que esguichavam jatos nas sarjetas e enfiavam a mangueira nas grades de uma valeta atrás da outra.

Passei por um santuário de guerra improvisado — um tríptico de madeira envolto na bandeira do Reino Unido. De quebra, uma Virgem Maria azul-celeste lascada e, abaixo dela, uma prateleira transbordando de flores apodrecidas. Os nomes ali pintados eram de apenas algumas dúzias de irlandeses, entre as dezenas de milhares mortas até então, entre as centenas de milhares que haviam se alistado. Pensei em meu irmão, que eu deixara em casa acabando de comer uma torrada.

No ponto do bonde, o círculo da luz elétrica ia desbotando com a aproximação da aurora. Havia anúncios colados no poste de luz: EXAUSTO E DEBILITADO COM A VIDA APRESSADA DEMAIS? SENTINDO-SE ENVELHECER ANTES DA HORA?

Eu faria trinta anos no dia seguinte.

Mas me recusei a me sobressaltar diante desse número. Trinta significava maturidade, certa estatura e força, não é? E também o voto, agora que o estavam estendendo a mulheres acima de trinta anos que atendessem aos requisitos de propriedade. Se bem que a perspectiva de votar me parecia irreal, já que em oito anos não houvera nenhuma eleição geral no Reino Unido, nem haveria outra enquanto a guerra não terminasse, e só Deus saberia dizer em que estado se encontraria o mundo nessa ocasião.

Os primeiros dois bondes passaram zumbindo, sem parar, quase estourando de tão abarrotados; mais rotas deviam ter sido cortadas nessa semana. Quando veio o terceiro, subi aos empurrões. Os degraus estavam escorregadios por causa do fenol, e minhas solas de borracha não conseguiram se firmar. Agarrei-me ao corrimão da escada, enquanto o bonde balançava pela escuridão esmaecente, e icei o corpo para dentro. Os passageiros do balcão superior pareciam empapados até os ossos, por isso me abaixei para ficar sob a parte coberta, em cujo teto um cartaz comprido dizia: CUBRA SUA BOCA SE TOSSIR OU ESPIRRAR... TOLOS E TRAIDORES PODEM DOENÇA ESPALHAR.

Fui esfriando depressa após a corrida de bicicleta, já começando a tiritar. Dois homens num dos bancos afastaram-se um pouco para que eu pudesse me espremer entre eles, com a bolsa no colo. A garoa nos molhava a todos em borrifos enviesados.

O bonde acelerou com um gemido crescente e passou por uma fila de fiacres à espera de passageiros, mas os cavalos de antolhos não prestaram a menor atenção. Vi um casal de braços dados atravessar às pressas o círculo de luz de um lampião, com máscaras grosseiramente pontudas, feito bicos de pássaros desconhecidos.

O condutor foi passando lentamente pelo deque lotado. Sua lanterna — achatada como um frasco portátil de uísque — derramava um brilho oscilante sobre joelhos e sapatos. Tirei da luva a moeda suada de um pêni e a deixei cair em sua lata, chapinhando, enquanto me perguntava se aquela porçãozinha de ácido carbólico lavaria mesmo os germes.

Ele me avisou:

Isso só leva a senhora até o Pilar.

Quer dizer que a passagem de um pêni aumentou?

De jeito nenhum, daria briga. Mas agora ela não leva a gente tão longe.

Em tempos idos, eu teria sorrido do paradoxo.

Então, para chegar ao hospital...

Mais meio pêni em cima do seu, disse o condutor. Tirei a carteira da bolsa e achei a moeda que ele queria. Crianças carregando malas faziam fila na estação de trem ao passarmos, prestes a ser despachadas para o campo, na esperança de ficarem a salvo. Mas, pelo que eu podia depreender, a peste era geral em toda a Irlanda. O espectro tinha uma dúzia de nomes: a grande gripe, gripe cáqui, gripe azul, gripe preta, influenza ou *grip*... (Essa palavra sempre me fazia pensar numa mão pesada baixando sobre o ombro de alguém e o agarrando com força.) A *moléstia*, chamavam-na alguns, num eufemismo. Ou *a doença da guerra*, na suposição de que, de algum modo, ela seria um efeito colateral de quatro anos de matança, um veneno fabricado nas trincheiras ou disseminado por todo o tumulto e a andança globo afora.

Eu me considerava uma pessoa de sorte. Uma das que tinham saído praticamente ilesas. No início de setembro, eu caíra de cama com dores pelo corpo todo, sabendo o bastante sobre essa gripe brutal para ficar com muito medo, mas me descobrira novamente de pé em poucos dias. Por algumas semanas, as cores me pareceram meio prateadas, como se eu as olhasse através de um vidro fumê. Afora isso, fiquei apenas com o ânimo meio abatido, nada que justificasse grande estardalhaço.

Um entregador — garoto de bermuda e pernas de palito — passou chispando e levantou um leque de água oleosa que lembrou uma cauda de pavão. Com que lerdeza o bonde se arrastava pelo trânsito leve! — para economizar energia, supus, ou obedecendo a algum novo regulamento. Eu já teria chegado ao hospital se a enfermeira-chefe me deixasse fazer todo o trajeto de bicicleta.

Não que ela viesse a saber caso eu desobedecesse à sua regra; nos últimos três dias, estava escorada em travesseiros numa Enfermaria Feminina de Febre, tossindo demais para falar. Mas parecia traição fazer isso pelas costas dela.

Ao sul do Pilar de Nelson, os freios rangeram e guincharam e o bonde estancou. Olhei para trás, para a carapaça chamuscada da agência do correio, um de meia dúzia de lugares em que os rebeldes tinham se enfurnado para sua Revolta. Um exercício inútil e perverso. Acaso não estivera Westminster à beira de conceder um governo autônomo à Irlanda, antes que a eclosão da guerra mundial adiasse a questão? Eu não fazia nenhuma objeção particular a ser governada por Dublin em vez de Londres, se isso pudesse dar-se por meios pacíficos. Mas os tiroteios nessas ruas em 1916 não tinham feito o governo autônomo chegar nem um pouquinho mais perto, tinham? Só haviam dado razão à maioria de nós para detestar aquela minoria que derramara sangue em nosso nome.

Mais adiante na mesma rua, onde estabelecimentos como a livraria em que eu costumava comprar revistas em quadrinhos para Tim haviam sido arrasadas pelo fogo britânico durante aquela breve revolta, ainda não havia sinal de reconstrução. Algumas ruas de menor movimento continuavam com barricadas de árvores caídas e arame farpado. Acho que concreto, piche, asfalto e madeira seriam todos economicamente inviáveis enquanto durasse a guerra.

Delia Garrett, pensei. *Ita Noonan.*

Não faça isso.

Eileen Devine, a verdureira ambulante. Sua gripe tinha se transformado em pneumonia — durante todo o dia de ontem, ela havia expectorado uma secreção vermelho-esverdeada e sua temperatura tinha sido uma pipa que subia e descia aos arrancos.

Pare com isso, Julia.

Eu procurava não me deter em minhas pacientes entre os plantões, já que não poderia fazer nada por elas antes de voltar à enfermaria.

Numa cerca, detalhes de um espetáculo de variedades, com o carimbo diagonal de CANCELADO; um anúncio da final do Campeonato Irlandês de Hurling trazia a colagem ADIADA ENQUANTO PERDURAR A GUERRA. Muitas lojas fechadas, por causa de funcionários derrubados pela gripe, e escritórios com cortinas cerradas ou notas de pesar afixadas com pregos. Muitas das lojas ainda abertas me pareciam desertas, à beira da falência por falta de clientela. Dublin era uma bocarra esburacada pelos dentes que faltavam.

Uma aragem de eucalipto. O homem à minha esquerda no banco do bonde apertava um lenço encharcado disso sobre o nariz e a boca. Alguns o usavam nos cachecóis ou casacos ultimamente. Eu gostava dessa fragrância amadeirada, antes que ela passasse a significar medo. Não que tivesse alguma razão para me encolher diante do espirro de um estranho, agora que estava imune a essa terrível cepa sazonal de gripe; havia certo alívio no fato de já ter tido minha dose.

Tosse explosiva de um homem no banco atrás do meu. Depois, outra. *Cof, cof*, uma árvore sendo derrubada por um machado de lâmina curta demais. A massa de corpos inclinou-se, tomando distância. Aquele som ambíguo podia ser o começo da gripe ou um resto de sintoma num convalescente; podia significar o inofensivo resfriado comum ou ser um tique nervoso, captado feito um bocejo pelo simples fato de se pensar nele. No momento, porém, a cidade inteira tendia a presumir o pior, o que não era de admirar.

Três coches fúnebres enfileirados em frente à funerária, cavalos já atrelados para os primeiros sepultamentos matinais. Dois homens de avental levando nos ombros uma carga de tábuas de cor clara pela viela, em direção aos fundos do prédio — para construir mais caixões, deduzi.

Os lampiões da rua foram empalidecendo com a chegada do dia. O bonde passou chacoalhando por um ônibus a motor abarrotado, que parecia inclinado, torto: vi dois homens chutarem o eixo traseiro. Uns doze passageiros em trajes de luto continuavam espremidos em seus bancos, como se a teimosia ainda pudesse fazê-los chegar na hora à missa de réquiem. Mas o motorista, perdendo a esperança, arriou a testa no volante.

O homem que se sentava grudado ao meu cotovelo direito correu o facho de uma lanterninha por seu jornal. Eu nunca mais tinha levado jornais para casa, por medo de deixar Tim nervoso. Havia manhãs em que eu levava um livro para ler, mas, na última semana, a biblioteca pedira a devolução de todos por causa da quarentena.

A data no alto me lembrou que era Dia das Bruxas. A primeira página oferecia limonada quente, notei, e seguro de vida, e "Cinna-Mint, a pastilha germicida para a garganta". Havia inúmeros ex-votos salpicados entre os pequenos anúncios: "Um sincero agradecimento ao Sagrado Coração e às Santas Almas pela recuperação da nossa família". O homem virou a página, mas por dentro o jornal estava em branco, um grande retângulo de um branco sujo. Ele soltou um grunhido de irritação.

Uma voz de homem, do outro lado dele:

Quedas de energia; devem ter tido que interromper a impressão na metade.

Atrás de nós, disse uma mulher:

E os gasistas não têm feito o melhor que podem para manter as usinas funcionando, com metade do pessoal?

Meu vizinho virou para a última página, em vez de conversar. Tentei não registrar as manchetes na guinada trêmula de sua lanterna: "Motim naval contra o Kaiser. Negociações diplomáticas no mais alto nível". As pessoas achavam que as Potências Centrais não teriam possibilidade de resistir por muito mais tempo contra os Aliados. Mas, afinal, fazia anos que elas vinham dizendo isso.

Metade dessas notícias era inventada, lembrei a mim mesma. Ou tendenciosa, para levantar o moral, ou no mínimo censurada, para impedir que o desânimo aumentasse ainda mais. Por exemplo, os jornais tinham parado de publicar a Lista de Honra — os soldados perdidos nos diversos teatros de guerra. Irlandeses que haviam se alistado em nome do rei e do império, ou da causa justa de defender as pequenas nações, ou por falta de emprego, ou por gosto pela aventura, ou — como meu irmão — porque um amigo estava indo. Eu havia estudado a lista diariamente, à procura de qualquer referência a Tim, nos quase três anos em que ele estivera lotado no exterior. (Galípoli, Tessalônica, Palestina — os topônimos ainda me davam calafrios.) Toda semana, as colunas se esticavam mais um pouquinho nos jornais, sob manchetes com o toque das categorias de um macabro jogo de salão: "Desaparecidos"; "Prisioneiros em mãos inimigas"; "Feridos"; "Feridos — neuroses de guerra"; "Mortos em decorrência dos ferimentos"; e "Mortos em ação". Às vezes, fotografias. Detalhes para identificação, pedidos de informações. No ano passado, porém, as baixas tinham se tornado numerosas demais, e o papel, escasso demais, e por isso fora decidido que, a partir daquele momento, a lista só deveria ser divulgada para os que pudessem pagar por ela como um semanário barato, de apenas três tostões.

Nesse dia, notei apenas uma manchete sobre a gripe, bem embaixo, à direita: "Aumentam as notificações da influenza". Uma obra-prima eufemística, como se apenas as notificações é que tivessem aumentado, ou talvez a pandemia fosse uma fantasia da imaginação coletiva. Perguntei a mim mesma se fora uma decisão do editor do jornal minimizar o perigo, ou se ele havia recebido ordens de cima.

A silhueta imponente e antiquada do hospital ergueu-se à minha frente contra o céu pálido. Senti um frio no estômago. Animação ou nervosismo; era difícil distinguir uma do outro nos últimos tempos. Fiz um esforço para chegar à escada e deixei a gravidade me ajudar a descer.

No deque inferior, um homem tossiu e escarrou no chão. As pessoas se remexeram e afastaram sapatos e bainhas.

Uma voz feminina lamuriou-se:

Ora, dava na mesma se você nos cobrisse de balas!

Ao descer do bonde, vi a última notícia oficial, em letras garrafais, colada a intervalos de poucos metros:

HÁ UM NOVO INIMIGO EM NOSSO MEIO: O PÂNICO.
A DEBILITAÇÃO GERAL DA FORÇA DOS NERVOS,
CONHECIDA COMO FADIGA DE GUERRA,
ABRIU AS PORTAS PARA O CONTÁGIO.
OS DERROTISTAS SÃO ALIADOS DA DOENÇA.

Achei que as autoridades estavam tentando nos animar, à sua maneira espalhafatosa, mas me pareceu injusto acusar os doentes de derrotismo.

No alto dos portões do hospital, escrito num ferro batido dourado que captava o finzinho da luz da rua, lia-se: "Vita gloriosa vita". Vida, gloriosa vida.

No meu primeiro dia, quando eu tinha só vinte e um anos, aquele lema me deixara arrepiada da cabeça aos pés. Meu pai havia custeado as anuidades do curso completo de três anos na Escola Técnica de Enfermagem e eu fora mandada ao hospital para trabalhar na enfermaria três tardes por semana; ali, naquele prédio agigantado de quatro andares — bonito, em seu sombrio estilo vitoriano —, eu havia aprendido tudo o que importava.

Vita gloriosa vita. As pontas das letras estavam cobertas de fuligem, notei.

Cruzei o pátio atrás de uma dupla de freiras de touca branca e as acompanhei. Diziam que as irmãs religiosas davam as mais dedicadas e abnegadas enfermeiras; eu não estava segura disso, mas com certeza fora levada a me sentir inferior por algumas freiras ao longo de meus anos ali. Como a maioria dos hospitais, escolas e orfanatos da Irlanda, esse lugar não poderia funcionar sem os conhecimentos e o trabalho das várias irmandades. Quase toda a equipe era católica romana, mas o hospital estava aberto para qualquer morador da capital que precisasse de atendimento (embora os protestantes costumassem ir para seus próprios hospitais ou contratar enfermeiras particulares).

Eu deveria estar no campo. Tinha direito a três dias inteiros de licença e havia combinado de ir à fazenda do papai para ter um pouco de descanso e ar puro, mas fora obrigada a lhe mandar um telegrama, no último minuto, explicando que minha folga tinha sido cancelada. Não podiam me dispensar, já que inúmeras enfermeiras — inclusive a própria enfermeira-chefe — haviam contraído a gripe.

Fazenda do papai e de sua mulher, a rigor. Tim e eu éramos perfeitamente corteses com nossa madrasta, e vice-versa. Apesar de não ter tido filhos, ela sempre nos mantivera a certa distância, e acho que tínhamos feito o mesmo. Pelo menos ela não tinha nenhuma razão para se ressentir de nós, agora que éramos adultos e nos sustentávamos em Dublin. As enfermeiras eram sabidamente mal remuneradas, mas meu irmão e eu conseguíramos alugar uma casa pequena, principalmente graças à pensão militar de Tim.

A urgência me pressionou nesse momento. Eileen Devine, Ita Noonan, Delia Garrett; como estariam passando minhas pacientes sem mim?

Fazia mais frio dentro do hospital que do lado de fora ultimamente; as lâmpadas eram mantidas apagadas e as estufas de carvão eram alimentadas com parcimônia. Toda semana chegavam mais casos de gripe a nossas enfermarias, mais catres vinham abarrotá-las. O clima de ordem escrupulosa do hospital — que tinha sobrevivido a quatro anos de conflito bélico e escassez, e até aos seis dias de tiroteios e caos da Revolta da Páscoa — estava finalmente desmoronando sob o peso desse fardo. No quadro de pessoal, os que ficavam doentes desapareciam como peões num tabuleiro de xadrez. Os demais nos arranjávamos, trabalhávamos mais e com mais rapidez, fazíamos mais do que a nossa parte — mas não era suficiente. A gripe estava entravando todo o funcionamento do hospital.

Não só do hospital, lembrei a mim mesma — de Dublin inteira. Do país inteiro. Ao que eu soubesse, o mundo inteiro era uma máquina enguiçando até parar. Em todo o globo, em centenas de línguas, subiam cartazes exortando as pessoas a cobrirem a boca ao tossir. Não estava pior entre nós do que em qualquer outro lugar; a autocomiseração era tão inútil quanto o pânico.

Nem sinal de nosso porteiro nessa manhã; torci para que não estivesse doente, ele também. Apenas uma faxineira lavando o mármore com ácido carbólico ao redor da base da Nossa Senhora de manto azul.

Ao passar depressa pela Admissão, a caminho da escada para a Maternidade/Febre, reconheci uma enfermeira iniciante por trás da máscara; estava salpicada de vermelho do peitilho à bainha, como algo que tivesse saído de um abatedouro. O padrão andava caindo mesmo.

Enfermeira Cavanagh, acabou de sair da cirurgia?

Ela balançou a cabeça e respondeu com voz rouca:

Agora mesmo, quando eu vinha para cá, enfermeira Power, uma mulher insistiu que eu fosse ver um homem que tinha caído na rua. Ele estava com o rosto muito preto, agarrando o colarinho.

Pus a mão no pulso da novata, para acalmá-la.

Ela prosseguiu, engasgada: Eu estava tentando sentá-lo nas pedras do calçamento e abrir seu colarinho, para ajudá-lo a respirar...

Muito bem.

... mas ele teve um enorme espasmo de tosse e...

A enfermeira Cavanagh gesticulou com os dedos abertos e grudentos para o sangue espalhado por toda a sua roupa.

Pude sentir o cheiro, desagradável e metálico.

Ah, meu bem. Ele já passou pela triagem?

Mas, ao acompanhar o olhar dela para a maca coberta às suas costas, no chão, calculei que o homem havia passado desse ponto, estava fora do nosso alcance. Quem tinha levado uma maca para a rua e ajudado a enfermeira Cavanagh a carregá-la para dentro do hospital devia ter abandonado os dois ali.

Abaixei-me para pôr a mão sob o lençol e verificar a pulsação no pescoço do homem. Nada.

Doença estranha. A gripe levava meses para derrotar alguns pacientes, invadindo-os furtivamente através de complicações pneumônicas, batalhando por cada centímetro de território. Outros sucumbiam a ela em questão de horas. Teria esse pobre sujeito sido um estoico que havia negado suas dores, febre e tosse até descobrir de repente, na rua, que não podia andar, não podia falar, só conseguia tossir o sangue que lhe era vital em cima da enfermeira Cavanagh? Ou será que se sentira bem de manhã, enquanto se formava a tempestade no interior de seu corpo?

Um dia desses, um motorista de ambulância me contara uma história terrível: ele e sua equipe tinham saído para atender ao chamado de uma moça (em perfeito estado de saúde, dissera ela, mas um de seus colegas de hospedaria parecia muito doente, enquanto os outros dois não estavam passando bem) e, ao chegarem lá com a ambulância, haviam encontrado quatro corpos.

Percebi que a enfermeira Cavanagh não se sentira em condição de deixar o corredor em frente à Admissão nem mesmo para buscar ajuda, por medo de que alguém tropeçasse no cadáver. Lembrei-me de meus tempos de novata, do medo paralisante de que, ao seguir uma regra, a gente descumprisse outra.

Vou procurar atendentes que o levem para o necrotério, prometi-lhe. Vá tomar uma xícara de chá.

A enfermeira Cavanagh conseguiu assentir. E perguntou: Você não devia estar de máscara?

Tive a gripe no mês passado.

Eu também, mas...

Bem, pois então. (Tentei soar gentil, em vez de irritada.) Não se pode pegá-la duas vezes.

A enfermeira Cavanagh apenas piscou, insegura, um coelho paralisado numa linha de trem.

Segui pelo corredor e enfiei a cabeça na sala dos atendentes.

Um bando de fumantes de boné redondo amarrotado vestidos de branco até os joelhos, como açougueiros. O cheiro me deu vontade de fumar um Woodbine. (A enfermeira-chefe tinha feito todas as suas enfermeiras abandonarem esse hábito imundo, mas eu recaía de vez em quando.)

Com licença, há um homem morto na Admissão.

O sujeito com metade do rosto em metal deu uma bufadela tíbia: Então ele veio para o lugar errado, não é?

Nichols, era esse o atendente — Nichols Sem-Nariz. (Uma expressão repulsiva, mas esses truques me ajudavam a lembrar os nomes.) A máscara de cobre que revestia o que antes tinham sido seu nariz e a face esquerda era fina, esmaltada e com um aspecto inquietantemente vivo, que incluía a coloração azulada do queixo escanhoado e um bigode real soldado por cima.

O homem ao lado dele, o das mãos trêmulas, era O'Shea — O'Shea Treme-Treme.

O terceiro homem, Groyne, deu um suspiro: Mais uma alma que foi prestar contas!

Todos os três tinham sido padioleiros. Haviam se alistado juntos, dizia a história, mas só O'Shea e Nichols tinham ido para a linha de frente. A escassez de equipamentos no *front* era tão terrível que, quando os padioleiros ficavam sem macas, precisavam arrastar os feridos em cima de casacos ou até redes de arame. Groyne tivera a sorte de ser lotado num hospital militar e nunca fora mandado para onde pudesse ouvir os canhões; tinha voltado sem nenhuma marca, uma carta devolvida ao remetente. Todos ainda eram amigos, mas Groyne era o membro do trio com quem eu não conseguia deixar de antipatizar.

Anônimo na Admissão, é como o vamos chamar, cantarolou Groyne. Partiu para o outro lado da vida. Foi juntar-se à grande maioria.

O atendente tinha um suprimento inesgotável de eufemismos inteligentes sobre a grande niveladora. *Esticou as canelas*, diria Groyne ao morrer um paciente, ou *Passou desta para melhor*, ou *Foi contar minhocas*.

Outra coisa que eu tinha contra ele era o fato de Groyne se imaginar cantor. *Adeus*, entoou em tom lúgubre nesse momento, *adeeeus...*

A voz nasalada de Nichols, cheia de ecos, juntou-se a ele no segundo verso: *Enxugue as lágrimas, benzinho, dos olhos seus.*

Trinquei os dentes. Apesar de nós, enfermeiras, termos anos de formação — um diploma da escola técnica em teoria, além de um diploma prático do hospital e de um terceiro numa área de especialização —, os atendentes gostavam de nos tratar com ares superiores, como se a fraqueza feminina nos fizesse necessitar de sua ajuda. Mas, como é sempre bom ser gentil, pedi: Será que dois de vocês poderiam levar o Anônimo lá para baixo, quando tiverem um momento?

O'Shea me disse: Qualquer coisa para você, enfermeira Power.

Groyne estendeu a mão para o transbordante cinzeiro de latão, apagou o cigarro e pôs a guimba no bolso do jaleco, para mais tarde, continuando a cantar:

Não chore, não suspire,
Há males que vêm para bem.
Bonsoir, minha velha, tchauzinho, tim-tim,
Babau, adeusinho, bye-bye.

Eu disse: Muito obrigada, senhores.

A caminho da escada, descobri que estava meio zonza; ainda não havia comido nada nesse dia.

Então era descer ao subsolo, não direto para o necrotério, mas virando à esquerda para a cantina temporária que fora montada ao lado da cozinha. Nossos refeitórios do térreo tinham sido requisitados como enfermarias da gripe, de modo que agora as refeições do pessoal eram servidas num quadrado sem janelas, que cheirava a lustra-móveis, mingau e ansiedade.

Mesmo com médicos e enfermeiras tendo que se misturar na cantina improvisada, éramos tão poucos ainda de pé e nos apresentando para o trabalho que a fila do desjejum estava pequena. As pessoas se encostavam nas paredes, devorando uma coisa cor de ovo com uma espécie obscura de linguiça. Aproximadamente metade delas usava máscara, notei: as que ainda não tinham pegado a gripe ou que (como a enfermeira Cavanagh) andavam agitadas demais para prescindir da sensação de proteção oferecida por aquela frágil camada de gaze.

Vinte horas de trabalho por quatro horas de sono!

Isso veio de uma garota atrás de mim. Reconheci-a como uma das calouras da safra desse ano; estreantes no trabalho das enfermarias em horário integral, as estagiárias não tinham o nosso vigor.

Agora estão pondo camas para os pacientes no chão, resmungou um médico. Isso eu chamo de anti-higiênico.

Melhor isso que rejeitá-los, imagino, disse seu amigo.

Dei uma olhada em volta e me ocorreu que éramos um grupo estropiado. Vários desses médicos eram nitidamente idosos, mas o hospital precisava que continuassem trabalhando até o fim da guerra, substituindo os mais jovens que haviam se alistado. Vi médicos e enfermeiras que tinham sido mandados do *front* para casa com alguma lesão, mas não prejudicados o suficiente para receberem pensão integral como veteranos, e por isso ali estavam de novo, apesar das claudicações e cicatrizes, da asma, das enxaquecas, da colite, dos episódios de malária ou da tuberculose. Uma das enfermeiras da Cirurgia Infantil lutava contra a convicção crônica de que havia insetos rastejando por todo o seu corpo.

Agora eu era a terceira da fila. Meu estômago roncava.

Julia!

Sorri para Gladys Horgan, que veio em minha direção espremendo-se por entre a massa de corpos à mesa da cantina. Tínhamos sido muito amigas durante a formação, fazia quase dez anos, embora houvéssemos convivido menos depois que fui para a obstetrícia, e ela, para olhos e ouvidos. Algumas de nossas colegas de turma acabaram trabalhando em hospitais particulares ou clínicas de repouso; entre as que tinham saído para casar, ou que haviam se demitido por causa das dores nos pés ou da tensão nervosa, não restavam muitas de nós ainda no batente. Gladys morava no hospital com um grupo de outras enfermeiras, enquanto eu morava com Tim, o que era mais uma coisa que havia nos afastado, acho; quando eu saía do plantão, meu primeiro pensamento era sempre em meu irmão.

Gladys me repreendeu: Você não devia estar de licença?

Vetada na última hora.

Ah, é claro, tinha que ser. Bem, continue firme no batente.

Você também, Gladys.

Tenho que correr, disse ela. Ah, tem café solúvel.

Fiz uma careta.

Você já experimentou?

Uma vez, pela novidade, mas é um troço horroroso.

Qualquer coisa para me manter de pé...

Ela bebeu até o fim, lambeu os beiços e deixou a caneca na mesa da louça suja.

Eu não quis ficar por ali sem ter com quem conversar, assim peguei um chocolate quente aguado e uma fatia de pão de guerra, que era sempre de trigo integral, mas variava em suas adulterações — cevada, aveia e centeio, com certeza, mas também era possível encontrar soja, feijão, sagu e até uma ou outra lasca de madeira.

Para compensar parte do tempo que tinha perdido à procura de atendentes que levassem o Anônimo para o necrotério, fui comendo e bebendo enquanto subia a escada. A enfermeira-chefe (agora na Febre Feminina) teria ficado estarrecida com esses maus modos. Como diria Tim — se conseguisse dizer alguma coisa nos últimos tempos —, tudo estava completamente fodido.

O dia claro havia rompido sem que eu notasse: a luz do final de outubro era uma facada nas janelas voltadas para o leste.

Pus o último pedaço de pão na boca ao cruzar a porta, que exibia uma etiqueta manuscrita: "Maternidade/Febre". Não era propriamente uma enfermaria, só um almoxarifado convertido no mês anterior, quando ficou claro para nossos superiores não só que as grávidas estavam pegando essa gripe em números alarmantes de tão altos, mas também que a doença era particularmente perigosa para elas e seus bebês.

A encarregada dessa ala era uma enfermeira laica, como eu. A irmã Finnigan tinha supervisionado minha formação como parteira, e, na semana anterior, eu me sentira lisonjeada ao ser escolhida por ela para formarmos juntas a equipe dessa sala minúscula. As pacientes internadas com gripe, já em estado avançado de gestação, eram mandadas para cá, e a Maternidade, no segundo andar, transferia para nós qualquer mulher que estivesse com febre, dores no corpo ou tosse.

Ainda não tínhamos feito nenhum parto, na verdade, o que a irmã Finnigan dizia ser sinal da misericórdia divina, já que nossas instalações eram muito primitivas. Havia uma linha no nosso manual de formação que sempre guardei na mente: *Para a mulher grávida, deve haver um ambiente que promova a serenidade.* Bem, essa enfermaria improvisada era mais conducente à irritação; era atravancada e com um abajur a pilha em cada mesa de cabeceira, em vez de uma suave lâmpada elétrica noturna. Ao menos tínhamos uma pia e uma janela para a entrada de ar, mas não havia lareira, de modo que era preciso manter nossas pacientes aquecidas com muitas cobertas.

No começo tinham sido só duas camas estreitas de metal, mas havíamos imprensado uma terceira no cômodo, para não termos que recusar Eileen Devine. Meus olhos correram direto para sua cama, a do meio, entre Ita Noonan, que roncava, e Delia Garrett, que (de penhoar, xale e cachecol) estava lendo. Mas a cama do meio estava vazia, com os novos lençóis bem esticados.

A crosta de pão virou pedra em minha garganta. A verdureira ambulante estava doente demais, com certeza, para ter tido alta, não é?

Por cima de sua revista, Delia Garrett lançou-me um olhar de raiva.

A enfermeira da noite levantou-se com esforço da cadeira.

Enfermeira Power, disse.

Irmã Luke.

A Igreja considerava falta de pudor as freiras trabalharem em enfermarias de parto, mas, dada a falta de parteiras, a enfermeira-chefe — que, aliás, pertencia à mesma ordem religiosa que irmã Luke — conseguira convencer seus superiores a cederem essa experiente enfermeira-geral à enfermaria de Maternidade/Febre. *Enquanto durasse a situação*, como diziam todos.

Descobri que não era capaz de controlar minha voz o bastante para indagar sobre Eileen Devine. Terminei o chocolate, agora com gosto de bile, e lavei a xícara na pia.

A irmã Finnigan ainda não chegou?

A freira apontou o indicador para o teto e disse: Chamada à Maternidade.

Aquilo soou como um dos sinônimos zombeteiros do Groyne para a morte.

A irmã Luke ajeitou o elástico do tapa-olho, qual marionete puxando os próprios cordões. Como pouquíssimas freiras, tinha sido voluntária no *front*, e um estilhaço a mandara de volta para casa sem um dos olhos. Entre seu véu e a máscara branca, o único pedaço de pele que aparecia eram os arredores do outro olho.

Nesse momento, ela se aproximou de mim e meneou a cabeça na direção da cama vazia: A pobre sra. Devine entrou em coma por volta das duas horas da madrugada e expirou às cinco e meia, *requiescat in pace*.

Desenhou uma cruz sobre o peitilho branco e engomado que cobria o busto farto.

Veio-me um aperto no coração por Eileen Devine. O homem dos ossos nos estava fazendo a todos de bobos. Era assim que as crianças chamavam a morte na minha região do país — o homem dos ossos, o andarilho esquelético que levava a própria caveira sorridente embaixo do braço enquanto ia da casa de uma vítima para a de outra.

Pendurei a capa e o casaco sem dizer uma palavra e troquei meu chapéu de palha encharcado por uma touca branca. Tirei um avental da bolsa e o desdobrei, amarrando-o sobre meu uniforme verde.

As palavras brotaram de chofre da boca de Delia Garrett: Acordei com os homens que vieram levá-la embora, com um lençol cobrindo-lhe a cabeça!

Fui até ela: É perturbador, sra. Garrett. Eu lhe juro que fizemos o melhor possível pela sra. Devine, mas a gripe tinha se instalado nos pulmões e, no fim, fez o coração parar.

Delia Garrett fungou, trêmula, e afastou do rosto um cacho macio: Eu não devia estar em hospital nenhum — meu médico disse que era só uma forma branda.

Esse tinha sido seu refrão contínuo desde que chegara, na véspera, da aprazível clínica protestante em que as duas parteiras da equipe tinham sido derrubadas pela gripe. Delia Garrett havia chegado usando luvas e um chapéu adornado com fitas, em vez do xale velho que era típico em nossas pacientes; tinha vinte anos, um sotaque refinado da zona sul de Dublin e aquele ar elegante de prosperidade.

A irmã Luke desdobrou as mangas do impermeável e tirou do gancho sua volumosa capa preta longa. A sra. Garrett passou uma noite confortável, disse-me.

Confortável! A palavra fez Delia Garrett tossir no dorso da mão: Neste cubículo apinhado, numa cama de campanha que arrebenta as costas, com gente *morrendo* por todos os lados?

A irmã só quis dizer que os seus sintomas de gripe não pioraram.

Pus um termômetro e meu relógio de bolso prateado, de corrente comprida, no peitilho do avental. Verifiquei meu cinto, meus botões. Tudo tinha que ficar preso de lado, para não arranhar nenhuma paciente.

Delia Garrett disse: Então por que a senhora não me manda para casa hoje?

A freira me avisou que a força da pulsação dela — uma indicação da pressão sanguínea — continuava a dar saltos.

A irmã Finnigan e eu não conseguíramos decidir se a gripe de Delia Garrett era culpada por essa hipertensão; era comum constatarmos que a força da pulsação aumentava muito depois do quinto mês de gestação.

Fosse qual fosse a causa, não havia tratamento senão o repouso e a calma.

Eu disse: Compreendo, sra. Garrett, mas é melhor ficarmos de olho na senhora até que esteja perfeitamente bem.

Desinfetei as mãos na pia nesse momento, quase me comprazendo com a ardência causada pelo sabonete carbólico; se não machucasse um pouco, eu não confiaria nele.

Olhei para a mulher adormecida no catre da esquerda. E como passou a sra. Noonan, irmã?

Exatamente na mesma.

A freira quis dizer que Ita Noonan continuava no reino das fadas. Desde a véspera, estava tão aérea que não notaria se o papa chegasse de Roma para lhe fazer uma visita. A única bênção era que seu delírio era do tipo manso, não do tipo agudo, capaz de fazer as pessoas afetadas nos perseguirem, nos baterem ou cuspirem em nós.

A enfermeira da noite acrescentou: Apliquei um cataplasma pouco antes de ela apagar, de modo que será preciso trocá-lo às onze horas.

Obriguei-me a assentir. Aquela complicação danada de preparar uma pasta quente e úmida de linhaça e emplastrá-la no peito de pacientes congestionadas era o castigo da minha vida. As enfermeiras mais velhas juravam pelo benefício dos cataplasmas, mas não me parecia que eles conseguissem nada além do que fazia uma bolsa de água quente.

Perguntei: A que horas a irmã Finnigan vai chegar?

Ah, receio que você esteja por sua conta, enfermeira Power. Apontou para o teto: Hoje a irmã Finnigan está encarregada da Maternidade — quatro partos em andamento ao mesmo tempo lá em cima, e só restou o dr. Prendergast.

Os médicos eram tão raros quanto trevos-de-quatro-folhas. Cinco dos nossos tinham se alistado e estavam servindo na Bélgica ou na França; um (apanhado na causa dos rebeldes) estava num presídio em Belfast; seis estavam de licença, doentes.

Com a boca seca, perguntei: Então sou a encarregada interina da enfermaria?

Um dar de ombros da irmã Luke: Num momento como este, *não nos cabe questionar.*

Talvez nossos superiores estivessem tomando decisões insensatas, era isso que a freira queria dizer? Ou ela estaria apenas dizendo que eu não devia me rebelar contra nenhum novo fardo que me pusessem nos ombros?

Ela acrescentou: A enfermeira Geoghan também está ausente.

Exalei um suspiro. Marie-Louise Geoghan seria de grande ajuda. Era qualificada no trabalho com as pacientes, embora ainda tivesse pouco conhecimento do ofício de parteira; na crise atual, ela fora autorizada a obter seu diploma de enfermagem mais cedo. Indaguei: Suponho que me mandarão uma enfermeira júnior, ou uma estagiária, como ajudante de serviços gerais, não?

Eu não suporia nada, enfermeira Power.

A freira endireitou a touca e prendeu a longa capa preta no pescoço, pronta para sair.

Uma voluntária, no mínimo? Alguém que dê uma mão?

Darei uma palavrinha com a chefia da equipe na saída, para ver o que posso fazer por você.

Forcei-me a agradecer à irmã Luke.

Quando a porta se fechou atrás dela, eu já arregaçava as mangas acima dos cotovelos, apesar da friagem do cômodo. Calcei e abotoei um par de punhos compridos e engomados. *Única encarregada*, disse a mim mesma. *A necessidade exige. Não há tempo para choramingar.*

Primeiro, mais luz. Fui até a janelinha alta e inclinei as lâminas verdes para mim. Avistei um dirigível pairando alto sobre o Porto de Dublin, à espreita de submarinos alemães.

Tinham me ensinado que cada paciente deveria dispor de vinte e oito metros cúbicos, o que significava um espaço de três metros por três. Nessa enfermaria improvisada, estava mais para três metros por noventa centímetros. Girei a manivela e abri a janela até a metade, inclinando-a na parte de cima para que entrasse mais ar.

Delia Garrett reclamou: Como se já não houvesse uma corrente de ar.

A ventilação é crucial para a recuperação, sra. Garrett. Quer que eu lhe dê outro cobertor?

Ah, não se incomode.

Voltou para sua revista.

A cama de lençóis esticados entre ela e Ita Noonan era uma recriminação, um túmulo bloqueando meu caminho. Relembrei o rosto abatido de Eileen Devine, que mantinha sua dentadura num copo ao lado da cama. (Cada bebê parecia custar um punhado de dentes às mulheres dos bairros miseráveis do centro da cidade.) Ela havia adorado o banho quente que eu lhe preparara fazia dois dias — o primeiro de sua vida, tinha dito num sussurro. *Que luxo!*

Eu gostaria de poder rolar o leito vazio de Eileen Devine para o corredor do andar e criar um pouco de espaço, mas isso só faria as pessoas esbarrarem nele. E, além disso, eu não tinha dúvida de que logo receberíamos outra grávida gripada para ocupá-lo.

O prontuário de Eileen Devine, que ficava na parede atrás do leito, já havia desaparecido, presumivelmente enfiado no armário do canto, sob a etiqueta "31 de outubro". (Arquivávamos pela data da alta, que às vezes significava a morte.) Se tivesse sido eu a escrever a linha final, na miúda letra padronizada que enchia os dois lados do prontuário, teria ficado tentada a escrever "Desgastada até os ossos": mãe de cinco aos vinte e quatro anos, filha subnutrida de gerações subnutridas, branca feito papel, olhos avermelhados, peito achatado, membros finos como gravetos, com veias que eram um emaranhado de fios azuis. Eileen Devine passara toda a vida adulta andando na borda de um penhasco, onde essa gripe apenas a havia lançado.

Sempre de pé, essas mães dublinenses, economizando e dando de comer a seus *patrões* e seus *pivetes*, vivendo de sobras deixadas nos pratos e de galões de chá-preto aguado. Os cortiços em que conseguiam manter-se vivas, de algum modo, eram tão pertinentes quanto os batimentos cardíacos e o ritmo da respiração, ao que me parecia, mas só se permitiam observações médicas nos prontuários. Assim, em vez de "pobreza", eu escrevia "desnutrição" ou "debilidade". Como código para "excesso de gestações", talvez eu escrevesse "anemia", "esforço cardíaco", "problemas de coluna", "fragilidade óssea", "varizes", "abatimento", "incontinência", "fístula", "laceração do colo do útero" ou "prolapso uterino". Havia um provérbio, ouvido por mim de diversas pacientes, que me gelava até os ossos: *Ela só ama seu homem se lhe der doze filhos.* Em outros países, as mulheres podiam adotar medidas discretas para evitar isso, mas, na Irlanda, tais coisas eram não apenas ilegais como impossíveis de mencionar.

Concentre-se, Julia. Usei mentalmente a expressão, para me assustar: *Encarregada interina da enfermaria.*

Deixe Eileen Devine para lá; agora eu tinha que devotar todos os meus esforços aos vivos.

Sempre se verificava primeiro a paciente mais enferma, de modo que contornei a moldura esquelética do catre vazio de Eileen Devine e peguei o prontuário da esquerda.

Bom dia, sra. Noonan.

A mãe de sete filhos não se mexeu. Ita Noonan fora trazida numa cadeira de rodas, fazia seis dias, sem a tosse característica da gripe, mas febril; a cabeça, as costas e as articulações doíam como se ela tivesse sido derrubada por um ônibus, dissera. Isso fora quando ainda conseguia falar com coerência.

Ela nos falara de seu emprego na fábrica de enchimento de cartuchos, onde seus dedos tinham se amarelado com a manipulação do TNT. Voltaria para lá assim que se recuperasse desse resfriado, ao qual se referia com a mesma displicência com que falava de sua perna ruim. (A perna direita, edemaciada, tinha o dobro do diâmetro da esquerda, desde o último parto; era dura e fria, com a pele esbranquiçada e sem cacifo. Seria esperável que Ita Noonan não se apoiasse nela — que a mantivesse elevada, na verdade —, mas, ora, como poderia fazer isso durante o dia de trabalho?) Depois que tivesse o bebê, em janeiro, ela voltaria mais uma vez para a fábrica de cartuchos, por causa do salário magnífico e também das refeições baratas; mandaria a filha mais velha levar o bebê até lá na hora das mamadas, garantiu-nos. O sr. Noonan estava desempregado desde o locaute, quando os patrões haviam acabado com o sindicato dos trabalhadores; tentara entrar no exército britânico, mas fora recusado, por ter uma hérnia (embora um colega seu, que tinha o braço mirrado, tivesse ficado de paletó e sido aceito), e por isso agora ele circulava pelas ruas com um realejo. Ita Noonan andava impaciente para saber como estavam seus filhos; visitas não eram permitidas por causa da gripe, e seu marido não era dado a escrever. Ah, ela era conversadeira e cheia de piadas, e também de opiniões firmes; soltou o verbo contra a Revolta de 1916 e contou que sua equipe de Canarinhas — todas leais a Sua Majestade — não havia faltado ao trabalho nem um único dia e, naquela semana, tinha enchido oitocentos cartuchos.

Ontem, no entanto, sua respiração se tornara mais ruidosa e a temperatura tinha dado um salto, embaralhando sua mente. Apesar de a irmã Luke ter lhe dado altas doses de aspirina, ela tivera dois picos de febre durante a noite, li no prontuário, batendo em 39,8 graus e, mais tarde, em 40,5.

Tentei pôr o termômetro sob a língua de Ita Noonan sem acordá-la, mas ela despertou, de modo que o retirei antes que os dentes que lhe restavam pudessem trincar-se. Toda enfermeira cometia esse erro uma vez, levando o paciente a cuspir vidro e mercúrio.

A mulher piscou os pálidos olhos azuis, como se nunca tivesse visto o cômodo, e se debateu contra os esparadrapos que colavam o emplastro quente em seu peito. O xale escorregou-lhe da cabeça; o cabelo fino, cortado a poucos centímetros do couro cabeludo, eriçou-se como os espinhos de um ouriço.

É a enfermeira Power, sra. Noonan. Estou vendo que a senhora cortou o cabelo.

Delia Garrett resmungou: A irmã Luke o pôs num saco de papel.

Algumas enfermeiras mais velhas sustentavam que cortar o cabelo de pacientes com febre tinha um efeito refrescante e que, se ele fosse cortado, depois voltaria a crescer, ao passo que, se caísse sozinho, como era comum acontecer nessa gripe, nunca mais voltaria. Superstição, mas eu achava que não valia a pena brigar com a enfermeira da noite.

Delia Garrett levou a ponta dos dedos a sua cabeleira elegante e disse: Se não crescer mais e a pobre infeliz ficar careca feito um ovo, imagino que possa fazer uma peruca com o cabelo.

Deixe-me só medir sua temperatura, sra. Noonan.

Afrouxei a gola da camisola da mulher. Um termômetro embaixo do braço precisava de dois minutos em vez de um só e marcava quase meio grau a menos na leitura, porém ao menos não havia o risco de a paciente morder o vidro. Numa corrente, Ita Noonan usava um crucifixo, notei, não maior que a falange superior do meu dedo. Nos últimos tempos as pessoas andavam fixadas em coisas sagradas — talismãs contra o terror. Pus o termômetro em sua axila úmida: Pronto, assim.

Meio arfante, Ita Noonan respondeu a esmo: Tiras de toucinho!

Isso mesmo.

Eu sabia que nunca se devia questionar nada para uma paciente delirante.

Estaria ela com fome, querendo o desjejum? Pouco provável no seu estado; os pacientes com casos graves da gripe não tinham apetite algum. Acabada aos trinta e três anos, pálida, a não ser pelas bochechas flamejantes, tinha uma barriga que era um morro duro. "Onze partos anteriores", dizia o prontuário de Ita Noonan, "sete filhos ainda vivos", e esse décimo segundo nascimento não era esperado em menos de dois meses e meio. (Como a sra. Noonan não soubera nos dizer nada sobre quando poderia ter engravidado, ou quando tinha sentido o bebê se mexer, a irmã Finnigan tivera que fazer uma estimativa da data prevista para o parto com base na altura do útero.)

Meu trabalho não era curar todos os males de Ita Noonan, mas levá-la a atravessar em segurança essa calamidade específica, lembrei a mim mesma, empurrar seu barquinho de volta para a corrente do que eu imaginava ser sua vida quase insuportável.

Pus os dedos indicador e médio entre o tendão e o osso de seu pulso, no lado do polegar. Com a mão esquerda, puxei o disco pesado do meu relógio. Contei vinte e três batimentos em quinze segundos e multipliquei por quatro. "Pulso: 95", na faixa superior do ritmo normal; fiz a anotação em letra diminuta. (Política dos tempos de guerra, para economizar papel.) O ritmo estava "Regularmente irregular", anotei, o que era típico da febre. "Força da pulsação normal", uma pequena bênção.

Tirei o termômetro da axila de Ita Noonan; o vidro se arrastou por sua pele cansada. O mercúrio marcava 38,3 graus, o equivalente a 38,9 na medição oral, o que não era alarmante demais; só que as temperaturas costumavam ficar no nível mais baixo nas primeiras horas da manhã, e a dela voltaria a subir. Marquei o ponto no gráfico, a lápis. Muitas doenças tinham uma linha característica de exposição, incubação, invasão, defervescência e convalescença — a silhueta de uma cadeia de montanhas conhecida.

Ita Noonan assumiu um ar de confidência. Arquejou e disse, com seu sotaque carregado dos cortiços do centro da cidade: No armário, com o cardeal!

Hmm. Fique quietinha, nós vamos cuidar de tudo.

Nós? Lembrei-me de que estava sozinha nesse dia.

O peito de Ita Noonan subia e descia com esforço, os seios como frutas apodrecendo em galhos caídos. Seis respirações em quinze segundos. Multipliquei e fiz a anotação: "Respirações: 24". Ainda era bem alto. "Discreto alargamento nasal."

Com os dedos de manchas berrantes, ela fez sinal para eu me aproximar. Inclinei-me e aspirei o cheiro de linhaça do cataplasma e mais alguma coisa... um dente cariado?

Ita Noonan cochichou: Tem um bebê.

Eu não sabia ao certo a idade de seu filho caçula; algumas dessas mulheres tinham o azar de produzir dois no mesmo ano. A senhora tem um filho pequeno em casa?

Mas ela estava apontando para baixo, com ar de segredo, sem propriamente tocar no tambor sob a camisola úmida de suor, ou sequer olhar para ele.

Ah, sim, há mais um a caminho, concordei, mas ainda falta um bom tempo.

Ita Noonan tinha os olhos fundos: estaria desidratada? Peguei a chaleira para lhe preparar um caldo de carne. Nesse espaço atravancado, só tínhamos um par de fogareiros a álcool para cozinhar, por isso tínhamos sempre num deles uma chaleira em fogo brando e, no outro, uma panela larga para esterilização, na falta de uma autoclave para esterilizar as coisas no vapor. Peguei a jarra de água fervida fria e derramei um pouco no caldo de carne, para que ele não escaldasse Ita Noonan. Pus a xícara com tampa em suas mãos e esperei, para ter certeza de que, em sua confusão, ela se lembraria de como sugar pela abertura.

Uma sacudida firme do termômetro fez o mercúrio baixar para sua bolha de vidro. Mergulhei-o na bacia de ácido carbólico, depois o enxaguei e o repus no bolso do peito do avental.

Delia Garrett arriou a revista com um estalo e soltou uma tosse raivosa por trás das unhas esmaltadas: Quero ir para casa, para minhas meninas.

Peguei um de seus pulsos gorduchos e contei os batimentos, com os olhos no retrato de família com moldura de prata sobre a miniatura de mesa de cabeceira. (Os pertences dos pacientes deveriam ficar guardados na gaveta, por uma questão de higiene, mas sabíamos quando fechar os olhos.)

Quem cuida delas enquanto seu marido está no escritório?

Ela engoliu um soluço: Uma senhora mais velha lá na avenida, mas as meninas não gostam dela, e não posso culpá-las.

Nada de extraordinário na pulsação, apenas o ritmo um pouco sincopado. Sem necessidade do termômetro, porque sua pele tinha a mesma temperatura da minha. O que me preocupou foi a pressão sanguínea em meus dedos. "Força da pulsação aos saltos", anotei. Difícil dizer quanto daquilo se devia a sua agitação.

Observei em seguida seu ritmo respiratório.

Não é uma bênção ter apenas uma forma branda, sra. Garrett? Foi a mesma coisa comigo, em setembro.

Eu estava tentando distraí-la, porque nunca se deixa a paciente saber quando se está fazendo a contagem de suas respirações, para que o acanhamento não altere o ritmo. "Respirações: 20", escrevi.

Delia Garrett espremeu os belos olhos: Como é seu nome — seu nome de batismo?

Era contra o protocolo compartilhar qualquer informação pessoal; a irmã Finnigan nos ensinava a manter a sobriedade, permanecendo distantes. *Quando deixamos as pacientes se familiarizarem, elas nos respeitam menos.*

Mas esses eram tempos estranhos e essa era a minha enfermaria, e, se eu tinha que chefiá-la nesse dia, haveria de fazê-lo do meu jeito. Não que a sensação fosse de estar chefiando nada, exatamente; apenas lidando com a situação, hora a hora.

E foi assim que me apanhei dizendo: É Julia, na realidade.

Um raro sorriso de Delia Garrett: Gostei. E então, quer dizer que imprensaram *você* num almoxarifado, entre uma mulher agonizante e outra que perdeu a cabeça?

Apanhei-me começando a simpatizar com a protestante rica, apesar de toda a sua insubordinação. Meneei a cabeça: Fui tratada em casa pelo meu irmão, na verdade. Mas, quando a mulher está esperando um bebê, essa gripe pode levar a... complicações.

(Não quis assustá-la listando as complicações: aborto espontâneo, parto prematuro, filho natimorto, até mesmo a morte da mãe.)

Alguma dor de cabeça esta manhã?

Latejando um pouco, admitiu Delia Garrett, com expressão mal-humorada. Onde?

Ela levou as mãos do colo às orelhas, como se espantasse moscas.

Algum problema com a visão?

Delia Garrett soltou uma bufadela: O que há para ver aqui?

Fiz um gesto para sua revista.

Não consigo sossegar para ler; só gosto das fotografias.

Soou muito garota nesse momento.

O bebê a está chateando muito, chutando e outras coisas?

Ela balançou a cabeça e abafou uma explosão de tosse: É só a tosse e a dor em tudo.

Hoje talvez a senhora receba outro bilhete do sr. Garrett.

A expressão de suas feições encantadoras toldou-se: Qual é o sentido de proibir visitas da nossa família se a cidade inteira está abarrotada dessa gripe, de qualquer modo?

Encolhi os ombros. Normas hospitalares.

(Embora eu desconfiasse que tinham menos a ver com manter nossos pacientes em quarentena do que com poupar o trabalho adicional a nossa equipe mirrada.)

Mas, se hoje você é a enfermeira encarregada interina, deve ter autoridade para me dar um xarope e me deixar sair daqui, especialmente porque o bebê só vai chegar no Natal!

Ao contrário de nossas pacientes mais pobres, Delia Garrett sabia exatamente para quando esperava seu filho; o médico da família havia confirmado a gravidez em abril.

Lamento, sra. Garrett, mas só um médico pode lhe dar alta.

Sua boca se contorceu num nó.

Devia eu explicitar os riscos? O que seria pior para seu sangue latejante: a frustração de se sentir confinada sem uma boa razão ou a ansiedade por saber que havia razões graves?

Escute, a senhora está fazendo mal a si mesma ao ficar nervosa. É ruim para a senhora e *também* para o bebê. A força da sua pulsação...

Como explicar a hipertensão a uma mulher educada apenas nos refinados modos femininos?

... a força com que o sangue corre em suas veias está consideravelmente maior do que gostaríamos.

Ela projetou o lábio inferior: Força não é uma coisa boa?

Bem. Pense numa torneira aberta demais.

(Os Garrett deviam ter água quente correndo dia e noite, enquanto a maioria de minhas pacientes tinha que descer três ou quatro lances de escada, carregando o filho no colo, até o filete de água fria da torneira do pátio.)

Ela se compenetrou: Ah.

Por isso, a melhor coisa que a senhora pode fazer, se quer ir para casa o mais rápido possível, é ficar tão calma e animada quanto puder.

Delia Garrett tornou a arriar nos travesseiros.

Está bem?

Quando vão me trazer o desjejum? Faz horas que acordei e estou *fraca*.

O apetite é um sinal esplêndido. Há uma redução do pessoal nas cozinhas, mas tenho certeza de que o carrinho não vai demorar a chegar. Enquanto isso, a senhora precisa ir ao banheiro?

Ela meneou a cabeça: A irmã Luke já me levou.

Examinei o prontuário para verificar as defecações. Nada ainda; era comum a gripe prender os intestinos. Busquei o óleo de rícino no armário e enchi uma colher: Para manter sua regularidade, expliquei.

Delia Garrett franziu a cara ao sentir o gosto, mas engoliu.

Virei-me para a outra cama: Sra. Noonan?

A mulher aturdida nem levantou os olhos.

A senhora gostaria de usar o banheiro agora?

Ita Noonan não resistiu quando levantei a coberta úmida e a tirei da cama. Segurando meu braço, cambaleou até a porta e entrou no corredor. Estaria zonza?, pensei. Juntando com o rosto vermelho, isso poderia significar desidratação. Fiz um lembrete mental de verificar quanto ela havia conseguido beber do caldo de carne.

Senti uma pontada do lado quando Ita Noonan se apoiou com mais força. Qualquer enfermeira que negasse ter um probleminha de coluna, depois de alguns anos no trabalho, estaria mentindo, mas qualquer enfermeira que reclamasse disso teria pouca chance de aguentar até o fim.

Depois de sentá-la no vaso sanitário, saí do cubículo e esperei o som do xixi. Mesmo que a cabeça dela estivesse vagando, o corpo se lembraria do que fazer, não é?

Como era peculiar esse trabalho de enfermagem. Estranhas para nossas pacientes, mas — por necessidade — convivendo com elas na mais completa intimidade por algum tempo. Depois, sem probabilidade de um dia voltar a vê-las.

Ouvi o rasgar de papel-jornal e a fricção suave, enquanto Ita Noonan se enxugava.

Tornei a entrar: Pronto.

Baixei a camisola amarfanhada, para cobrir os sinuosos rios de veias de sua perna inchada, vestida com a meia elástica, e da perna fina, coberta pela meia preta comum.

No espelho, os olhos de Ita Noonan exibiram uma expressão vaga enquanto eu lhe lavava as mãos.

Entre aqui pra eu lhe contar, murmurou com a voz rouca.

Hein?

Bagunçando pra valer.

Perguntei-me em quem ela estaria pensando.

De volta à enfermaria, recoloquei Ita Noonan na cama, com as cobertas puxadas até o peito. Envolvi seus ombros com um xale, mas ela o tirou. A xícara com tampa ainda estava pela metade quando a levei a seus lábios.

Beba, sra. Noonan, vai lhe fazer bem.

Ela a sorveu.

Havia duas bandejas de desjejum, lado a lado, na pequena escrivaninha da enfermeira encarregada, projetando-se das bordas. (*Minha* escrivaninha, nesse dia.) Verifiquei a guia da cozinha e entreguei a Delia Garrett o seu prato.

Ouviu-se um gemido quando ela levantou a tampa de latão: Ah, arroz--doce e maçã cozida de novo, não!

Quer dizer que hoje não veio caviar?

Isso arrancou um meio sorriso.

E este é o seu, sra. Noonan...

Se eu pudesse convencê-la a comer alguma coisa, talvez isso aumentasse um pouco sua força. Estendi suas pernas, a enorme, inchada (com muito cuidado), e a fina. Pus a bandeja em seu colo. E um gostoso chazinho quente, se a senhora preferir, em vez do caldo?

Se bem que percebi que o chá já estava morno e longe de ser gostoso; dado o preço das folhas de chá nos últimos tempos, os cozinheiros tinham que preparar uma infusão tão transparente quanto água de lavar louça.

Ita Noonan inclinou-se para mim e confidenciou, num sussurro áspero: O patrão está na rua com a turma de Roscommon.

É mesmo?

Talvez ela estivesse pensando no sr. Noonan, supus. Se bem que *patrão* parecia um epíteto estranho para um sujeito que empurrava um realejo pelas ruas para sustentar uma mulher doente e sete filhos. Haveria quase um prazer no delírio, perguntei-me, por se dizer exatamente o que passava pela cabeça?

Delia Garrett debruçou-se para fora da cama para espiar o prato inclinado de Ita Noonan: Por que é que *eu* não posso comer um prato de frituras?

Nada com muita gordura ou sal, lembre-se, por causa da sua pressão.

Ela bufou ao ouvir isso.

Empoleirei-me no catre de Ita Noonan — não havia espaço para encaixar uma cadeira entre ele e o do lado — e cortei uma das linguiças em pedaços miúdos. O que diria irmã Finnigan se me visse desrespeitando a regra sobre sentar na cama? Ela estava deslizando por algum lugar lá em cima, ocupada demais aparando bebês, para me dizer as mil coisas que eu precisava saber e nunca havia pensado em perguntar.

Olhe, uma delícia de ovos mexidos.

Levei uma garfada daquele troço amarelo horroroso — obviamente, ovos em pó — aos lábios de Ita Noonan.

Ela a deixou entrar. Em seguida, ao se dar conta de que era um garfo o que eu estava pondo em sua mão, segurou-o e se lançou ao trabalho. Ofegando um pouco e fazendo pausas entre as garfadas, no esforço de respirar.

Flagrei meus olhos detendo-se no leito vazio do meio. O prego em que estivera pendurado o prontuário de Eileen Devine estava solto, lembrei. Levantei-me para tirá-lo da parede. Puxei a corrente do relógio e balancei na mão o disco quente de metal. Virando de costas, para nenhuma das mulheres notar o que eu estava fazendo, encostei a ponta do prego na traseira reluzente do cebolão e risquei entre as outras marcas uma meia-lua, apenas ligeiramente torta, para a falecida Eileen Devine.

Eu havia criado esse hábito na primeira vez que uma paciente morrera sob meus cuidados. Com os olhos inchados, aos vinte e um anos, tinha precisado registrar o acontecido de alguma forma particular. As perspectivas de um recém-nascido eram sempre incertas, mas, no hospital, nós nos orgulhávamos de perder o mínimo possível de mães, de modo que, na verdade, não havia tantos círculos marcados em meu relógio. Quase todos eram deste outono.

Repus o prego na parede. De volta ao trabalho. Toda enfermaria tinha intervalos de paz entre as correrias; o segredo era aproveitar essas oportunidades para pôr as coisas em dia. Fervi luvas de borracha e escovas de unhas dentro de um saco, numa caçarola. Fui até a parede oposta e estudei o conteúdo do armário raso da enfermaria, bancando a competente, ainda que não me sentisse assim. Durante todos aqueles anos, tinham esperado que eu deixasse de lado meu julgamento e obedecesse à encarregada da enfermaria; era uma sensação muito estranha, nesse dia, não ter ninguém me dizendo o que fazer. Havia nisso uma dose de empolgação, mas também uma sensação sufocante. Fui à escrivaninha preencher as requisições. Desde o começo da guerra, nunca se sabia o que estaria em falta, e tudo o que se podia fazer era pedir com gentileza. Não me dei o trabalho de pedir tampões de algodão e cotonetes, pois estes haviam desaparecido *durante a vigência da guerra*. Alguns suprimentos já tinham sido solicitados fazia semanas, descobri na lista da irmã Finnigan.

Quando terminei meus pedidos, lembrei que não tinha um mensageiro que os levasse, e eu não poderia deixar aquela sala. Engoli a ansiedade e os enfiei no bolso do avental por enquanto.

Ita Noonan olhava fixo para um canto da enfermaria, com ovo no queixo. A maior parte da linguiça picada continuava no prato, mas a inteira havia sumido. Seria possível que Delia Garrett tivesse ajoelhado no catre vazio e roubado comida do prato da vizinha?

Evitando meu olhar, a mulher mais jovem exibia um vago risinho de troça. Bem, uma linguiça — fosse ela feita do que fosse, nos últimos tempos — não a mataria, e Ita Noonan não parecia querê-la.

A delirante virou-se para o lado, de repente, e sua bandeja caiu com estrondo entre seu leito e o armário de remédios. O chá derramou e se espalhou pelo chão.

Sra. Noonan! Passei por cima da bagunça e examinei o brilho de suas faces rubras; pude sentir que sua pele fervia. Meu termômetro já estava na mão. Ponha isto embaixo do braço para mim, sim?

Ela não reagiu, de modo que puxei seu pulso e eu mesma pus o termômetro sob sua axila.

Enquanto esperava, peguei meu relógio e contei as respirações ruidosas e a pulsação de Ita Noonan — nenhuma mudança. Mas o mercúrio dera um salto para quarenta graus. A febre tinha, sim, o poder de fazer evaporar-se a infecção, mas eu detestava ver Ita Noonan assim, com o suor brotando das raízes intermitentes do cabelo.

Contornei o desjejum derrubado para buscar gelo na bancada, mas a bacia continha apenas uma poça de água ao redor de um meio cubo solitário. Assim, em vez dele, enchi uma tigela com água fria e a levei à cama com uma pilha de panos limpos. Mergulhei-os na tigela, um por um, torci-os e os estendi sobre a nuca e a testa da paciente.

Ita Noonan contorceu-se com a friagem, mas também sorriu, numa gentileza instintiva, mais para além de mim do que para mim. Como desejei que essa mulher ainda estivesse lúcida o bastante para me dizer do que precisava. Mais aspirina poderia baixar sua temperatura, porém só um médico poderia pedir remédios para uma paciente. O dr. Prendergast era o obstetra de plantão, e quando é que eu poria os olhos nele nessa manhã?

Depois de fazer por Ita Noonan tudo em que conseguia pensar, curvei-me para apanhar a bandeja e o prato. O cabo tinha se soltado da xícara em dois pedaços. Sequei a poça com um pano de chão, antes que alguém escorregasse nela.

Você não devia chamar alguém para fazer isso?, perguntou Delia Garrett.

Ah, estão todos sobrecarregados neste momento.

A rigor, coisas derramadas no chão eram da alçada dos atendentes, quando não havia servente, estagiária nem enfermeira júnior na enfermaria, mas eu sabia que não convinha pedir nada a eles. Se a pessoa chamasse um daqueles sujeitos por causa de um chá derramado, podia ser que eles se ofendessem e se fizessem de surdos na vez seguinte, quando houvesse sangue derramado e coagulado por todo o piso.

O rosto esfogueado de Ita Noonan no travesseiro parecia preocupado: Dia lindo para um mergulho no canal!

Será que ela acreditava estar se banhando na água? Alguma coisa me fez olhar sob as cobertas, e...

Ela havia inundado os lençóis. Contive um suspiro. Não devia ter urinado nada na ida ao banheiro. Agora a cama precisava ser refeita, e um par de enfermeiras poderia fazer isso, se a paciente cooperasse, mas havia apenas eu, e Ita Noonan era totalmente imprevisível.

Eu tinha comprado a máquina à prestação, reclamou a paciente, mas eles deixaram que caísse da sacada...

A delirante estava presa em alguma desgraça antiga ou imaginária.

Vamos, vamos, sra. Noonan, dê um pulinho para fora da cama, só por um minuto, para eu poder tirar essas coisas molhadas da senhora.

Espatifaram meus santos, foi isso que eles fizeram!

Delia Garrett anunciou: Preciso ir ao toalete.

Se a senhora puder esperar só um minuto...

Não posso mesmo.

Eu estava puxando um canto superior do lençol de Ita Noonan, tirando-o do colchão. Nesse caso, vou lhe dar uma comadre.

Ela pôs um dos pés alvos para fora da cama e disse: Não, eu vou sozinha.

Receio que isso não seja permitido.

Delia Garrett soltou uma tosse áspera. Sou perfeitamente capaz de encontrar o caminho e, de qualquer modo, preciso esticar as pernas, estou enrijecida de tanto ficar deitada aqui como uma porca.

Eu vou levá-la, sra. Garrett. Só me dê dois segundos.

Estou simplesmente estourando!

Eu não podia bloquear a porta nem correr atrás dela pelo corredor. Disse-lhe em tom severo: Por favor, fique onde está!

Abandonei Ita Noonan e sua cama encharcada e dei uma corridinha pelo corredor. A placa na primeira porta dizia FEBRE FEMININA.

Parecia tudo calmo lá dentro.

Com licença, irmã... Benedict?

Ou será que era irmã Benjamin? A freira baixinha levantou os olhos de sua mesa.

Hoje eu estou encarregada da Maternidade/Febre, expliquei. Minha voz saiu aguda demais, soando mais arrogante que aflita. Apontei o polegar para trás do ombro, como que a sugerir que talvez ela não tivesse ouvido falar de nossa pequena enfermaria temporária. Deveria ter me apresentado primeiro, mas havia deixado escapar o momento para isso. Irmã, a senhora teria possibilidade de me liberar uma enfermeira júnior ou uma estagiária?

Sua fala era fluente, a voz, suave. Quantas pacientes você tem na Maternidade/Febre, enfermeira?

Senti-me enrubescer. São só duas no momento, mas...

A encarregada da enfermaria me interrompeu: Temos quarenta aqui.

Olhei em volta, contando; ela também tinha cinco enfermeiras a seu serviço. Então a senhora poderia ao menos mandar um recado para...

Não para a enfermeira-chefe, lembrei a mim mesma. Nesse dia conturbado, a enfermeira-chefe poderia estar num daqueles leitos, cujas fileiras vasculhei. Bem entendido, eu não tinha certeza de reconhecê-la sem uniforme.

Poderia perguntar à pessoa que estiver substituindo a enfermeira-chefe? Eu realmente preciso de ajuda, com bastante urgência.

Tenho certeza de que seus superiores estão a par disso, respondeu a irmã Benedict. Cada um faz a sua parte. Todos devem se ajudar.

Não retruquei.

Como uma ave curiosa, a freira inclinou a cabeça, como quem anotasse exatamente de que modo eu estava falhando, para poder fazer um relatório à irmã Finnigan, mais tarde. Sabe, eu sempre digo que uma enfermeira é como uma colher de folhas de chá.

Não pude responder, por medo de que minhas palavras saíssem num rugido.

Uma sugestão de sorriso, antes da conclusão: Sua força só aparece quando ela está em apuros, na água fervente.

Forcei-me a assentir diante desse sábio provérbio, para que a irmã Benedict não me denunciasse por insubordinação. Fechei a porta sem fazer barulho ao sair, mas me lembrei dos papéis no bolso do avental e tive de voltar e abri-la outra vez. Será que posso deixar com a senhora os meus pedidos de material, irmã, para que sejam transmitidos ao escritório?

Certamente.

Tirei do bolso o punhado de papéis já meio enrolados e os deixei cair sobre o balcão.

Voltei quase correndo para minha enfermaria.

Ita Noonan não arredara pé da cama urinada. A necessidade da moça era mais urgente, decidi: Então, vamos levá-la ao toalete, sra. Garrett.

Ela deu uma fungadela.

Guiei-a pelo cotovelo. Assim que chegamos ao corredor, ela começou a acelerar, tapando a boca com uma das mãos: Ah, depressa, enfermeira!

Na metade do caminho, curvou-se e vomitou. Não pude deixar de notar os reveladores pedaços de linguiça.

Tirei um pano limpo de meu avental para limpar a boca de Delia Garrett e o peito de sua camisola. A senhora está bem, minha cara. Essa doença horrorosa pode perturbar a digestão.

Agora eu realmente precisava achar um atendente para limpar aquele vômito, mas Delia Garret segurou a barriga e partiu a meio galope para o banheiro. Segui-a, batendo minhas solas de borracha no mármore, atrás dos chinelos dela.

O som de trás da porta do cubículo me disse que agora ela também estava com diarreia.

Enquanto esperava por Delia Garrett, de braços cruzados, tive o olhar atraído por uma palavra num cartaz ainda úmido da gráfica: *intestinos*.

LIMPE OS INTESTINOS REGULARMENTE.

CUIDE DA MÃO DE OBRA

PARA MANTER A APTIDÃO PARA A LUTA.

A INFECÇÃO SÓ ABATE

OS MAIS FRACOS DO REBANHO.

COMA UMA CEBOLA POR DIA E MANTENHA LONGE A MALADIA.

Então era a isto que tínhamos chegado: o Anônimo na rua esguichando seu sangue em cima da enfermeira Cavanagh, e o governo, em sua sabedoria, receitando cebolas? E, quanto ao "abate dos mais fracos", que disparate cruel! Essa gripe não se parecia em nada com a velha maldição hibernal que só eliminava os mais velhos e mais frágeis. (Quando ela se transformava em pneumonia, costumava levá-los tão de mansinho que a havíamos apelidado de Amiga dos Idosos.) Essa nova gripe era uma peste misteriosa, que ceifava bandos de homens e mulheres em plena flor da juventude.

Silêncio, agora, atrás da porta do cubículo.

Sra. Garrett, se me permite só verificar o vaso antes de puxar a válvula...

(Fezes escuras revelariam sangramento interno.)

Não seja repugnante!

A água desceu com um rugido da caixa no alto quando ela puxou a corrente.

Delia Garrett me pareceu trêmula quando a reconduzi à enfermaria. Torci para que algum atendente tivesse passado e limpado o mármore salpicado de vômito, mas não. Fiz a paciente contornar a sujeira, lembrando a mim mesma de que esta era menos importante do que ela:

Um banho de esponja na cama e uma camisola limpa, murmurei, e a senhora voltará a se sentir melhor. Só preciso dar uma olhada na sra. Noonan primeiro.

A mulher delirante estava sem expressão nem resistência; deixou que eu a tirasse da cama molhada para a cadeira aos pés dela e que a limpasse inteira. Enfiei uma nova camisola por sua cabeça e usei as tiras de pano das laterais para fechá-la de cima a baixo.

Delia Garrett reclamou que estava gelada de frio.

Tirei do armário um cobertor dobrado e o entreguei a ela. Envolvi Ita Noonan em outro, para mantê-la aquecida até que eu tivesse uma cama seca para lhe dar.

Isto está fétido!

O que significa que é seguro, sra. Garrett. Eles penduram as cobertas em secadores, num cômodo vazio, e queimam enxofre num balde, criando um gás forte o bastante para matar até o último germe.

Como os pobres soldados ingleses na lama, ela murmurou.

Volta e meia essa jovem mimada me surpreendia.

Ao menos meu pobre irmão nunca fora atacado com gases tóxicos. Tim tivera insolação duas vezes, na Turquia, e havia pegado a febre das trincheiras, mas tinha conseguido superá-la, ao passo que muitos soldados a carregavam consigo, como um punhado de brasas capaz de se inflamar a qualquer hora. Essa era a piada — fisicamente, meu irmão continuava a ser o homem que fora antes da guerra, quando trabalhava numa camisaria (agora falida) e ia aos rinques de patinação com seu amigo Liam Caffrey sempre que tinha uma chance.

A porta se abriu e eu tive um sobressalto.

O dr. Prendergast, com seu terno completo, finalmente fazendo a ronda. Fiquei contente por vê-lo, mas mortificada com o momento. *Tomara que ele não pergunte por que minhas duas pacientes estão aninhadas em cadeiras. E será que aquilo no seu sapato engraxado pode ser um salpico do vômito de Delia Garrett?* Se a irmã Finnigan soubesse como as coisas estavam desmoronando em minha primeira manhã na defesa do forte, nunca mais me confiaria essa responsabilidade.

Prendergast estava preocupado em amarrar os cordões de uma máscara atrás da cabeça. Era uma cabeleira estranhamente abundante num homem da sua idade, um grande chumaço branco de algodão.

O senhor soube que perdemos a sra. Devine durante a noite, doutor?

A voz dele soou monocórdia de cansaço: Eu atestei o óbito, enfermeira.

Então o homem estava de pé desde a manhã de ontem. Segurou o estetoscópio em volta do pescoço com as duas mãos, tal como um passageiro oscilando num bonde agarraria uma alça do teto.

Como é ardilosa essa doença, murmurou ele. Quando um paciente mostra todos os sinais de estar melhorando, digo à família para não se preocupar, e aí...

Assenti. Mas, ultimamente, as enfermeiras tinham instruções rigorosas de não desperdiçar um segundo do tempo dos médicos, e ali estávamos nós a nos afligir por causa da morte de uma mulher. Assim, tirei da parede o prontuário de Ita Noonan e o entreguei ao médico. A sra. Noonan está com vinte e nove semanas, doutor.

O dr. Prendergast prendeu o bocejo com a mão: Levemente cianótica, entendi. Como está a respiração dela?

Com bastante esforço. Faz dois dias que ela está delirando e com a temperatura chegando a quarenta e um graus.

O cobertor da paciente estava escorregando, notei; peguei-o e a envolvi com ele. *Tomara que ele não note que ela se urinou.* Perguntei: Ela deve tomar mais aspirina?

(Não era para as enfermeiras terem nenhuma opinião sobre remédios, mas o homem estava tão cansado que pensei em lhe dar uma cutucada.)

Prendergast suspirou: Não, doses elevadas parecem estar envenenando alguns pacientes, e o quinino e o calomelano são igualmente ruins. Experimente uísque em vez disso, tanto quanto ela puder tomar.

Uísque?, perguntei, confusa. Para baixar a febre?

Ele fez que não com a cabeça: Para aliviar o desconforto e a ansiedade, e para promover o sono.

Anotei as instruções, para o caso de outro médico me fazer perguntas a esse respeito mais tarde.

E agora, como está a sra. ...?

O médico tinha os olhos embaçados.

Garrett, recordei-lhe, entregando o prontuário de Delia Garrett. Êmese e diarreia recentes, e a força da pulsação, hum, ainda parece alta.

Tive que usar de tato ao formular as palavras, para ele não se espinhar ante as implicações de que uma parteira soubesse dizer com os dedos o que os médicos dependiam de um equipamento sofisticado para determinar.

Prendergast hesitou e temi ouvi-lo dizer que não tinha tempo para fazer a medição. Mas ele tirou da maleta o seu esfigmomanômetro.

Enfiei a mão rosada de Delia Garrett por dentro da braçadeira e a ajustei em seu braço; em seguida, inflei a braçadeira com a bomba manual. O processo não chegava a ser mais complicado que apertar uma corda; ocorreu-me que qualquer uma de nós poderia aprender a usar aquela coisa.

Ai!

Só mais um minuto, sra. Garrett, disse eu.

Ela tossiu, insatisfeita.

O médico pôs as pontas amareladas do estetoscópio nos ouvidos, pressionou o disco achatado na dobra macia do cotovelo, deixou a braçadeira desinflar-se e escutou.

Após um minuto, ditou: A pressão arterial sistólica está em cento e quarenta e dois. Momentos depois, acrescentou: Pressão diastólica em noventa e um, enfermeira.

"PA diastólica: 91", acrescentei ao prontuário.

Prendergast não pareceu muito impressionado com esses números: A pulsação mais forte é comum nos últimos meses da gravidez, murmurou, enquanto eu guardava o aparelho para ele. Se ela ficar muito agitada, você pode lhe dar brometo.

Esse homem não me ouvira dizer que Delia Garrett tinha acabado de vomitar? Os sedativos afetavam muito o estômago, eu preferiria não os infligir à paciente...

Mas eu fora ensinada a jamais contradizer um médico; diziam que, se a cadeia de comando fosse rompida, haveria caos.

Prendergast esfregou os olhos: Bem, vou andando.

Enquanto o senhor estiver fora, perguntei, que obstetra...

Estão trazendo alguém da clínica geral para ajudar nas enfermarias femininas.

Um clínico geral na clínica privada — logo, não era o especialista de que precisávamos. Inquieta, perguntei: Ele já está no hospital?

Prendergast meneou a cabeça. Da porta, disse: A propósito, a dra. Lynn é mulher.

Pensei ter ouvido uma ponta de desdém. Havia algumas médicas nos últimos tempos, embora eu ainda não tivesse trabalhado subordinada a uma delas. O que eu precisava saber, até que essa substituta se apresentasse, era quem eu poderia chamar para atender minhas pacientes.

Delia Garrett levantou-se de um salto: Enfermeira Julia, pode me tirar desta coisa nojenta agora?

Sim, no instante em que eu tiver dado a medicação à sra. Noonan, mas por favor não fique de pé, sim?

Ela arriou na cadeira.

Numa xícara com tampa, pus uísque aquecido e água para Ita Noonan e o adocei com açúcar, para torná-lo mais palatável. Depois do primeiro gole, ela o sugou como se fosse leite materno. Então fui buscar no armário uma camisola limpa para Delia Garrett.

Descoberta, sua barriga exibia as estrias prateadas das duas gestações anteriores, assim como da atual.

Eu ainda não havia sentido a tal ânsia de maternidade que as mulheres mais velhas me avisavam que eu sentiria. Tinha me especializado como parteira por me sentir atraída pela dramaticidade da coisa, mas nunca me imaginei como a mulher no centro do mistério, como a lua cheia se arredondando, apenas como a auxiliar atenta.

Trinta anos amanhã. A sensação de ter deixado para trás a flor da juventude.

Mas trinta não era ser tão velha assim, disse a mim mesma. De modo algum era tarde demais para casar e ter filhos; apenas improvável, no balanço das probabilidades. E ainda menos provável, eu supunha, agora que se haviam perdido tantos homens na guerra, com a cara no chão em algum campo estrangeiro, ou apenas sem interesse de achar o caminho de volta para essa pequena ilha.

Vesti a camisola em Delia Garrett e amarrei as tiras laterais; depois, recoloquei-a na cama e a agasalhei bem contra o ar outonal que entrava assobiando pela janela alta.

Terminei de descobrir o colchão de Ita Noonan. Foi um alívio constatar que o forro impermeável tinha segurado toda a urina; o lençol de algodão e o cobertor embaixo dele ainda estavam secos.

O que eu não conseguia discernir muito bem era se queria ou não um marido. Tinha havido umas possibilidades no caminho, rapazes agradáveis. Eu não podia me censurar por ter jogado oportunidades no lixo, mas com certeza não as tinha aproveitado.

A senhora é a enfermeira Power?

Girei o corpo e vi uma jovem em trajes civis na porta, o cabelo acobreado puxado para trás com óleo de pentear, mas com uma profusão de cachos na nuca.

Quem é você?

Bridie Sweeney.

Nenhum título, o que me disse que ela não era nem mesmo estagiária. Inúmeras moças vinham recebendo às pressas um treinamento básico em primeiros socorros nos últimos tempos.

Delia Garrett perguntou: E você é o quê, srta. Sweeney, enfermeira voluntária?

A estranha sorriu: Não sou nenhum tipo de enfermeira.

Delia Garrett levantou os olhos para o teto e voltou para sua revista.

Bridie Sweeney virou-se para mim: A irmã Luke mandou me chamar pra dar uma mãozinha.

Então era isso que a enfermeira da noite havia conseguido desencavar para mim — uma moça sem especialização, sem instrução, a julgar pelos sons de sua fala, e com um ar limpo de quem ainda não foi desmamado, como se nada nunca lhe tivesse acontecido. Tive vontade de dar um tapa nessa tal Bridie Sweeney, por pura decepção.

E disse: O hospital não tem nenhuma sobra de verba para membros informais da equipe. Espero que a irmã Luke tenha lhe informado que não há nenhum pagamento, certo?

Eu não estava esperando nenhum.

Ela era aquele tipo pálido de ruiva salpicada de sardas, olhos azul-claros, sobrancelhas quase invisíveis. Havia algo de infantil nas orelhas translúcidas; a da esquerda tinha uma pequena inclinação para a frente, como que ansiosa por captar cada palavra. Casaco de lã rala, sapatos surrados; num dia comum, a enfermeira-chefe nunca a deixaria cruzar a porta.

Bem, comentei, alguém para buscar e levar coisas pode ser útil, por isso fico contente por você estar aqui. Esta é a sra. Garrett. Sra. Noonan.

Bom dia, senhoras, disse Bridie Sweeney com uma pequena mesura.

Tirei do armário um avental dobrado.

A voluntária era um fiapo de gente e pareceu ainda mais magra depois de tirar o casaco; teve que amarrar as tiras do avental dando duas voltas na cintura. Com franca curiosidade, observou Ita Noonan balançar-se na cadeirinha junto a seu leito, entoando uma canção ofegante. Comentou: Nunca entrei num hospital.

A propósito, srta. Sweeney, presumo que você esteja imune, não?

A moça não pareceu conhecer a palavra.

Ao resfriado, à gripe. Já que entrou numa enfermaria de febre sem máscara...

Ah, eu tive a gripe.

Mas a deste ano, a ruim, explicitei.

Fiquei boa dela faz séculos. Agora é pra fazer o quê, enfermeira Power?

Foi um alívio ouvir essa pergunta.

Vamos começar fazendo a cama da sra. Noonan.

Certifiquei-me de alisar todas as camadas de base, o colchão de molas forrado de lona, bem assentado sobre as tábuas, em cima dele o colchão de crina, forrado de algodão. Uma base impermeável vermelho-escura, bem ajustada, depois um cobertor para forrar e, por cima, um lençol.

Recendendo aos vapores do uísque, Ita Noonan tentou subir na cama.

Só mais um minuto, disse eu, barrando-a delicadamente com o braço.

Peguei um novo lençol móvel, lençóis de forro e de cobrir e cobertores no armário de roupa de cama. Deixamos todas as camadas lisas e bem esticadas, para não haver dobras que ferissem a pele da sra. Noonan.

Bridie Sweeney assentiu.

Quando eu ajudava Ita Noonan a se deitar, ela respirou com esforço e exclamou: Que besteirada!

A recém-chegada perguntou: É o quê?

Meneei a cabeça.

O rosto dela cristalizou-se: Desculpe — eu não posso falar com elas?

Dei um sorriso: Eu só quis dizer para você não se preocupar se a sra. Noonan fizer comentários estranhos. Dei um tapinha na testa e acrescentei: A temperatura alta pode chacoalhar as ideias.

Enrolei um xale nos ombros da doente e pus outro em sua cabeça, para protegê-la das correntes de ar.

Ita Noonan deu um tapa no ar com sua xícara: Aqueles brutamontes! Deixaram minha louça de Delft em cacos!

Foi mesmo?, disse Bridie Sweeney, cuidando dos travesseiros.

A moça tinha jeito no trato com as pacientes, concluí; isso não se podia ensinar.

Enfiei o bolo de roupa de cama suja no balde da lavanderia e apontei com o polegar para a saída: Isto vai para o conduto que desce do corredor — o que diz Lavanderia, não Incinerador.

Bridie Sweeney saiu depressa com o balde.

Delia Garrett perguntou: Essa garota simplesmente entrou aqui, vindo da rua?

Bem, se a irmã Luke a recomendou...

Uma bufadela.

Estamos com tamanha falta de pessoal, sra. Garrett, que fico feliz em aceitar qualquer ajuda.

Ela resmungou para a revista: Eu não falei que ela não devia ficar.

Quando Bridie Sweeney voltou, mostrei-lhe a distinção entre os vários curativos de gaze (quadrados, bolas, tiras de um metro e oitenta de comprimento acondicionadas em latas), chumaços de estopa de linho, toalhas não reutilizáveis, ataduras e categute.

É tripa de gato mesmo?

De carneiro, na verdade. Não sei por que tem esse nome, admiti.

Ela abriu um sorriso radiante, olhando em volta: Quer dizer que essas moças estão aqui pra se curarem da gripe com a senhora?

Dei um suspiro: Bem que eu gostaria de saber fazer isso, mas não existe cura, propriamente. A coisa tem que cumprir seu ciclo até o fim.

Por quanto tempo?

Dias ou semanas. (Eu estava tentando não pensar nas pessoas que ela matava sem aviso, na rua ou nas tábuas de seu próprio assoalho.) Tudo o que podemos fazer é mantê-las aquecidas e descansadas, alimentadas e hidratadas, para que elas possam dedicar toda a sua força a vencerem essa gripe.

Minha jovem ajudante parecia fascinada. Perguntou baixinho: Por que a sra. Noonan está daquela cor?

Ah, ali estava uma coisa que eu sabia ensinar, e lhe disse: O rosto escurece quando elas não recebem oxigênio suficiente no sangue. Chama-se cianose, por causa do ciano — aquele tom de azul.

Mas ela não está azul, disse Bridie Sweeney. Está mais pra escarlate.

Bem, disse eu, começa com um vermelho-claro que pode ser confundido com um sinal de saúde. Quando a paciente piora, as bochechas ficam bem da cor do mogno. (Pensei na mudança de cor das folhas de outono.) Num caso mais grave, o marrom pode ser seguido por lilás na boca; as faces e até a ponta dos dedos podem ficar bem azuis, à medida que a paciente vai ficando sem ar.

Que horror!

Lembrei-me de virar para a outra paciente e dizer: Não se preocupe, sra. Garrett, a senhora não está nem um pouco cianótica.

Ela estremeceu de leve ante essa ideia.

Bridie Sweeney perguntou: É só até azul que isso vai?

Balancei a cabeça: Já vi escurecerem até violeta, roxo, até ficarem com o rosto bem preto.

(O Anônimo caído da enfermeira Cavanagh, naquela manhã, estava escuro como borralho quando ela correu para socorrê-lo na rua.)

É feito um código secreto, disse Bridie Sweeney com prazer. Vermelho pra marrom, pra azul, pra preto.

Aliás, no nosso treinamento, nós criávamos...

Perguntei a mim mesma se ela conheceria a expressão *truques mnemônicos*. Ou a palavra *aliteração*.

... pequenos lembretes para gravar na memória fatos da medicina, contei.

Como o quê?

Bem... os quatro Ts que podem causar hemorragia pós-parto — o sangramento depois do parto — *tecido, tônus, trauma e trombocitopenia*.

A senhora sabe um monte de coisas, enfermeira Power.

Conduzi a moça numa turnê pelas outras prateleiras e armários: Se eu lhe entregar um instrumento de metal já usado, você pode presumir que eu quero que seja esterilizado, srta. Sweeney. Coloque-o nesta panela de água fervendo, com esta pinça aqui, e deixe na água por dez minutos contados no relógio.

Desculpe, eu não tenho...

Há um relógio ali na parede. Depois, pegue um pano limpo neste pacote de papel pardo e use a pinça para pôr o instrumento sobre o pano. Qualquer coisa que você não tenha tempo de ferver pode ser desinfetada nesta bacia com uma solução forte de ácido carbólico.

Certo.

Mas estaria ela captando a importância do que eu dizia?

Depois que cada peça tiver secado ao ar, você vai passá-la com a pinça para uma bandeja estéril nesta prateleira, onde tudo está esterilizado — minuciosamente limpo, pronto para o médico. Nunca toque em nenhuma destas coisas a não ser que eu lhe diga para fazer isso, entendeu?

Bridie Sweeney assentiu.

Delia Garrett deu uma sucessão de tossidas que se transformaram num acesso convulsivo de tosse.

Fui até lá verificar seu pulso.

Como está o estômago agora, sra. Garrett?

Um pouco mais calmo, suponho, ela admitiu. Eu culpo aquele terrível óleo de rícino pelo que aconteceu.

Eu duvidava muito que a dose que lhe dera pudesse tê-la feito liquefazer-se pelas duas extremidades.

É ridículo me manter encerrada aqui por causa de uma pontinha de resfriado! Meus filhos nascem na semana em que estão previstos para nascer, não antes, e não fico mais de meio dia de cama, sem nenhum estardalhaço. Por que essa fedelha está me olhando de boca aberta?

A mão de Bridie Sweeney subiu depressa para cobrir seu sorriso: Desculpe, eu não sabia que a senhora estava...

Delia Garrett a fuzilou com os olhos, com as mãos na barriga: Você achou que isto era pura gordura?

A porta diz Maternidade/Febre, srta. Sweeney, assinalei.

Ela resmungou: Eu não sabia o que isso queria dizer.

Fiquei surpresa com a ignorância da moça e disse: Bem, agora vou lhe mostrar como lavar suas mãos.

Com ar divertido: Acho que isso eu sei.

Perguntei, em tom meio áspero: Você já ouviu falar em febre puerperal? É claro.

Ela pode acometer a mulher a qualquer momento, a partir do terceiro dia depois do parto, e costumava matar um número terrível de mães. Nossa única defesa moderna é a assepsia — o que significa impedir que os micróbios cheguem às pacientes. Será que agora você entende por que limpar cuidadosamente as mãos pode salvar uma vida?

Bridie Sweeney fez que sim, envergonhada.

Eu lhe disse: Arregace as mangas até em cima, para não molhá-las.

Ela pareceu hesitar. Quando descobriu o braço direito, havia nele um aspecto derretido. A jovem percebeu que eu notei e murmurou: Uma panela de sopa.

Deve ter doído.

Bridie Sweeney deu de ombros, num pequeno gesto meio simiesco.

Torci para que ela não fosse o tipo desastrado. Não era o que me parecia. Tinha as mãos avermelhadas, o que me revelou que estava acostumada com trabalho pesado.

Primeiro nós derramamos água fervente desta chaleira, srta. Sweeney, e acrescentamos água fria da moringa.

Ela mergulhou as mãos na bacia: Que gostoso, está morninha!

Pegue esta escova de unhas fervida e esfregue bem as mãos, especialmente as unhas e a pele em volta delas.

Esperei que ela o fizesse.

Agora enxágue na água limpa, para tirar toda a espuma de sabão. Por último, mergulhe as mãos numa terceira bacia de água... com uma tampa cheia deste ácido carbólico aqui. Verti-o para ela e acrescentei: Os antissépticos, como o ácido carbólico, podem ser perigosos, na verdade...

... se a pessoa engolir ou respingar nos olhos. Eu sei, disse ela, ansiosa.

Corrigi-a: Se a pessoa confiar neles, por preguiça, em vez de tomar o cuidado de esfregar realmente bem as mãos.

Bridie Sweeney fez que sim, as mãos pingando.

Apontei para uma pilha de toalhas limpas, para que a moça não tentasse enxugá-las no avental.

Até então, ninguém tinha vindo recolher as bandejas do desjejum. E perguntei: Será que você pode levá-las para a cozinha?

Ela indagou: Onde é a...

No subsolo. Descendo dois andares.

Depois que ela saiu, medi temperaturas, pulsos, respiração. Nenhuma mudança. Isso era tranquilizador no caso de Delia Garrett, e preocupante no de Ita Noonan. O uísque podia ter lhe proporcionado algum bem-estar, mas fora só isso.

Obrigada, disse eu, quando Bridie Sweeney voltou. É uma ajuda de verdade contar com outro par de mãos.

Ela baixou os olhos para as juntas dos dedos e coçou os dorsos inchados e vermelhos.

Frieira?

Ela fez que sim, acanhada: Está me deixando doida.

As jovens magras eram suscetíveis, por alguma razão. Tome, eu disse, isto deve aliviar a coceira.

Tirei da prateleira o bálsamo medicinal, mas ela não fez nenhum movimento para pegá-lo; assim, tirei uma porção do pote com o indicador, peguei as mãos dela e esfreguei bem o medicamento nas manchas vermelhas. No dorso da mão esquerda havia um círculo vermelho elevado — tinha, a marca da pobreza que eu via em muitas pacientes. Mas a dela estava clareando, portanto já não era contagiosa.

Bridie Sweeney respirou entre risinhos, como se minha ação lhe fizesse cócegas. O cheiro do eucalipto encheu o cômodo. Excetuados os dedos, o resto dela era muito branco, quase azul.

Eu lhe disse: Não deixe suas mãos ficarem frias nem molhadas no inverno. Use sempre luvas quentes quando sair.

Não saio muito.

Delia Garrett deu uma tossida significativa: Quando vocês tiverem acabado de se embonecar, estou ansiosa por uma xícara de chá.

Guiei Bridie Sweeney até a chaleira e tirei da prateleira a caixa de chá e o bule. As pacientes podem tomar todo o chá que quiserem.

Ela disse: Tudo bem. Com açúcar, sra. Garrett?

Duas colheres. E leite. Ou não, na verdade... aquele negócio condensado é tão horroroso que é melhor o chá-preto.

Instruí Bridie Sweeney: Ofereça biscoitos de araruta com o chá, se a paciente tiver apetite.

Ao contrário de Delia Garrett, com seus braços rechonchudos, nossas mães mais pobres chegavam com pouquíssima carne sobre os ossos, e, na Maternidade, era nossa política alimentá-las tanto quanto possível, antes da hora de sua provação.

Bridie Sweeney também era esquelética, mas daquele tipo rijo e resistente que a comida atravessa feito água, supus: E, já que está com a mão na massa, pode fazer uma xícara para cada uma de nós, srta. Sweeney.

Aproveitei a chance para dar uma saída rápida. Chegando à porta, porém, virei-me e disse: Espero que você saiba o bastante para saber que não sabe nada, não é?

Bridie Sweeney me encarou — depois assentiu, uma flor em sua haste.

Eu disse ainda: Aprendi que ser uma boa enfermeira significa saber quando chamar o médico. Logo, ser uma boa ajudante significa saber quando chamar a enfermeira. Se essas senhoras precisarem de um copo d'água, ou de outro cobertor, ou de um lenço limpo, dê a elas, mas, se tiverem qualquer mal-estar, corra até o banheiro para me buscar.

Ela fez uma pequena saudação cômica.

Volto em dois segundos, disse eu, e saí correndo.

Que diria a irmã Finnigan sobre eu deixar a enfermaria nas mãos dessa novata inexperiente? Bem, eu estava fazendo o melhor que podia. Como todos nós.

Depois do banheiro, senti-me ávida de um vislumbre do mundo lá fora, por isso fui à janela e olhei para baixo, para os transeuntes escassos. A chuva se dissipara, mas havia no dia uma umidade pegajosa. Uma mulher de casaco longo de pele — indumentária estranha, ainda nem era novembro — desceu de um táxi, com uma grande bolsa de couro numa das mãos e uma caixa desajeitada de madeira na outra. Sacudiu para trás o capuz suntuoso, deixando expostos dois *chignons* antiquados. Bem, imaginei que o porteiro lhe explicaria a proibição de visitas.

De volta à enfermaria, encontrei Bridie Sweeney acabando seu chá, com farelos no canto da boca: Uma delícia!

Não me pareceu que estivesse sendo sarcástica. Levei minha xícara à boca e senti gosto de cinzas varridas de algum piso distante.

Ita Noonan murmurava: Está tudo desconjuntado, estropiado.

Bridie Sweeney aproximou-se e cochichou no meu ouvido: Por acaso ela é porrista?

Não, não, o dr. Prendergast mandou lhe dar uísque por causa da gripe.

Ela assentiu e deu um tapinha na têmpora: Agora ela vai ficar ruim da cachola pra sempre?

Garanti-lhe que o delírio era apenas temporário.

Então... ela vai melhorar?

Apanhei-me cruzando os dedos com tanta força que chegou a doer. Um hábito bobo, eu sei. Respondi a Bridie Sweeney em voz baixa: É comum essas mães serem mais fortes do que parecem. Depois que a febre tiver baixado... aposto dinheiro que ela vai superar isso e terá o décimo segundo filho em janeiro.

Décimo segundo?

O tom da jovem foi tão estarrecido que não mencionei que apenas sete dos filhos dos Noonan estavam vivos. Em vez disso, respondi: Você conhece aquele ditado que diz *Ela só ama seu homem se lhe der doze filhos*?

Bridie Sweeney fez uma careta: Eu não aguentaria.

Com um leve arrepio, admiti: Nem eu. Bem, não vão erguer nenhuma estátua para nós duas.

Isso fez Bridie Sweeney roncar de rir.

O dia escurecera de novo e a chuva borrifava de um jeito aflitivo o vidro inclinado. Escorriam filetes da janela parcialmente aberta.

Delia Garrett perguntou: Será que podemos fechar aquilo, para não ficarmos encharcadas?

Desculpe, respondi, mas o ar é vital, especialmente nas queixas respiratórias. Ela enfiou a cabeça embaixo do travesseiro.

Pus Bridie Sweeney para secar os borrifos com um pano, antes que eles se aproximassem das camas. Depois, mandei-a buscar gelo do refrigerador elétrico no almoxarifado: É uma máquina que é uma caixa grande, expliquei, e os cubos devem estar atrás de uma portinha no alto. Se não tiver sobrado nenhum, suba um andar e pergunte.

Verifiquei temperaturas, pulsos, respirações. Troquei os lenços de minhas pacientes e ajeitei seus travesseiros; escorei Ita Noonan, para ela ficar na posição semiereta que parecia facilitar um pouco sua respiração.

A essa altura, Bridie Sweeney estava de volta com uma bacia cheia de gelo, de modo que a deixei no controle enquanto levava cada mulher ao banheiro.

A moça me parecia suficientemente gentil e confiável para cuidar um pouquinho de uma paciente, de modo que a fiz mostrar-me que se lembrava de como lavar as mãos — ela não esquecera nem um único passo — e a pus para molhar o rosto e o pescoço de Ita Noonan com uma esponja embebida em água gelada.

Avise-me quando ela tiver terminado o uísque, sim?

Delia Garrett tossiu, com ar enfadado: Posso tomar um pouco disso em vez deste chá horroroso?

O álcool era um relaxante útil na gravidez, mas...

Desculpe, respondi-lhe, só se o médico mandar.

(Não que minhas pacientes tivessem algum médico supervisionando seu tratamento nesse momento. Quando é que a tal Lynn pretendia dar as caras?)

Será que, em vez disso, a senhora gostaria de uma limonada quente, sra. Garrett, ou de um pouco de água de cevada?

Eca!

Do outro lado da sala, Ita Noonan deu um puxão nas mãos de Bridie Sweeney e as pôs em sua barriga.

Senti-me tomada de pavor: O que foi, sra. Noonan?

Minha jovem auxiliar estava tendo que ajoelhar no catre para não cair. Olhava fixo para a montanha sob suas palmas. Ita Noonan a segurava pelos pulsos e cantarolava, porém mais como se estivesse agitada que sentindo dor.

Encheu-se de assombro o rosto da ruiva: Está se *mexendo*. Dando socos dentro dela!

Delia Garrett disse, com ligeiro desdém: O que você esperava?

Esclareci a Bridie Sweeney: Todo bebê ainda não nascido nada e dá cambalhotas.

Sai pra lá! Como se estivesse vivo?

Franzi o cenho. Estaria ela zombando de mim?

Ora, é claro que o bebê está vivo, srta. Sweeney. Corrigi-me: Vivo dentro da mãe, como parte dela.

Eu pensava que ele só ficava vivo quando saía.

Com o olhar perdido, pensei no passe de mágica que seria isso: Deus criando Adão da lama e soprando o espírito dentro dele, tudo no mesmo instante. Mas eu sabia que não devia me surpreender; algumas pacientes chegavam ao hospital, à beira de dar à luz, com uma compreensão quase tão parca da situação quanto essa moça.

Peguei na prateleira o *Manual de parturição*, de Jellett, e levantei a delicada folha de papel fino para mostrar a Bridie Sweeney a ilustração da página de rosto, com o título "O útero na gestação a termo".

Ela arregalou os olhos: Minha nossa!

Levei um ou dois segundos para deduzir que, pela impressão dela, aquilo era o desenho de uma mulher que fora cortada ao meio. Não, não, isto é um corte — é desenhado como se pudéssemos enxergar através dela. Notou que o bebê fica todo encolhido?

E de cabeça para baixo!

Sorri. E também muito mais feliz assim, imagino. Você está aprendendo muito num dia só, não é, srta. Sweeney?

Ela murmurou: Parece um acrobata pequenininho.

Mas que dorme profundamente na maior parte do tempo.

Delia Garrett me interrompeu para dizer: A minha segunda não dormia. Clarissa chutava feito uma mula, manhã, tarde e noite. Mas esta aqui é uma boa menina, não é?

Alisou sua protuberância com um carinho meio tristonho.

Bridie Sweeney sugeriu: Ou um bom menino, quem sabe?

Delia Garrett balançou a cabeça: Não ligo para meninos. Além disso, minha sogra sempre sabe dizer, pelo jeito da minha gravidez. Pode me mostrar essa imagem?

Quando lhe passei o *Manual* de Jellett, Delia Garrett fez uma careta diante da ilustração, mas com certo orgulho: Veja como as entranhas dela ficam espremidas de lado! Não admira que meu estômago ande meio mal.

Recoloquei o livro na prateleira. Já eram quase onze, hora de trocar o emplastro que a irmã Luke tinha posto em Ita Noonan. Aqueci a farinha de linhaça numa espiriteira. Tinha que ficar suficientemente espessa para que uma colher se cravasse em pé na mistura. Desatei as tiras da camisola da paciente, tirei a atadura enrolada em seu peito e descasquei a crosta anterior endurecida. O rosto dela estava amarelado e com uma expressão de cansaço. Limpei sua clavícula avermelhada com chumaços de estopa de linho e água ensaboada, enquanto Bridie Sweeney ficava por perto, me entregando os materiais à medida que eu os pedia.

Ita Noonan disse, com a respiração ofegante: Chegue aqui pra eu lhe contar.

Inclinei-me para o odor pesado de seu hálito, enquanto lhe media o pulso. Mas a mulher não disse mais nada. Seus batimentos cardíacos estavam bem mais acelerados do que antes, porém a força da pulsação parecia um pouco menor.

Espalhei a linhaça cozida sobre um pedaço de pano, pus em cima uma compressa de gaze, depois uma camada de linho esterilizado sobre a gaze, depositei a coisa toda entre os seios murchos da paciente e cobri com uma atadura de flanela de algodão. As pontas tinham que ser amarradas nas costas e em torno dos ombros caídos, mas, entre nós, Bridie Sweeney e eu fizemos um trabalho rápido. Eu não lamentaria o tempo gasto em toda essa trabalheira complicada se acreditasse em alguma serventia real dos emplastros.

A respiração de Ita Noonan era penosa, arfante. Dei-lhe uma colher de xarope de ipecacuanha como expectorante, para soltar sua congestão, torcendo para que ele não a fizesse vomitar. A paciente franziu o cenho ao sentir o gosto, mas não me opôs resistência.

Um minuto depois, tossiu um catarro cor de alga marinha. Recolhi-o no lenço da paciente e o dei a Bridie para jogá-lo no incinerador.

Bridie demorou um pouco para voltar e, quando chegou, perguntei: Você se perdeu? Caiu num dos condutos?

Bridie Sweeney admitiu: Desculpe, eu demorei no banheiro. Tem aquele trinquinho na porta, pra gente ter intimidade, e aquele monte de água quente fantástica, e uns quadrados de papel muito legais. Estou gostando do hospital.

Isso me fez rir.

Especialmente dos cheiros.

Pensei com meus botões: *Eucalipto, linhaça, ácido carbólico? Uísque, neste momento?* Para mim, eles não conseguiam encobrir o fedor fecal e sangrento do nascimento e da morte.

Eu lhe disse: Aqui costuma ser muito mais organizado. Você nos pegou no meio do caos. Estamos com mais que o dobro do número habitual de pacientes e um quarto do pessoal.

O rosto dela se iluminou, supus que por eu tê-la incluído na palavra *pessoal*, como ajudante.

Ocorreu-me que ela era uma beldade, a seu modo pálido e ossudo; uma gota preciosa cintilando numa lata de lixo. Perguntei-me onde a irmã Luke a teria encontrado.

Você mora por aqui, srta. Sweeney?

Logo depois da esquina.

Tom meio evasivo. Ainda com os pais, presumi, já que parecia muito jovem.

Quantos anos você tem, se não se importa com minha pergunta?

Ela deu de ombros: Uns vinte e dois.

Jeito acanhado de falar, *uns* vinte e dois. Bem, eu não queria bisbilhotar.

Ela me surpreendeu com uma pergunta: A senhora pode me chamar de Bridie, talvez?

Claro, se você prefere.

Fiquei sem saber muito bem o que dizer depois disso, assim consultei o relógio. É quase meio-dia, você deveria almoçar agora.

Eu não trouxe almoço, mas está tudo bem.

Não, não, aqui nos servem as refeições numa cantina ao lado da cozinha.

Ela hesitou: E a senhora?

Ah, eu ainda não estou com fome.

Não havia o que fazer quanto a sua roupa ou seus sapatos, mas... Quem sabe você desenrola as mangas e penteia o cabelo antes de descer.

Corando, Bridie apalpou a massa de cachos brilhantes que haviam escapado e os afastou do rosto, puxando-os para trás.

Lamentei ter mencionado o assunto; ela só estava ali por um dia, afinal, logo que importância podia ter sua aparência?

A jovem se atrapalhou com o elástico.

Você não trouxe um pente?, perguntei.

Ela fez um sinal negativo com a cabeça.

Fui até minha bolsa e achei para ela um pente de ebonite.

Bridie alisou o cabelo e me estendeu o pente: Obrigada pelo empréstimo.

Fique com ele, eu disse.

Não!

Sério, eu prefiro muito mais o outro que tenho. Parece de tartaruga, mas é de celuloide.

Pare de tagarelar, Julia, disse a mim mesma.

Um barítono cantou no corredor — Groyne.

Tudo bem aí, Michael, tudo bem?
Acha que chegamos lá antes do anoitecer?

Delia Garrett reclamou: É aquele homem horroroso que ontem me trouxe para cá.

O atendente entrou de costas pela porta. Ele me lembrava aquele criado macabro de *Frankenstein*.

Em vez de cumprimentá-lo, comentei: Você tem sempre uma canção nos lábios, Groyne.

Ele imitou uma mesura de teatro de variedades na minha direção, depois girou a cadeira de rodas para apresentar a nova paciente. Uma jovem — uma menina, eu diria, exceto pela barriga — de cabelos pretos feito carvão e rosto carregado de medo.

Outra joia para sua seleta irmandade. O bebê vai chegar logo, mas a Maternidade não quis ficar com ela, por causa da tosse.

Olhei de relance para o prontuário que Groyne me entregou. Apenas uma linha rabiscada no alto: "Mary O'Rahilly, dezessete anos, primípara".

As mulheres que já tinham dado à luz eram velhas conhecidas, ainda que nunca fosse possível ter certeza do que aconteceria no dia do parto. Uma primípara como Mary O'Rahilly era outra história. O médico que a internara não havia nem mesmo estimado a data prevista; devia estar muito assoberbado.

Sra. O'Rahilly, vamos tirá-la dessa cadeira de rodas.

Ela se levantou sem nenhuma dificuldade aparente, mas trêmula. Seria friagem, pensei, ou nervosismo, ou as duas coisas? Baixa e magra, apequenada pelo barrigão. Dei um tapinha na cadeira aos pés da cama do meio e disse: Sente-se aqui até trocarmos sua roupa.

O atendente empurrou a cadeira vazia para a porta.

Groyne, alguma notícia de quando podemos esperar ver essa nova médica?

Ah, a dama rebelde!

Os mexericos eram um prato cheio para esse homem. Eu não tinha o hábito de incentivar fuxicos, mas dessa vez não consegui me impedir de arquear as sobrancelhas.

Não ouviu falar nela?, perguntou Groyne.

Você está implicando que ela é do Sinn Féin?

(A expressão gaélica significava *nós sozinhos*. Eles viviam esbravejando que agora o governo autônomo não seria suficiente; nada os deixaria satisfeitos senão uma república separatista.)

55

Implicando nada, disse-me Groyne. A sra. Lynn é a filha desvirtuada de um vigário de Mayo — socialista, sufragista, agitadora anarquista!

Isso me soou de um sensacionalismo improvável, e o atendente tinha mesmo propensão a falar mal de qualquer mulher colocada acima dele. Mas os detalhes eram muito específicos.

Filha de um vigário?, perguntei. É mesmo?

A maioria desses amantes da Irlanda vestidos de verde pode ser católica como nós, mas nas fileiras deles tem sempre um ou outro excêntrico protestante, disse ele, cheio de nojo. (Não notou o olhar frio que Delia Garrett lhe lançou.) Essa não foi nada menos do que capitã, na Revolta. Foi ela que costurou os ferimentos a bala daqueles pirralhos no telhado da prefeitura.

Apontou para o escritório do terceiro andar e acrescentou: A cúpula deve estar mesmo pegando a raspa do tacho, para valer.

Bem, respondi, incomodada, acho que está longe da hora de se fazerem muitas exigências.

Os olhos da nova paciente saltavam quando ela perguntou: O hospital contratou uma criminosa?

O atendente assentiu: A sra. Lynn foi deportada com o resto do bando, ficou em cana na Inglaterra — e aí, não é que eles foram soltos no ano passado, apesar de todo o sangue que têm nas mãos, e voltaram às escondidas para cá?

Eu tinha que pôr um freio nessa conversa, antes que o pânico se espalhasse, e disse: Deixando a política de lado, tenho certeza de que a *doutora* Lynn não teria sido chamada hoje se não fosse uma médica competente.

Minha ênfase no título dela levou Groyne a dar um risinho de troça: Ah, não vou dizer mais nada.

Essa era a frase inevitável do atendente quando ele tinha muito mais a dizer. Começou a se acomodar nesse momento, apoiado nas barras do encosto da cadeira de rodas, como se estivesse num bar: Hoje em dia, o sujeito não pode deixar escapar uma palavra sobre o sexo frágil — o chamado sexo frágil! Uma mulher entrega minha correspondência, há mulheres fabricando munição, até garotas apagando incêndios. Onde é que isso vai parar?

Não devemos prendê-lo aqui, Groyne.

Ele entendeu minha deixa: Boa sorte, sra. O'Rahilly.

Saiu flanando, chilreando para a cadeira de rodas: *Tudo bem aí, Michael, tudo bem?*

Bridie comentou: Ele é divertido, esse cara.

Torci a boca.

Não gosta dele, enfermeira Power?

O humor do Groyne é meio ácido para o meu gosto.

Bem, a gente tem que rir, disse Bridie.

As duas tiramos o xale, o vestido e a roupa de baixo da sra. O'Rahilly, mas deixando as meias, para manter o calor. Ela teve tremores e calafrios. Vestimos a camisola por cima de seu cabelo liso e preto. *Para a senhora ficar mais confortável*, eu sempre dizia, mas na verdade trocar a roupa delas era uma questão de higiene; algumas pacientes chegavam cheias de piolhos. Numa enfermaria adequadamente equipada, eu teria fumegado até as roupas de Mary O'Rahilly, pelo sim, pelo não, mas, na situação vigente, tudo o que pude fazer foi mandar Bridie embrulhá-las num papel e pô-las na prateleira mais alta. Mostrei-lhe como amarrar as tiras para fechar as laterais da camisola na paciente. Pus um robe curto na jovem e um xale hospitalar enrolado em seu pescoço.

O rosto de Mary O'Rahilly franziu-se e ela enrijeceu.

Esperei até passar.

Foi muito forte essa contração, meu bem? (Éramos treinadas a não chamá-las de *ruins*.)

Não muito forte, acho.

Mas afinal, pensei, uma primípara não tinha base de comparação. Você sabe para quando o seu bebê é esperado?, perguntei.

Baixinho: Minha vizinha diz que é novembro, talvez.

Sua última menstruação?

Os olhos dela piscaram, confusos.

Suas regras?

Ela ficou cor de rosa. Não sei lhe dizer, desculpe. Pode ser no último inverno, acho?

Eu não me daria o trabalho de tentar fazer as contas a partir do momento em que ela sentira os primeiros movimentos fetais, porque era raro uma primípara registrar essa movimentação até ser tarde demais para ela constituir um marcador útil.

E essas pontadas, onde você as tem sentido mais?

Mary O'Rahilly fez um gesto vago para a barriga.

Eu sabia que isso era mais típico do falso trabalho de parto; eram contrações de alerta, não o ataque completo, que tendia a atingir as costas. Talvez essa garota ainda estivesse a semanas do parto.

Pressionei-a: Qual é o intervalo que você tem entre uma e outra?

Um dar de ombros infeliz.

A dor varia?

Não consigo me lembrar.

Irregularidade, paradas e recomeços — tudo isso parecia falso trabalho de parto.

E me diga, sra. O'Rahilly, há quanto tempo tem sentido essas pontadas?

Não sei.

Horas?

Dias.

Um dia e uma noite para a dilatação do colo do útero eram uma coisa bastante comum. Mas com certeza, se esse fosse o processo verdadeiro, Mary O'Rahilly já estaria mais adiantada após *dias* de dor, não é?

A voz dela se embargou: Isso quer dizer que ele está chegando?

Ah, logo saberemos.

Mas aquele homem disse...

Não consegui conter uma bufadela: Groyne foi maqueiro do exército, eu disse à paciente. Aprendeu muito sobre ferimentos e febres, sem dúvida, mas não muito sobre partos.

Achei que isso faria Mary O'Rahilly sorrir, mas ela estava tensa demais de preocupação. Como a maioria de minhas pacientes — até as multíparas —, era provável que nunca tivesse sido internada num hospital até esse momento.

Enquanto continuava a fazer sua anamnese, fui procurando indícios de problemas futuros. Raquitismo, principalmente, que era uma praga nos bairros miseráveis — os dentes das crianças nasciam tarde, elas não andavam até os dois anos e tinham curvaturas nas costelas, nas pernas ou na coluna. Mas não, Mary O'Rahilly era só pequena, com uma pelve proporcional ao resto do corpo. Nenhuma inchação sugeria que houvesse problemas nos rins. Ela tivera uma gestação perfeitamente sadia até pegar essa gripe.

Estremeceu e tossiu no dorso da mão pequena: Eu tenho tomado muito cuidado, enfermeira. Faço gargarejo com vinagre de cidra e também bebo ele.

Assenti, com a expressão neutra. Uns confiavam no melado para rechaçar a gripe, outros, no ruibarbo, como se tivesse que haver uma substância caseira capaz de nos salvar a todos. Eu havia até conhecido alguns tolos que atribuíam sua segurança ao uso de roupas vermelhas.

Apoiei a mão no peito de Mary O'Rahilly, segurando meu relógio, para poder contar sua respiração sem que ela notasse. O ritmo da respiração estava um pouco aumentado, entre os acessos de tosse explosivos. Pus um termômetro sob sua língua. "Pulso regular, mas ligeiramente fraco", acrescentei ao prontuário.

A propósito, essas marcas azuis no seu pulso, você levou um tombo? Sentiu tonteira, foi isso?

Ela balançou a cabeça: É só que eu me machuco com facilidade, murmurou.

Quando verifiquei o mercúrio, passado um minuto, a temperatura estava apenas um pouco acima do normal. Eu lhe disse: O seu caso não é nada mau.

Bridie e eu a ajudamos a deitar na cama do meio. (O leito de morte de Eileen Devine.)

Pare, não pense desse jeito, você quer dar azar a essa pobre menina?

Disse Mary O'Rahilly, em seu murmúrio arfante: As pessoas andam com medo de chegar perto umas das outras, essa doença pode pegar muito depressa! Outro dia, os mascates derrubaram uma porta no cortiço atrás do nosso e acharam uma família inteira morta no mesmo colchão.

Meneei a cabeça, achando terrível que os vizinhos não tivessem se aproximado deles antes que a coisa chegasse a esse ponto... mas como é que se podia julgar, em tempos de tamanho pavor generalizado?

Eu precisava que ela se deitasse de costas para poder apalpar seu abdome. Podia ser que doesse se a bexiga estivesse cheia, e por isso lhe perguntei se queria ir ao banheiro primeiro.

Ela fez que não com a cabeça.

Delia Garrett, em tom mal-humorado: Eu preciso ir, aliás.

Bridie se ofereceu para levá-la.

Fiquei indecisa: Está bem, se você segurar a sra. Garrett com firmeza, para ela não cair.

E por que eu haveria de cair?

Quando as duas saíram, fui dar uma olhada em Ita Noonan, que continuava em seu aturdimento cheio de vapores.

Voltando a Mary O'Rahilly. Levantei sua camisola, mas cobri as partes pudendas e as coxas com um lençol. Como muitas mães adolescentes, ela exibia dramáticas estrias escuras na parte inferior do ventre; a pele jovem e firme não estava acostumada a esticar tanto. Mas o bom dessa idade era que depois o corpo voltaria a ser o mesmo.

Sentei-me na beira da cama, de frente para sua cabeça. Esfreguei bem as mãos para espantar a friagem, mas a garota deu um pulo quando as coloquei nela.

Desculpe, elas vão esquentar. Tente relaxar a barriga para mim.

Deslizei as mãos de um ponto a outro, sem levantá-las; era crucial não tamborilar, como quem tocasse piano, porque isso fazia os músculos se contraírem. Fechei os olhos e tentei imaginar a paisagem interna de Mary O'Rahilly, com base no que minhas mãos me diziam. Ali estava ela, a parte superior e firme do útero, a seis dedos de largura acima do umbigo; a garota estava com a gestação a termo, ou perto disso. Portanto a gripe não tinha conseguido soltar essa noz específica da sua casca antes da hora, graças a Deus.

Um único feto. (Tínhamos pavor de gêmeos.) Apresentação normal, cabeça para baixo e de frente para a espinha dorsal. Achei o pequeno bumbum e tracei o arco das costas para baixo.

Seu bebê está exatamente na posição certa.

Está?

A cabeça parecia bem encaixada na pelve. Não que isso me dissesse se ela estava ou não no verdadeiro trabalho de parto, porque, nas primíparas, a cabeça podia se encaixar um mês inteiro antes do nascimento.

Bridie voltou com Delia Garrett, empoleirou-se na cama, do outro lado de Mary O'Rahilly, e segurou sua mão, sem que eu pedisse.

O que a senhora está fazendo agora, enfermeira Power?

Se você me der aquela coisa na prateleira do alto que parece uma corneta acústica, vou ouvir os batimentos cardíacos do bebê. Respire fundo para mim, sra. O'Rahilly.

Encostei a extremidade larga da corneta de madeira na barriga da moça, do lado em que havia apalpado as costas, mas abaixo do ponto médio, e coloquei a extremidade estreita no ouvido.

O que...

Era Bridie, que eu fiz calar-se, levando um dedo a meus lábios. Contei, olhando para o ponteiro maior do relógio.

"Ritmo cardíaco fetal: 138 batimentos por minuto", anotei, perfeitamente normal.

Um espasmo de tosse perpassou Mary O'Rahilly, de modo que a fiz sentar-se e mandei Bridie à chaleira, para lhe fazer uma limonada quente. Enquanto isso, fiz a jovem mãe tomar um copo grande de água. Ao começar a contração seguinte, consultei o relógio — vinte minutos desde a última. Acomodei-a sobre o lado esquerdo e lhe disse para inspirar, contando até três, e expirar, contando até três, depois repetir. Se as dores fossem apenas avisos, a combinação de água, posição e respiração deveria diminuí-las.

Fui ver Ita Noonan — ainda dormindo.

Tudo bem, sra. Garrett? Mais alguma diarreia?

Ela fez um estalido com a língua: Muito pelo contrário, agora estou toda arrolhada.

Intrigou-me que fosse possível ela se sentir constipada tão pouco tempo depois da diarreia.

O cantarolar baixinho e inquieto de Mary O'Rahilly parou.

Perguntei: Você diria que essa dor foi mais ou menos igual à outra, ou foi mais branda?

Ela respondeu, confusa: Mais ou menos igual?

Era provável que fosse mesmo trabalho de parto, concluí. Mas, se as dores ainda estavam surgindo a intervalos de vinte minutos, após mais de um dia... ai, meu Deus, a menina ainda poderia ter que aguentar por um longo tempo.

Se bem, é claro, que a última coisa que eu queria era uma de minhas pacientes iniciando o parto nessa salinha atravancada, quando não havia um único obstetra no hospital.

Um exame interno, para ver até que ponto o colo do útero estava dilatado, me daria mais informações, porém eu o vinha adiando, por terem me repisado a ideia de que, toda vez que se introduzia a mão numa mulher, corria-se algum risco de infectá-la.

Em dúvida, tinham me ensinado, observe e aguarde.

Sabe, o que poderia ajudar seria a senhora andar um pouco, se achar que consegue, sra. O'Rahilly.

(Poderia ajudar a dilatar o colo do útero, além de distrair a mulher e lhe dar alguma coisa para fazer.)

Assustada, ela perguntou: Andar onde?

Quebrei a cabeça. Não podia mandar pacientes infecciosas vagarem pelo corredor, mas nessa sala não havia espaço nem para a gente se mexer...

Só para lá e para cá, em volta da cama. Veja, vamos tirar essas cadeiras do caminho. Tome sua limonada enquanto anda.

Bridie empilhou e encaixou as cadeiras embaixo da mesa, antes mesmo que eu pudesse pedir.

Mary O'Rahilly foi dando passos com cuidado ao redor da cama, para lá e para cá, desenhando um U.

Tudo bem? Está bem aquecida?

Sim, obrigada, moça.

Enfermeira Power, corrigi-a gentilmente.

Desculpe.

Não foi nada.

Mary O'Rahilly segurava a barriga por cima da camisola, futucando o umbigo com um dedo.

É aí que dói?, perguntei.

Ela balançou a cabeça e tossiu, cobrindo a boca com o dorso da mão: Só estava pensando em como vou saber quando ele vai abrir.

Encarei-a: O seu umbigo?

A voz dela tremia com seus passos. Ele abre sozinho ou o médico vai ter que... forçar?

Fiquei envergonhada por ela. Sra. O'Rahilly, a senhora sabe que não é por aí que o bebê sai, não?

A garota me fitou, piscando.

Pense em onde a coisa começou. Esperei, depois disse, num cochicho: Lá embaixo.

A informação a abalou; ela escancarou a boca, depois a fechou com firmeza e tornou a tossir, os olhos brilhando.

Bridie estava parada do outro lado de Mary O'Rahilly, segurando o *Manual* de Jellett, que não havia perguntado se podia pegar.

Aqui, olhe, dá para ver o topo da cabeça do bebê, e na seguinte... ela virou a página... está saindo direto dela!

Mary O'Rahilly se encolheu diante das imagens explícitas, mas assentiu, absorvendo a lição. Em seguida saiu andando, como se não aguentasse ver mais nada.

Obrigada, Bridie.

Com um pequeno sinal, mandei-a guardar o livro, antes que ela notasse as seções mais perturbadoras: apresentações ruins, anomalias, cirurgias obstétricas.

Mary O'Rahilly ia tropeçando de um lado para outro ao redor da cama, cega de medo.

Os puritanos que achavam que a ignorância era o escudo da pureza... essa gente me dava raiva.

A sua mãe realmente deveria ter lhe explicado isso, falei. Não foi assim que ela trouxe você ao mundo? Já vi isso acontecer dezenas, não, centenas de vezes, e é uma bela visão.

(Tentei não pensar em todas as formas pelas quais podia dar errado. Na jovem loura que eu havia encontrado em meu primeiro mês ali, que passara três dias em trabalho de parto antes que o médico retirasse seu bebê de cinco quilos numa cesariana; ela havia morrido por infecção da ferida cirúrgica.)

A voz de Mary O'Rahilly mal se fez ouvir: Mamãe morreu quando eu tinha onze anos.

Arrependi-me do que tinha dito sobre sua mãe: Sinto muito. Foi...

Tendo meu último irmão, ou tentando.

Falou em voz muito baixa, como se fosse segredo, e um segredo vergonhoso, e não a tragédia mais comum que já se havia contado. Ainda que essa menina desconhecesse a mecânica do parto, sabia o fato fundamental a respeito dele: o risco.

Suponho ter sido por isso que me apanhei dizendo a ela: Minha mãe partiu do mesmo jeito.

Nessa hora, todas me olharam, as três mulheres.

Mary O'Rahilly pareceu quase consolada: Foi?

Respondi: No nosso caso, eu fui a quarta, e o bebê sobreviveu.

Bridie me observava, espremendo os olhos em solidariedade.

Mary O'Rahilly fez o sinal da cruz, tocando a testa, os ombros e o esterno, antes de recomeçar a andar.

Tive a sensação de estar à deriva num barco furado com essas três estranhas, esperando a tempestade passar.

Um grunhido explodiu da boca de Delia Garrett: Meu intestino — preciso defecar, enfermeira, mas sei que não vai sair!

Olhei-a com atenção. Estivera tão concentrada na recém-chegada que me esquecera por completo de que a constipação podia ser um indício inicial do trabalho de parto. Mas ainda faltavam quase oito semanas para Delia Garrett, objetei a mim mesma. Como essa era sua terceira vez, com certeza ela reconheceria as contrações, não?

Só que ela estava tão relutante com a permanência no hospital que tenderia a negar qualquer indício de estar entrando nessa situação. E acaso essa gripe não vinha ganhando a má fama de expulsar os bebês antes da hora?

Ela teve um acesso de tosse.

Diga-me, sra. Garrett, quando vem a dor de barriga, a senhora sente toda a parte da cintura amarrar-se com força?

Como um tambor!

Era outro sinal.

Deitei-a de costas, com os joelhos um pouco flexionados, e comecei a apalpar. O bumbum do bebê estava para cima, a cabeça, para baixo, o que era bom.

Bridie, a corneta.

Delia Garrett tentou sentar-se, com um olhar desvairado: Você não vai me cutucar com esse negócio.

Não vai doer.

Não suporto nada me pressionando neste momento.

Muito bem, posso usar meu ouvido.

Assim, encostei a face em sua barriga e lhe pedi para respirar fundo.

Estou lhe dizendo que estou desesperada para ir ao banheiro!

Eu realmente não creio que seja isso, sra. Garrett, mas a senhora pode tentar usar a comadre.

Bridie correu para buscar uma.

Tornei a pôr a orelha na pele quente e retesada. Encontrei um pulso... mas percebi, sem contar, que era lento demais para ser outra coisa que não a pulsação de Delia Garrett.

Sua tosse ressoou na minha cabeça.

Deixe-me tentar outro ponto...

Mas a jovem continuou a se debater e a protestar que eu estava pressionando com muita força, e não consegui discernir os batimentos martelados que buscava, o ritmo fetal, que deveria ter quase o dobro da velocidade do materno.

Por favor, sra. Garrett, não se mexa por um minuto.

Dói ficar deitada de costas!

Respondi em tom de acalanto, como se falasse com um cavalo assustado: Eu entendo.

A voz de Delia Garrett tornou-se estridente: Como pode entender, uma solteirona?

Os olhos de Bridie se arregalaram e encontraram os meus.

Sorri e balancei a cabeça, para mostrar que não me sentira ofendida. Era comum as parturientes ficarem de mau humor quando se aproximava a hora; na verdade, isso era um sinal útil.

O rosto de Delia Garrett tornou a se contrair e ela começou a gemer.

Anotei a hora.

Enquanto esperava que sua dor acabasse, dei uma olhada em Ita Noonan, que continuava com o rosto vermelho e cochilando.

Entre os dois leitos, Mary O'Rahilly andava como um fantasma, três passos em direção à janela, três passos de volta, tentando ficar fora do caminho.

Sra. O'Rahilly, como está se sentindo?

Tudo bem. Será que posso sentar um pouco?

Com certeza, como quiser.

Contornei-a para chegar a Ita Noonan e, delicadamente, puxei seu lábio para inserir um termômetro sob sua língua; ela não se mexeu.

Voltei a me ajoelhar na cama de Delia Garrett, pois sabia haver apenas mais uma prova de que eu precisava: já estaria a cabeça encaixada na pelve, ou ainda flutuando?

Fique quietinha de costas, só mais um minuto, por favor, sra. Garrett.

De frente para seu ventre lustroso, movi a mão direita para fazer a manobra de Pawlic, segurando logo acima do osso pubiano, inserindo os dedos como que em torno de uma maçã grande e, com delicadeza, procurando deslocar a cabeça do bebê de um lado para...

Aaai!

Delia Garrett me deu um empurrão violento para longe.

Massageei a costela dolorida, fazendo cálculos. A cabeça não se mexera nem um pouco sob meus dedos, portanto, sim, essa mulher estava em trabalho de parto, com dois meses de antecedência.

Bridie apontou.

A sra. Noonan havia deixado o termômetro cair da boca e ele ficou no cobertor.

Pegue-o para mim, sim, Bridie? Depressa, antes que baixe.

Ela correu entre os dois leitos.

Mostre-me.

Bridie pôs o termômetro diante do meu rosto, na vertical.

Deitado! Para eu poder ler os números.

Ela o virou.

Fiz a leitura: quarenta e um graus. Subindo de novo.

Veja se ainda há algum uísque na xícara dela, sim?

Bridie informou: Muito.

Então você pode tentar aplicar-lhe toalhas molhadas na nuca.

Foi o que ela se apressou a fazer.

Puxei de leve as calçolas de Delia Garrett e disse: Temos que tirar isso.

Ela resmungou, mas levantou os quadris para que eu pudesse baixá-las.

Afaste os joelhos, por favor, só por um minuto.

Nem precisei tocá-la. Os pelos pubianos tinham uma camada de vermelho, o que chamávamos de tampão mucoso com sangue, o mais seguro dos sinais.

Atrás de mim, Bridie soltou um arquejo de susto, mas foi abafado pelo gemido de Delia Garrett.

Fechei suas pernas e consultei o relógio: mal tinham passado cinco minutos desde a contração anterior. Tudo correndo depressa demais. Um bebê nascido com trinta e duas semanas seria gravemente prematuro. Tudo o que podíamos fazer por esses bebês era mantê-los na incubadora do andar de cima durante uma semana, mandá-los para casa envoltos em algodão, com um vidro de colírio para servir de mamadeira, e cruzar os dedos — especialmente se fossem meninos, sabidamente mais fracos — para que, de algum modo, eles conseguissem ultrapassar o primeiro ano de vida.

Minha tarefa mais urgente era cuidar da mãe, lembrei a mim mesma. Impedir que a pressão arterial de Delia Garrett disparasse.

Segurei seu pulso nesse momento. Sob a ponta de meus dedos, ele dava saltos, como um rio na cheia. Afofei seus travesseiros: Sente-se e encoste aqui, meu bem.

Piscando, ela assim fez.

Bridie continuava parada, segurando o termômetro, boquiaberta.

Pedi que o desinfetasse, apenas para mandá-la para a pia. Fui atrás e murmurei no seu ouvido: Sabe qual é a parte mais importante de uma enfermeira?

Bridie pareceu confusa: As mãos? Os pés?

Apontei para meu rosto e exibi uma expressão serena: Quando a enfermeira parece preocupada, as pacientes se preocupam. Portanto controle seu rosto.

Ela assentiu, absorvendo a informação.

Voltei para Delia Garrett: Acho que a senhora está a caminho, minha cara.

Medo em sua voz, pela primeira vez: Não pode ser! É para ser um bebê natalino.

Da maneira mais leve que pude, retruquei: Bem, ela parece achar que é um bebê do Dia das Bruxas.

Ah, não!

Virei-me e vi Bridie com uma expressão estarrecida, algo vermelho pingando de uma das mãos. Perguntei: O que você fez?

Ela se encolheu: Desculpe, eu pus o negócio, eu botei na água quente, mas ele deve ter batido em alguma coisa... e aí eu peguei de novo...

Eu tinha pretendido que ela imergisse o termômetro na bacia de ácido carbólico. Que espécie de idiota não sabia que a água fervente estouraria uma bolha de vidro delicada?

Mas mordi a língua. Dificilmente poderia esperar que aquela moça aprendesse os fundamentos da enfermagem num par de horas.

Com licença um minuto, sra. Garrett.

Ela afundou o rosto no travesseiro e gemeu.

Atravessei a sala, peguei a mão de Bridie e a sacudi um pouco acima da água quente, até os estilhaços se soltarem. Sequei o dedo ensanguentado numa toalha estéril e pincelei o corte com um bastão adstringente que tirei do avental, para fechá-lo e impedir que ela saísse largando pingos vermelhos, como uma assassina numa peça teatral.

Pronto. Agora, você pode dar uma corrida lá em cima e encontrar a irmã Finnigan na enfermaria da maternidade? Diga a ela que tenho um parto prematuro precipitado...

Diabos, Bridie jamais guardaria essas palavras desconhecidas.

Um parto prematuro *rápido*, preferi dizer.

(Seria melhor eu arranjar tempo para escrever um bilhete?)

Diga à irmã Finnigan que a sra. Garrett está tendo contrações com menos de cinco minutos de intervalo e que precisamos de um médico. Se a médica ainda não tiver chegado, que venha qualquer outro. Você vai se lembrar?

Bridie disse em eco, com a voz empolgada: Rápido, cinco minutos, qualquer médico.

E saiu correndo.

Gritei para ela: Não é para correr de verdade.

Delia Garrett soltou um grunhido, irritada: Eu continuo a lhe dizer que preciso ir ao banheiro.

Peguei a comadre que Bridie tinha trazido.

Nisso não!

A senhora precisa descansar e conservar as forças, sra. Garrett.

(O que eu estava pensando era: e se o bebê dela caísse no corredor, ou no banheiro?)

Rebelde, ela me deixou levantar a camisola e pôr a comadre sob seu corpo, mas, como eu havia esperado, não saiu nada.

Enquanto a senhora usa a comadre, deixe-me limpá-la.

Ela não objetou, apenas fechou os olhos, infeliz, meio agachada sobre a comadre. Fiz uma higiene rigorosa de suas partes íntimas, primeiro com água e sabão, depois com um desinfetante diluído morno, para livrá-la de germes que pudessem infiltrar-se em seu corpo ou contaminar o bebê, quando ele saísse.

Ao ser tomada pela contração seguinte, Delia Garrett deixou pender a cabeça e soltou um som gutural que se transformou num acesso de tosse.

Tem alguma coisa para a dor, enfermeira Julia?

Tenho certeza de que, quando o médico vier...

Já!

Receio que as enfermeiras não estejam autorizadas a pedir remédios.

Então para que porcaria vocês servem?

Não tive resposta para isso.

Agora vamos deixá-la deitada, sra. Garrett. Do seu lado esquerdo, isso ajuda.

(Se a mulher em trabalho de parto virasse para o lado direito, o útero poderia comprimir a veia cava e reduzir o fluxo sanguíneo para o coração.)

Vá respirando fundo, recomendei.

Tirei uma toalha limpa do pacote e a mergulhei em água fervente. Depois que esfriou o bastante, torci-a, dobrei-a num tamanho menor e fui até onde Delia Garrett estava deitada de lado.

Dobre os joelhos na direção do peito, para projetar as nádegas para fora, sim?

Ela resmungou, mas obedeceu.

Isto aqui é uma compressa quente, expliquei, e pressionei seu períneo com a toalha.

Um soluço.

Essa pressão atrás, isso é a cabeça do bebê que a senhora está sentindo.

Faça isso parar!

Há quantos milênios as mulheres pedem isso, em vão?, pensei com meus botões.

Não, não, assegurei, isto quer dizer que não vai demorar muito para a senhora. (E onde, diabos, onde estava a infeliz da médica?)

Na cama do meio, a jovem Mary O'Rahilly enroscava-se em suas próprias dores lentas e incessantes. Testa meio úmida, cabelos uma mancha preta de óleo, olheiras escuras. O parto era mesmo um lance de dados, pensei; o trabalho pode manter a mulher num limbo de dores por dias a fio, ou atingi-la com a força e a velocidade de um raio.

Era simplesmente impossível eu cuidar das duas mulheres ao mesmo tempo, e a necessidade de Delia Garrett era mais urgente. Mas, quando Mary O'Rahilly tornou a estender o corpo, perguntei baixinho: Essa foi ruim, sra. O'Rahilly?

Um desditoso dar de ombros, como se a garota de dezessete anos não estivesse apta a avaliar o que lhe estava acontecendo. Deu uma série de tossidas miúdas.

Quando Bridie Sweeney voltar, vou mandar que faça mais limonada quente para a senhora.

Delia Garrett gritou.

Continuei a pressionar a compressa quente com uma das mãos e verifiquei o relógio com a outra. Agora as dores se aproximavam de intervalos de três minutos. Deslizei o dedo sobre o disco de prata, como se pudesse alisar os rabiscos terríveis. Repus o relógio no bolso do avental.

Delia Garrett gemeu: Não foi assim das outras vezes, enfermeira Julia. Você não pode me dar alguma coisa?

E por que não me deixavam fazer isso numa hora de aperto, se metade dos protocolos tinha sido atirada pela janela?

Em vez disso, joguei a compressa no lixo e me coloquei atrás da paciente. Vamos ver se isto ajuda, sra. Garrett. Fique de gatinhas, sim?

Ela soltou um grunhido raivoso, mas ergueu o corpo numa posição que lembrava a de uma vaca. Com a base da palma das mãos, pressionei com força os dois lados de seus ossos de assento, empurrando para a frente a própria base da pelve.

Ah, ah!

Torci para isso significar que eu estava atenuando o grosso da dor.

Na contração seguinte, três minutos depois, tentei massagear com o polegar as últimas vértebras dos dois lados de sua espinha, mas isso não a ajudou em nada. Passei para as covas de Vênus, na região dorsal inferior; cravei os nós dos dedos sobre elas e empurrei com força.

Melhorou?

Delia Garrett soou preocupada: Um pouco.

Esses truques de contrapressão não estavam em manual algum, eram apenas passados de uma parteira a outra, embora as mais severas em nossa profissão não aprovassem nada que se fizesse para aliviar dores que elas consideravam naturais e produtivas. Mas eu era firmemente a favor de tudo que ajudasse a mulher a conservar suas forças e chegar ao fim do processo.

No silêncio, Delia Garrett tornou a afundar nos travesseiros e puxou a camisola para baixo. Manteve os olhos fechados enquanto resmungava: Eu não queria esse bebê.

Som de passos às minhas costas. Pela expressão no rosto de Bridie, vi que ela havia escutado isso.

Segurei a mão quente de Delia Garrett, com suas unhas pintadas:

É muito natural.

Duas pareciam bastar, ela confidenciou. Ou, se minhas meninas pudessem ter tido mais tempo... Não é que eu não quisesse um terceiro filho, só não tão depressa. Sou um monstro?

De jeito nenhum, sra. Garrett.

Agora acho que estou sendo castigada.

Nada disso! Descanse e respire.

E lá estava Bridie ao lado dela, segurando sua outra mão. O médico já vem.

Ah, ah! Delia Garrett foi tomada por uma onda.

Na pausa seguinte, deitei a paciente de lado e mandei Bridie segurar com a mão direita o quadril direito de Delia Garrett e espalmar a esquerda sobre a região lombar. Iniciei a rotação. É como pedalar uma bicicleta, está vendo?

Bridie perguntou: É?

Era espantoso como essa moça não parecia ter experiência com as coisas mais banais — bicicletas e termômetros e bebês por nascer. Ainda assim, mostrava-se muito grata por tudo, desde uma loção para a pele até chá com gosto de cinzas. E com que rapidez pegava o jeito de tudo o que eu lhe ensinava!

Delia Garrett ordenou: Não pare.

Deixei Bridie continuar com as inclinações pélvicas e fui olhar as outras duas.

Com o rosto afogueado, Ita Noonan rolava na cama e se debatia. Eu não fazia ideia de como baixar a febre sem nossos carros-chefes de sempre, aspirina e quinino.

Sra. O'Rahilly, como está passando?

A jovem estremeceu e deu de ombros.

Suas contrações continuavam com intervalos de vinte minutos, segundo minhas anotações. Durma um pouco, sugeri, se achar que consegue pegar no sono.

Duvido.

Então que tal andar mais um pouquinho?

Mary O'Rahilly virou o rosto para o travesseiro, para abafar a tosse. Levantou-se com esforço e recomeçou a caminhar em volta da cama, uma leoa numa jaula pequena demais.

Delia Garrett soltou um longo gemido: Posso começar a fazer a droga da força?

O pânico alvoroçou-se em meu peito: Está sentindo ânsia de fazer força?

Só quero acabar com isto, ela rebateu.

Então, por favor, espere mais um pouquinho, até o médico chegar.

Silêncio revoltado. Delia Garrett anunciou: Acho que a bolsa estourou.

Verifiquei. Era difícil discernir líquido amniótico da água que havia escorrido da compressa, mas aceitei a palavra dela.

Nesse momento, um estranho com ar de garoto e terno preto entrou e se apresentou como dr. MacAuliffe, cirurgião geral.

Fiquei desolada. Ele não parecia ter mais de vinte e cinco anos. Esses médicos inexperientes, salvo raras exceções, não sabiam absolutamente nada sobre as mulheres.

Ele quis fazer um exame interno, é claro. Pelo menos não era desleixado com a higiene; pediu luvas de borracha esterilizadas. Manteve uma rápida conversa com Delia Garrett enquanto eu buscava a embalagem de papel e a abria para ele. Ensaboou as mãos, escovou as unhas e calçou as luvas.

Pus as coxas de Delia Garrett em ângulo reto com suas costas, projetando as nádegas para fora da borda da cama, a fim de dar ao médico mais espaço para trabalhar.

Quando ele começou, a paciente uivou de dor. MacAuliffe disse: Bem, vejamos, madame...

(Ficou claro que, julgando-a por seu linguajar da abastada zona sul da cidade, o médico achou que ela devia ser tratada por *madame*, e não *senhora*.)

A senhora está progredindo realmente muito bem.

Foi um comentário vago.

Ele tirou as luvas.

Fiz sinal para Bridie colocá-las no balde do material a ser esterilizado.

Dilatação completa, doutor?, murmurei.

Ah, parece que sim.

Trinquei os dentes. Será que ele não podia dizer? Se estivesse errado e a borda do colo do útero ainda se achasse no caminho, e se Delia Garrett fizesse força suficiente para levá-la a inchar e bloquear a passagem...

MacAuliffe dirigiu-se a ela: É só relaxar e deixar a enfermeira Power cuidar da senhora.

A tosse de Delia Garrett foi um latido áspero.

Perguntei: Posso dar alguma coisa à sra. Garrett para deixá-la mais confortável, doutor?

Na verdade, nessa fase já tão avançada do processo, mal chega a...

E para acalmá-la, insisti. O dr. Prendergast estava apreensivo com a força elevada da pulsação dela.

Isso surtiu visível efeito, porque Prendergast era seu superior. MacAuliffe respondeu: Bem, acho que clorofórmio, então. A dose de praxe.

Eu devia ter lhe feito perguntas sobre Mary O'Rahilly em seguida, mas relutei, por algum motivo. Os médicos jovens tendiam a tratar a natureza como quem lida com um cavalo preguiçoso — a chicotadas. Tinham especial desconfiança das primíparas, que não exibiam um histórico de serem capazes de dar à luz sem ajuda. Em especial se a tensão da mulher em trabalho de parto fosse exacerbada por uma doença como a gripe, era bem possível que um cirurgião geral como MacAuliffe entrasse em pânico com a demora, ordenasse uma dilatação manual e entrasse com o fórceps. Apesar do longo período em que a jovem de dezessete anos vinha suportando suas dores, a última coisa que eu queria era que aquele pirralho começasse a brandir instrumentos que poderiam ferir com a mesma facilidade com que ajudavam.

Preferi tornar a chamar a atenção dele para Delia Garrett:

Quando ela pode começar a fazer força?

Ah, quando ela quiser. Assim que você vislumbrar a cabeça, me chame para fazer o parto, acrescentou a caminho da porta.

Duvido que demore muito... O senhor não pode ficar, doutor?

Estamos todos sobrecarregados que é uma loucura, retrucou ele, com uma olhadela para trás.

A enfermaria silenciou ao se fechar a porta.

Enfermeira encarregada interina, lembrei a mim mesma. Empertiguei a coluna. Estava meio bamba, com a cabeça zonza. Fazia muito tempo desde meu pão com chocolate.

Minha ajudante me observava.

Montei um sorriso.

Desculpe, Bridie, nem mandei você descer para almoçar.

Mas eu estou ótima.

Pelo menos agora eu estava autorizada a dar algum alívio a Delia Garrett. Fui até o armário de remédios pegar um inalador e medi o clorofórmio para pôr em sua esponja de algodão manchada.

Volte a se deitar sobre o lado esquerdo, sra. Garrett. Ponha isto em cima da boca e inspire sempre que quiser.

Ela sugou o bocal com força. Senti sua pulsação; não parecia dar muito mais saltos que antes. Ah, por que eu não me lembrara de pedir ao MacAuliffe para auscultar a pulsação do feto com seu estetoscópio? Agora talvez Delia Garrett me deixasse tentar com a trompa de madeira, se eu lhe pedisse.

Mas já vinha chegando outra contração.

Pressionei com força sua região lombar, usando os dois punhos. Como era demorado um minuto inteiro de dor, até para quem só estava observando! Empurrei e puxei sua pelve como se fizesse funcionar uma máquina pesada. Enquanto esperava as garras da contração se afrouxarem em Delia Garrett, percebi que não era capaz de me imaginar suportando aquelas sensações, embora isso fosse algo que a maioria das mulheres fazia, no mundo inteiro. Haveria em mim algo de estranho, por eu nunca ter feito outra coisa senão pairar acima da cena, feito um anjo de pedra?

Volte para o aqui e agora, Julia.

Delia Garrett dissera que suas duas primeiras filhas tinham saído de estalo. Era melhor eu estar preparada para essa ocorrência, a qualquer minuto, e para tentar reduzir uma eventual laceração quando a cabeça descesse feito um foguete. Impossível oferecer-lhe alguma privacidade, porém ao menos eu poderia ter o material à mão e um berço de prontidão.

Bridie, você pode dar outra corrida até a Maternidade e pedir um daqueles berços dobráveis de rodinhas que ficam montados nos pés da cama?

Ela saiu em disparada.

Enfermeira Julia!

Era Delia Garrett.

Inspire mais clorofórmio, eu lhe disse, comprimindo o inalador em sua boca. A senhora está indo a pleno vapor.

No intervalo seguinte, tornei a lavar as mãos e preparei o que poderia ser necessário no parto: luvas numa bacia de bi-iodeto de mercúrio, chumaços de algodão, tesoura, uma seringa com clorofórmio e outra com morfina, porta-agulha e agulhas, suturas.

Delia Garrett fez um novo som, um rosnado grave.

Está pronta para fazer força da próxima vez?, perguntei.

Ela assentiu furiosamente.

Tirei o inalador de sua mão; precisava mantê-la alerta.

Só nessa hora me ocorreu que, ao contrário dos leitos hospitalares adequados da Maternidade, essas camas de campanha não tinham grade nos pés. Não havia outra solução senão fazer Delia Garrett deitar-se no sentido oposto.

Será que a senhora pode virar ao contrário e pôr a cabeça nos pés da cama para mim?

E em que isso vai ajudar?

Apoiei o travesseiro dela na cabeceira: Quando vier a contração, finque o pé esquerdo nisso e empurre, está bem?

Tirei os cobertores e lençóis do caminho, para ela poder fazer a rotação. Prendi uma longa toalha rolante num canto inferior do catre de metal e pus a outra extremidade em suas mãos.

Também puxe isto com força.

Delia Garrett agarrou a toalha, a respiração arfante.

Levantei sua camisola e flexionei sua perna esquerda no meu colo, para dar uma boa olhada.

Eu não tinha notado a volta de Bridie, trazendo o berço que eu havia pedido. Estava branca; fraqueza, cansaço ou só agitação? De todas as enfermarias em que poderia ter entrado naquela manhã, será que a moça tivera alguma ideia do lugar para onde a irmã Luke ia mandá-la?

Obrigada, Bridie. Agora corra para chamar o dr. MacAuliffe.

Ela tornou a sair em disparada.

Talvez o jovem cirurgião se irritasse se tivesse que esperar ali por mais de algumas contrações, mas preferi arriscar a deixar que continuasse longe por muito tempo.

A contração seguinte fez Delia Garrett soltar um guincho.

Relembrei-lhe: Os sons graves são os que têm mais peso.

Ajoelhei-me junto dela e encostei a coxa em sua coluna lombar, para a paciente ter onde se escorar ao fazer força. A toalha enrolada em suas mãos estava tão apertada que as deixava com listas brancas. O silêncio enquanto ela prendia a respiração e fazia força, não havia nada que se igualasse a ele. Percebi uma coisa nessa hora: nenhum outro trabalho jamais me satisfaria.

Arghhhhhhh!

E agora descanse um minuto, recupere o fôlego, orientei.

Medi sua pulsação, para me certificar de que a força não estava alta demais.

Almoço. (Uma voz que não reconheci.) Desculpem a demora.

Baixei depressa a camisola de Delia Garrett, por uma questão de pudor, e virei a cabeça para a porta, onde a servente de cozinha que tinha uma mancha roxa de nascença segurava três bandejas empilhadas.

Agora não, por favor!

Confusa, ela olhou em volta. Não havia espaço suficiente nas bancadas ou na escrivaninha. Quem sabe se eu puser no chão?

Eu sabia que uma de nós tropeçaria nelas, com certeza. Do lado de *fora* da porta, respondi.

A servente da cozinha desapareceu.

Livrei-me da irritação e tornei a me concentrar em Delia Garrett. Pude ver a dor da contração seguinte em seus olhos, como um trem se aproximando.

Abaixe a cabeça agora, sra. Garrett. Encolha o corpo para fazer força. Chute com o calcanhar e puxe a toalha.

Ela gemeu.

Pensei numa coisa que Ita Noonan tinha dito ao ser internada, na semana anterior, quando ainda estava lúcida. No começo ela não queria deixar que eu me aproximasse, por ter sempre contado com uma vizinha chamada Vovó na hora de ter seus filhos, e a Vovó tinha mãos sortudas — será que eu tinha mãos sortudas? Eu me sentira tentada a destacar que, em vez disso, tinha três diplomas. Porém metade da batalha com as pacientes era convencê-las a perderem o medo, razão por que eu tinha olhado para os olhos vermelhos e inchados de Ita Noonan e respondido que eu tinha, sim, mãos de muita sorte.

Tornei a levantar a camisola de Delia Garrett para dar uma olhada melhor. Passei o braço esquerdo em volta de sua perna direita e a levantei, para desobstruir a visão. Dessa vez ela ficou muito calada e arfante. O rosto era uma vermelhidão opaca.

Entre suas coxas, no coração da carne arroxeada, um tufo mais escuro.

Estou vendo a cabeça, sra. Garrett!

Ela soluçou e a cabeça tornou a desaparecer.

Dessa vez não faça força, só umas respirações curtinhas, instruí. Como se estivesse soprando velas.

O períneo estava estufado, vermelho. Se a cabeça saísse depressa demais numa contração, talvez dilacerasse a paciente. Eu poderia fazer pressão no períneo, mas isso forçaria ainda mais a pele delicada. Assim, fiz o que a irmã Finnigan havia me ensinado: pus a base da mão direita atrás do ânus de Delia Garrett, empurrando para a frente a cabeça invisível, e deslizei o braço esquerdo por cima de sua coxa, por entre as pernas, para estar pronta junto a suas partes moles.

Agora!

Ela fez força, apoiando-se tanto em meus braços que achei que ia me fraturar o pulso.

Vislumbrei de novo a cabeça, a poucos centímetros do meu rosto, e, com três dedos da mão esquerda, tentei segurar o tufo escorregadio do couro cabeludo e puxá-lo para a frente...

Delia Garrett produziu sons de quem estivesse sendo devorada por lobos. Deu chutes na cabeceira do catre.

Ruído de passos atrás de mim. Apenas Bridie. Ao ver Delia Garrett com a cabeça quase pendurada nos pés da cama, chegou a arfar.

O tufo escuro tornou a desaparecer, tragado pelo roxo. Mantive a voz firme: Onde está o dr. MacAuliffe?

Na Febre Masculina, desculpe. Não quiseram me deixar entrar, mas mandaram um recado para ele.

Fechei os olhos, só por um segundo. Lembrei a mim mesma que sabia fazer o parto desse bebê. *Mãos sortudas.*

Mais uma vez, esperei um intervalo entre as contrações. Base da mão direita, dedos da esquerda, para agarrar o couro cabeludo escorregadio, como um alpinista na face de um rochedo sob a chuva.

Agora, com toda a sua força, sra. Garrett...

Arghhhhhhhhhhhh! Uma veia azul inflou-se em sua têmpora. Delia Garrett era uma chave numa fechadura, emperrada, emperrada, depois girando de repente...

Ela soltou um rugido. Rasgou-se como um embrulho molhado. O sangue brotou entre os nós de meus dedos. Não só a cabeça, mas o bebê inteiro foi cuspido no lençol.

Magnífico!, exclamei.

Mas o bebê tinha lábios de um tom cereja escuro. A pele machucada em alguns pontos, descascando como que após uma queimadura de sol, apesar de nunca ter visto a luz. Uma menina. Uma menina minúscula, imóvel.

Levantei-a num cobertor de bebê. Cabeça grande para um corpo tão miúdo. Só por via das dúvidas, para o caso de eu estar errada, dei-lhe um tapinha nas costas.

Esperei.

Detestei fazê-lo, mas tornei a dar um tapa na bebê de Delia Garrett.

Nada.

Alisei a pele descamada. O rosto largo, as pálpebras primorosamente moldadas.

Bridie cravou os olhos na criatura inerme em minhas mãos: Por que ela está toda...

Morta, articulei, sem emitir som.

A expressão de seu rosto fechou-se como um livro.

No leito central, Mary O'Rahilly ergueu-se, apoiada num cotovelo, observando com olhos estarrecidos. Leu nossas expressões e desviou os olhos, contraindo-se em sua tosse.

Devolva o inalador à sra. Garrett, sim, Bridie?

Ao senti-lo na boca, Delia Garrett aspirou com um sibilo. Meus dedos descansaram sobre os membros pequeninos, cada vez mais frios. Movi os lábios em silêncio: *Mãe de Deus, leve esta criança adormecida para casa.*

Amortalhei-a e pedi que Bridie me trouxesse uma bacia. Ali depositei a natimorta, embrulhada no cobertor.

Agora uma toalha limpa, por favor.

Estendi-a por cima. Meus olhos nadavam. Sequei-os com os nós dos dedos.

Silêncio imenso no quartinho apertado. Delia Garrett estava arriada, de olhos fechados, exausta pelo trabalho. Apalpei seu pulso. Nenhum salto; pelo menos isso era bom.

A mulher mexeu-se: Menina?

Reuni todas as minhas forças: Receio ter que lhe dizer, sra. Garrett... ela nasceu dormindo.

A paciente não pareceu compreender.

Explicitei: Natimorta. Sinto muitíssimo por sua perda.

Delia Garrett tossiu como se estivesse engasgada com uma pedra e desatou a soluçar.

Bridie afagou o ombro da paciente, alisou seu cabelo úmido, murmurando: Shhh, shhh, pronto, calma.

Não estava no protocolo, mas havia ali uma delicadeza tão instintiva que eu não disse uma palavra.

Fiz um nó quadrado em volta do cordão azul vivo, a cinco centímetros da barriga da natimorta, como se fosse uma criança viva. Atei a segunda ligadura logo na saída das partes íntimas inchadas de Delia Garrett. Meus dedos escorregaram no material gelatinoso do cordão umbilical. Um centímetro acima do nó do bebê, cortei sua firmeza borrachuda.

Levantei a bacia.

Bridie sussurrou: Sra. Garrett, a senhora quer ver sua filha?

Estanquei. Eu fora ensinada a afastar o natimorto o mais rápido possível e a incentivar a mãe a tirar da mente a perda sofrida.

Delia Garrett fechou os olhos com força e meneou a cabeça. Água escorria por suas faces.

Só então levei a bacia coberta para o outro lado da enfermaria e a coloquei sobre a mesa.

Bridie, você pode desvirá-la na cama agora?

No silêncio, lembrei-me de verificar minhas outras pacientes. Mary O'Rahilly, na cama ao lado, deitava-se rígida como uma estátua, mas, por seu jeito de cruzar os braços em volta do tronco, pude ver que estava no meio de uma contração.

Sra. O'Rahilly, está tudo bem?

Ela fez que sim, desviando os olhos, como que envergonhada de se intrometer na tragédia da outra mulher. Mas porventura não era assim uma enfermaria de maternidade, uma latinha de botões misturados em que uma coisa sempre empurra outra?

Junto à parede, Ita Noonan parecia dormir outra vez.

Sra. Garrett, agora só estamos esperando a placenta, por isso preciso que a senhora se deite de costas.

O rosto de Bridie me mostrou que ela nunca ouvira falar nisso.

Expliquei entre dentes: Um órgão grande, na outra ponta desse cordão, que mantinha vivo o bebê.

(Até não o fazer mais.)

O cordão pendente de Delia Garrett parecia um pedaço de alga vesiculosa lançada na praia. Mantive-o sob tração muito leve, enquanto pressionava uma gaze estéril sobre a laceração.

Bridie fazia afagos e murmurava, como se a mãe fosse um cachorro ferido.

Passaram-se quinze minutos, segundo meu relógio. Quinze minutos de gaze se avermelhando e Delia Garrett em prantos. Quinze minutos comprimindo a parte alta de seu ventre, para incentivar o útero a se contrair e expelir sua carga inútil. Nem uma palavra dita na salinha. O cordão não estava se alongando; o útero não se inflava, não ficava mais firme nem mais móvel. E Delia Garrett estava sangrando mais que antes.

Mas era nossa política dar à placenta uma hora para sair por si só. Até duas, se a paciente tivesse recebido clorofórmio, que podia tornar essa fase mais lenta.

Um murmúrio de Bridie: Você não pode dar um puxão no cordão?

Balancei a cabeça. Não revelei que ele podia arrebentar ou arrancar o útero inteiro. Tinha visto essa segunda coisa acontecer com uma avó desgastada de quarenta e sete anos, embora a irmã Finnigan tivesse sido escrupulosamente cuidadosa, e, toda vez que me lembrava daquele momento, eu achava que ia vomitar.

Os cachos de Delia Garrett estavam achatados no travesseiro. Encostei o dorso pegajoso da mão em sua garganta, para ter certeza de que ela não estava com febre. Dê uma hora à natureza, lembrei a mim mesma.

Só que estava com um mau pressentimento. A placenta podia estar grudada na parede interna e, nesse caso, quanto mais continuasse presa, maior seria a probabilidade de a paciente ter uma infecção.

Convinha esperar pelo dr. MacAuliffe. Ou mandar Bridie buscá-lo outra vez e lhe dizer que não voltasse sem ele. Mas o que é que aquele jovenzinho entendia das entranhas dessa mulher?

Uma onda vermelha e quente brotou e fluiu para o lençol. Ai, meu Deus. A placenta devia ter se rompido parcialmente. Era assim que muitas mães começavam a morrer.

Friccionei o útero com força para que ele a expelisse, espremi a paciente feito um limão.

Vamos lá, sra. Garrett, mais um empurrão agora...

O fardo do cordão saiu escorregando, uma lapa de carne marrom-escura. Pronto!

Mas o alívio se desfez quando avistei o que mais temia: faltava metade da placenta. A maré vermelha foi subindo, encharcando a cama.

Lembrei-me da regra: *A parteira nunca deve arriscar a remoção manual da placenta, a menos que tenham falhado todos os outros métodos de controle da hemorragia e não haja nenhum médico disponível para realizar o procedimento.* Mas não havia tempo, e, se eu adiasse mais, por indecisão, Delia Garrett sangraria até morrer.

Na pia, esfreguei as mãos com tanta força que a escova de unhas me deixou linhas vermelhas na pele e o carbólico fez arder. Intuí a presença do homem dos ossos logo adiante da porta. Ele já tinha levado uma pequena vida, antes mesmo que alguma de nós o percebesse, e agora pairava por perto, fazendo sua dança chocalhante, balançando a caveira de ar debochado como se fosse um nabo nos dedos ossudos. Ensaboei as mãos e calcei um par de luvas de borracha.

Afastei as pernas de Delia Garrett com os cotovelos e derramei uma diluição de desinfetante nas partes laceradas.

Ela choramingou.

Serei o mais rápida que puder, disse eu. Mantenha os joelhos dela afastados, Bridie, enquanto eu retiro o que falta.

Até então, eu só tinha feito esse procedimento numa laranja. Em meu terceiro ano de formação, a irmã Finnigan me orientara ao longo da retirada manual de uma grande laranja espanhola de casca solta.

Pus a mão esquerda sobre a barriga amolecida e segurei o corpo do útero através da parede abdominal. Empurrei-o para baixo, a fim de colocá-lo a meu alcance, e o segurei com toda a firmeza possível, enquanto fechava a mão direita em forma de cone. Introduzi-a.

Delia Garrett guinchou.

Uma caverna atrás de uma cascata; o vermelho vivo e quente passou pelas luvas e desceu até meu braço. Encontrei o colo. Percorri-o devagar, tanto quanto pude, enquanto a paciente chorava e se debatia de um lado para outro.

Bridie a segurava pelos ombros, mantendo-a deitada. E entoou baixinho: A senhora é muito valente!

Entrei. Dobrei imediatamente a ponta dos dedos, para não ferir as paredes uterinas. Eu era um ladrão medroso tateando num cômodo sem luz.

Delia Garrett tentou fazer das coxas uma torquês em volta do meu braço, mas Bridie as afastou de novo e insistiu com a paciente: Deixe a enfermeira Julie tratar da senhora, só vai levar um minuto.

Como podia prometer uma coisa dessas? Eu estava perdida ali. Não sabia dizer no que estava tocando com aquelas pontas de dedos de borracha.

Ali, uma forma sob a base da minha mão encolhida — inconfundível.

Delia Garrett soluçou: Pare, pare.

Só um segundo.

Passei o dedo mínimo por trás da placenta e rastelei suas ligações, serrando para soltá-la. Pus dois dedos atrás dela, depois três, soltei da casca o fruto terrível, com as mãos enluvadas e sem jeito. *Saia*, apanhei-me implorando àquela coisa. *Tire as garras dela.*

Por favor, enfermeira!

Mas eu não podia ter clemência, ainda não.

Bridie manteve Delia Garrett deitada, acalmando-a como faria uma mãe.

Continuei a trabalhar até segurá-la. Toda? Torci aquela massa lamacenta e enrolei suas membranas na palma da mão, um emaranhado escorregadio de carne.

Está saindo!

(Animação incongruente.)

Passando pela fechadura redonda e rígida, retirei a mão e meu tesouro. Ficou preso um instante...

Mas se soltou, livre. O punhado sangrento ficou no lençol.

Delia Garrett continuou a chorar.

Outra bacia, por favor, Bridie.

Estudei a placenta na bacia. Parecia ser tudo o que faltava, mas, para ter certeza, eu precisava de uma varredura final, para retirar qualquer fragmento ou coágulo.

Só vou fazer mais um exame rápido por dentro, sra. Garrett...

Os joelhos dela se fecharam com tanta força que cheguei a ouvir um osso batendo no outro.

Disse-lhe em tom severo: Isto tem que ser feito, para termos certeza de que a senhora não vai se infeccionar.

Pus um novo par de luvas e abri um pacote com uma bola de gaze encharcada de antisséptico. A um sinal meu, Bridie segurou os joelhos de Delia Garrett. Tornei a entrar, com toda a delicadeza possível.

Seu choro foi mais intenso, mas ela não lutou.

Esfreguei toda a concavidade com a gaze, em busca de qualquer sobra de membrana em que pudessem crescer bactérias. Tudo bem, sim, tudo bem, tudo terminado.

Arrastei-me até a pia e tirei as luvas. Preparei uma solução de carbólico para aplicar uma ducha e matar algum germe que eu pudesse ter introduzido, e aqueci o líquido na espiriteira, porque água morna era melhor para estancar hemorragias. Dei uma olhadela para trás, para ver se a paciente ia inventar de morrer depois daquilo tudo.

Bridie estava agachada na cama, segurando a mão da mulher, sussurrando.

Peguei uma seringa de lavagem esterilizada. O bulbo de borracha, com seus tubos moles, sempre me lembrava uma aranha vermelha que tivesse perdido todas as pernas, menos duas. Testei a temperatura da solução, pingando uma gota na parte interna de meu pulso, e então enchi um jarro grande. Luvas novas.

O sangramento parecia ter diminuído.

Agora, sra. Garrett, isto vai deixá-la bem lavada.

Mergulhei o tubo da seringa na jarra e introduzi o bico de vidro em seu colo do útero. Apertei o bulbo para bombear o líquido para dentro, enquanto massageava a barriga castigada da paciente com a outra mão. Uma água rosada foi saindo dela, inundando os lençóis e os aventais, meu e de Bridie.

Por fim, a sensação inconfundível de uma contração do útero sob a palma da minha mão. O sangramento estava cessando. Eu não precisaria medicá-la com esporão-do-centeio nem entupi-la com uma lata inteira de gaze. Estava encerrado, e eu não havia perdido a mãe.

Quem é a encarregada aqui?

Virei-me de um salto, cheia de culpa.

Uma estranha, toda de preto. Só podia ser a infame dra. Lynn. Colarinho e gravata, como os de homem, mas saia lisa e sem avental. Casa dos quarenta? Cabelo comprido (levemente grisalho) num coque de tranças atrás; era a dama de casaco de pele que eu tinha avistado pela janela, mais cedo.

Ela absorveu a visão de Bridie e eu manchadas de sangue, paradas junto ao campo de batalha do catre de Delia Garrett. O berço vazio. Virou a cabeça e encontrou a bacia coberta.

II

MARROM

Quando encerrei meu relato, ao som discreto do choro de Delia Garrett, percebi que havia escurecido; o sol de outono tinha começado a se pôr sem que eu notasse. Fui até o interruptor e acendi a luz ofuscante do teto.

Obrigada, enfermeira.

A dra. Lynn ainda não dissera uma palavra de culpabilização.

Era constrangedor o estado ensanguentado de meus punhos, que já iam ficando amarronzados; desabotoei-os, joguei-nos no balde de roupa suja, lavei os braços e achei outro par de punhos.

Bridie ficou parada num canto, parecendo atordoada pela confusão da hora anterior.

A dra. Lynn empurrou para cima os óculos pequenos sobre a ponte do nariz, examinou o prontuário de Delia Garrett e escreveu alguma coisa no final.

Eu sabia que deveria estar cuidando da bagunça causada pelo parto, mas não queria me intrometer entre médica e paciente. O berço vazio... ao menos isso eu podia retirar da cama de Delia Garrett, onde ele se postava como uma censura. Empurrei-o, com uma das rodas rangendo, para a mesa da enfermeira encarregada. (*Minha* mesa, nesse dia. Minha responsabilidade, toda ela.)

Disse a dra. Lynn: Lamento muito sua perda, sra. Garrett.

Um gemido.

(Teria eu falhado com essa mulher? Como ansiava por sair daquele cômodo sem ar!)

Pela aparência de sua filha, disse a dra. Lynn, suspeito que o coração dela tenha parado há um bom número de horas, muito provavelmente por causa de sua gripe.

O que a médica queria dizer era que o parto da natimorta não fora culpa minha. Mas fiquei desolada, assim mesmo; pensar que naquela manhã, enquanto Delia Garrett reclamava, folheava suas revistas, cochilava e comia uma linguiça roubada, sua passageira já havia partido.

Delia Garrett contrapôs: Mas o outro médico — Prendergast — me disse que eu não era um caso grave.

A dra. Lynn assentiu com ar sóbrio: Estamos descobrindo que até um caso leve é capaz de pôr em perigo a criança intrauterina, ou fazê-la sair de repente, antes da hora.

Novos soluços.

Continuando com sua voz serena: Eu não teria conseguido salvar sua filha mesmo que estivesse bem aqui, sra. Garrett, mas, ainda assim, lamento profundamente ter me atrasado. Agora durma um pouquinho, enquanto a arrumamos.

Nenhuma resposta da mãe chorosa.

A dra. Lynn virou-se para mim, mas eu já tinha ido buscar o clorofórmio.

Enquanto a médica desinfetava seus dedos ossudos, prendi a máscara grossa atrás da cabeleira desgrenhada de Delia Garrett e pinguei o anestésico. Em segundos, a mulher apagou.

A médica murmurou: Também lhe peço desculpas, enfermeira — o telegrama do consultório levou horas para me alcançar hoje pela manhã, pois eu estava fora de casa, numa clínica gratuita de gripe que eu montei.

Quer dizer que a médica vestida de peles era uma espécie de Senhora Magnânima benevolente? Parecia competente e séria, e, se tinha seu próprio consultório e, de quebra, uma clínica beneficente, só podia estar vindo ao hospital nesse dia por um dever cívico, e não pelo mísero salário de médica substituta.

Mas eu quase havia esquecido que ela também era uma combatente rebelde — deportada, aliás, por ter participado de um levante violento, por mais que isso parecesse improvável. Eu não conseguia decifrá-la, essa tal dra. Lynn.

Higienizei as mãos, peguei uma bandeja de instrumentos na prateleira, pus uma longa agulha curva num suporte e nela enfiei um pedaço de categute.

A dra. Lynn havia afastado os joelhos de Delia Garrett e estava apalpando delicadamente os danos. Ah, céus, rasgada por aquela cabeça enorme, e para nada.

Não pude deixar de me perguntar quanta experiência teria a médica no que estava prestes a fazer.

A senhora faz clínica geral, doutora?

Os olhos astutos levantaram-se para fitar os meus; havia uma sugestão de riso naquela boca fina.

Está me perguntando a que ponto estou apta a tratar de uma laceração na vulva, enfermeira Power?

Engoli em seco.

A obstetrícia vem a ser uma das minhas áreas de interesse especial, assim como a oftalmologia e a insanidade.

Pisquei; era uma gama e tanto de interesses.

Talvez lhe agrade saber que sou licenciada na profissão de parteira e trabalhei em diversas maternidades.

Bridie, de pé junto à parede, pareceu divertir-se com meu constrangimento.

Derramei a solução de carbólico entre as pernas da mulher inconsciente e a enxuguei com chumaços de estopa de linho.

Não há algodão?

Problemas de escassez, expliquei.

A dra. Lynn fez um sinal afirmativo. Essa laceração vai até o ânus, o que é uma rara falta de sorte numa multípara.

Eu tentei segurar o períneo, informei.

Ah, não vai nisto nenhuma crítica, murmurou ela, sem levantar os olhos. Nunca me agrada explicitar a uma paciente que ela escapou por pouco, mas, francamente, ela estaria morta se você não tivesse contido a hemorragia.

Nessa hora Bridie sorriu para mim.

Senti as bochechas arderem. Deus sabe que eu não havia tentado fisgar um elogio.

A dra. Lynn tirou o porta-agulha da minha mão: Não tem fio de seda? Ele me parece segurar melhor.

Infelizmente, faz algumas semanas que também está em falta.

Ela fez a primeira sutura. Há quanto tempo você está de plantão, enfermeira?

Ah... desde as sete da manhã.

Sem intervalo?

Estou perfeitamente bem.

Eram meticulosas as suturas da dra. Lynn, mas Delia Garrett sofrera uma laceração de bordas tão desiguais que me perguntei se algum dia ela voltaria a se sentir a mesma de antes.

Bridie, pedi, pode voltar à geladeira — você se lembra, lá no estoque — e buscar um absorvente gelado de algodão?

Ela saiu em disparada.

A dra. Lynn cortou o último fio. Pronto, aí está. Pelo menos o categute se dissolve, e a sra. Garrett não terá que voltar para tirar os pontos e se lembrar do dia de hoje.

Derramei mais um filete de desinfetante e puxei um lençol até a cintura da paciente, provisoriamente.

Depois de lavar as mãos, a dra. Lynn girou a manivela e abriu toda a janela superior. Não deixe ficar abafado aqui. Ar puro!

Sim, doutora.

Às pressas, eu estava escrevendo um bilhete para pedir ao escritório que ligasse prontamente para o sr. Garrett; terminei-o e o guardei no avental.

A dra. Lynn segurou a mão de Mary O'Rahilly como se as duas estivessem se conhecendo numa festa. Bem, e o que temos aqui?

Sra. O'Rahilly, dezessete anos, primípara. Um ou dois dias com contrações, mas com intervalos de vinte minutos.

Não parece muito divertido.

A solidariedade fez correr uma lágrima do olho esquerdo de Mary O'Rahilly, que começou a tossir.

Tirei seu prontuário da parede e o prego solto rolou pelo chão. Desculpe!

Entreguei o prontuário à médica e corri a apanhar o prego. O que me fez lembrar de meu relógio e da nova marca que eu teria de fazer pela filhinha morta de Delia Garrett.

Enquanto a médica entrevistava Mary O'Rahilly, virei de costas e tirei do avental o relógio pesado. Achei um espaço entre suas marcas e fiz um pequeno risco nas costas prateadas. Não uma lua dessa vez, só uma linha curta.

Lá estava Bridie parada, me estudando. Larguei o cebolão no bolso do avental e recoloquei o prego na parede.

Ela me estendeu uma coisa encaroçada, não o algodão gelado que eu pedira: É limo úmido numa capa de musselina. Uma enfermeira disse que funciona bem.

O que significava que era só o que eles tinham. Com um suspiro, aceitei.

Para o caso de Delia Garrett estar ficando com o sono mais leve e poder me ouvir, eu lhe disse: Agora vamos lhe colocar o suporte, sra. Garrett.

Posicionei o suporte gelado em forma de linguiça entre as pernas da paciente e, com um alfinete de fralda, prendi-o na alça inferior da faixa de trinta centímetros de largura. Apertei bem os três cordões.

Para que é isso?, perguntou Bridie.

Para dar sustentação à barriga maltratada. Ah, você pode levar este bilhete ao escritório do terceiro andar?

Bridie quase o arrancou de minha mão, na ânsia de ajudar.

Delia Garrett gemeu um pouco em seu sono.

Eu precisava tirar a natimorta dali antes que a mãe acordasse. Na bancada estreita, peguei da pilha uma caixa de sapatos vazia. Nela estendi papel parafinado, descobri a bacia e levantei o corpo envolto no cobertor. Depositei-o sobre o papel parafinado e fiz o embrulho mais cuidadoso que pude. Minhas mãos tremiam um pouco quando tampei a caixa. Embrulhei-a em papel pardo e a amarrei com barbante, como um presente inesperado.

Não havia necessidade de certidão de nascimento nem atestado de óbito; do ponto de vista legal, nada havia acontecido ali. "Garrett", escrevi na caixa de sapatos, "31 de outubro."

Torci para que o marido de Delia Garrett viesse buscar a caixa no dia seguinte. Se bem que, nesses casos, alguns pais preferiam não vir, por isso a enfermeira-chefe esperava até termos várias caixas de sapatos, para então mandá-las ao cemitério.

A dra. Lynn estava apalpando o ventre de Mary O'Rahilly e auscultando-o com seu estetoscópio: É paciência que recomendo nessa etapa, sra. O'Rahilly. Vou mandar a enfermeira Power lhe dar um remédio para dormir, para ajudá-la a passar o tempo e recuperar suas forças.

Aproximou-se da mesa e me disse: Hidrato de cloral. Pode ser que ele também faça o colo do útero tender a se abrir. Mas nada de clorofórmio, porque não convém reprimir essas contrações precoces.

Fiz que sim e anotei as recomendações.

A médica acrescentou, baixinho: Tenho certa preocupação de que esteja demorando demais. A mãe ainda não acabou de crescer e está desnutrida. Se eu mandasse no mundo, ninguém haveria de parir antes dos vinte anos.

Gostei da dra. Lynn por esse comentário ousado.

Mary O'Rahilly tomou seu remédio sem dizer uma palavra. E ali estava Bridie, já de volta.

Pus a caixa de sapatos em suas mãos: Agora leve isto para o necrotério, lá no porão, sim?

Onde?

Cochichei: O lugar para onde vão os mortos.

Bridie olhou para baixo, entendendo o que segurava.

Está bem?, perguntei.

Talvez eu estivesse exigindo demais de uma pessoa tão inexperiente. De *uns vinte e dois anos*. Teria ela alguma razão para ser vaga, ou seria possível, na época atual, que realmente não soubesse qual era sua idade?

Tudo bem, retrucou Bridie. Jogou para trás uma auréola de penugem cor de bronze e se foi.

A dra. Lynn comentou: É animada essa sua ajudante.

Não é?

Estagiária?

Não, apenas voluntária por hoje.

Mary O'Rahilly parecia já estar adormecendo. Mas Ita Noonan se remexia, com um nítido chiado na respiração. A dra. Lynn segurou-lhe o pulso e eu me apressei a levar o termômetro.

Como está se sentindo, sra. Noonan?

Seus acessos de tosse eram uma saraivada de balas, mas ela sorriu: Linda e brilhante! Não ligue para a cera.

Seis dias de febre, murmurou a dra. Lynn. Ela já tinha a perna leitosa ao chegar?

Fiz que sim: Ela disse que ficou desse tamanho, além de fria e dura, desde o último parto.

A temperatura de Ita Noonan tinha baixado quase meio grau, mas a dra. Lynn relatou que o pulso e a respiração dela estavam mais acelerados. Pôs o estetoscópio no peito cavado da paciente: Hmm. Em circunstâncias normais, eu a mandaria para o raio X, mas há uma fila de pacientes tomando metade do corredor lá em cima.

Tentei me lembrar da última vez em que as coisas tinham sido normais — no fim do verão?

A médica acrescentou: De qualquer modo, a radiografia só nos daria uma imagem exata de quão congestionados estão os pulmões dela, mas não nos diria como desobstruí-los.

Ita Noonan dirigiu-se a ela com uma arfada gentil: A senhora vai ficar para a festa?

É claro que sim, obrigada, sra. Noonan.

A dra. Lynn murmurou para mim: Vejo que o braço esquerdo dela está meio paralisado. Pode acontecer, com essa gripe. Ela lhe pareceu tonta?

Sim, achei que talvez estivesse tonta quando a levei ao banheiro, mais cedo.

A médica anotou isso no prontuário. É um tormento não poder obter respostas precisas dos delirantes, não acha? Cada sintoma é uma palavra na linguagem da doença, mas há ocasiões em que não conseguimos ouvi-las direito.

E, mesmo quando as ouvimos, nem sempre podemos decifrar a frase inteira.

Ela assentiu: E assim apenas os mandamos calar a boca, uma palavra de cada vez.

Perguntei-lhe: Então, dou mais uísque quente à sra. Noonan? O dr. Prendergast disse...

Ela respondeu, meio cansada: Hmm, pensando bem, o álcool parece vir sendo o mais seguro para os pacientes com essa gripe.

Na porta havia uma enfermeira júnior que eu não conhecia: Dra. Lynn? Estão chamando a senhora na Cirurgia Feminina.

A médica ajeitou os óculos e respondeu: Estou indo. Com uma olhadela para trás, ela me disse: Vou mandar um capelão para dar uma palavrinha com a sra. Garrett.

E ela também pode tomar uísque, para as dores do pós-parto e a tosse?

Certamente. Com qualquer dessas pacientes, use o bom senso.

Aquilo me espantou: A senhora quer dizer que... devo dar remédios sem uma ordem específica?

Isso seria desrespeitar o protocolo. Se eu a tivesse entendido mal, poderia perder o emprego, por ultrapassar meus limites.

A dra. Lynn assentiu, impaciente: Hoje estão me fazendo correr entre meia dúzia de enfermarias, enfermeira Power, e você me parece tremendamente capaz, de modo que eu a autorizo a medicar qualquer uma de suas pacientes com álcool ou, no caso de dores fortes, clorofórmio ou morfina.

Fiquei repleta de gratidão; ela havia desatado minhas mãos.

Ao entrar, Bridie quase se chocou com a médica na porta. Arfava um pouco e tinha um brilho nas maçãs do rosto sardentas; teria subido a escada de três em três degraus desta vez?

A dra. Lynn lhe disse: Pare para respirar, meu bem.

Estou ótima, retrucou Bridie. Do que precisa agora, enfermeira Power?

Mandei-a ao duto do incinerador com os restos entrouxados do parto de Delia Garrett, e ao duto da lavanderia com o bolo de lençóis ensanguentados.

Vistoriei meus escassos domínios e pousei os olhos na panela em que o termômetro havia quebrado. Escoei a água fria no ralo, deixando a cintilação dos caquinhos de vidro e as gotículas de mercúrio rolando no fundo. Improvisei um envelope de jornal e joguei tudo dentro.

Bridie voltou e me viu: Sou muito idiota por ter quebrado isso.

Não foi culpa sua. Eu devia ter avisado que água fervendo expandiria demais o mercúrio e estouraria o bulbo.

Ela fez que não com a cabeça: Eu devia ter adivinhado.

Quando uma lição não é aprendida, disse eu, culpe o aluno. Mas, quando não é ensinada direito, ou nem é ensinada, culpe o professor.

Ela sorriu: Quer dizer que agora sou aluna? Muito chique.

Amassei o embrulho de jornal e murmurei: Receio que eu não seja uma grande professora neste momento.

Ah, bom, agora está mesmo tudo fodido.

Bridie disse isso entre dentes, talvez com medo de que seu linguajar me ofendesse. Sorri comigo mesma ao ouvi-la usar a expressão de Tim.

Em seu estupor, Delia Garrett mudou de posição nos travesseiros.

Bridie apontou-a com a cabeça: Essa aí ia sangrar até morrer se a senhora não tivesse tirado dela aquela massa, não foi o que a médica disse?

Fiz uma careta: Quem sabe?

Um cintilar de estrelas em seus olhos azuis: Nunca vi nada igual!

A adoração da garota me fez pensar. Se eu tivesse sido só um pouquinho desajeitada nessa tarde, poderia ter dilacerado Delia Garrett, deixando-a estéril ou morta. Eu não conhecia nenhuma enfermeira que não tivesse alguns grandes erros na consciência.

Bridie continuou, como se falasse sozinha: Acho que ela está bem de vida.

Rica? Era isso que ela queria dizer? Não entendi direito que bem a riqueza faria aos Garrett agora. Perguntei em voz baixa: Bem de vida em que sentido?

Bem de vida sem isso.

Levei um segundo para entender. Sussurrei: Sem... o bebê?

Bridie deu uma bufadela: No fim eles são só mais sofrimento, não é?

Fiquei sem fala. Como podia uma mulher tão jovem ter uma visão tão distorcida da principal tarefa da humanidade?

Não foi a própria sra. Garrett que nos disse que não queria um terceiro filho?

Dei uma resposta seca: Isso não vai impedir que ela fique arrasada.

Olhei para o embrulho de mercúrio e vidro, obrigando-me a voltar a mente para questões práticas. Perguntei-me se incinerá-lo provocaria vapores perigosos.

Pedi a Bridie que levasse o embrulho para fora do hospital e o jogasse na lata de lixo mais próxima: E depois vá comer alguma coisa de almoço... ou já está mais para jantar, acho.

Raras vezes eu me dava conta de estar com fome num plantão movimentado; as necessidades do meu próprio corpo ficavam suspensas. Lembrei-me de ter mandado embora a servente com a marca de nascença.

Aquelas bandejas do almoço, Bridie, elas ainda estão ali fora?

Ela balançou a cabeça: Alguém deve ter levado.

Eu não podia mandar um pedido especial, quando o pessoal da cozinha estava sob tanta pressão. Vamos fazer assim: você pode ir até a cantina e encher uma bandeja para nós?

Ela pousou o embrulho do vidro e levou as mãos ao cabelo — que agora lembrava fios elétricos desencapados. Apanhou o pente que eu lhe dera e fez o possível para penteá-lo para trás.

Vamos lá, está bom.

Ela disparou.

Criatura estranha essa Bridie Sweeney, mas um talento natural no trabalho da enfermaria.

Espalhou-se o silêncio.

Meu avental estava manchado e salpicado de sangue; troquei-o por outro. Alisei-o sobre minha barriga chata, que soltou um ronco. O plantão prosseguiu, e eu também.

Delia Garrett piscou, recobrando a consciência. Vomitou de lado...

Peguei uma bacia e uma toalha na prateleira e corri até lá a tempo de pegar a maior parte da baba que saiu.

Quando as golfadas pararam, limpei sua boca.

Isso é comum depois do clorofórmio, sra. Garrett. A senhora só está limpando o organismo.

Vi a lembrança atingi-la como um soco. Os olhos vagaram:

Onde ela... O que você fez com ela?

Será que queria ter olhado para o rosto da filha? Senti-me mal por não ter insistido. Mas e se ela tivesse ficado ainda mais perturbada com a visão daqueles lábios escurecidos?

Respondi: Ela foi para o Canteiro dos Anjos.

Voz rouca: O quê?

É o nome que dão ao lugar especial no cemitério. (Como é que eu descreveria uma cova coletiva?) Improvisei: É lindo. Grama e flores.

O rosto redondo de Delia Garrett estava sulcado por linhas salgadas: O que vou dizer ao Bill?

Alguém deve ter telefonado para seu marido e explicado. (Como se uma coisa dessas admitisse explicações.)

Usei a toalha para limpar os salpicos de vômito.

Vamos sentar agora, sra. Garrett. Vamos, é melhor para a senhora.

Eu não queria explicitar que sentar era melhor para a drenagem do útero. Quase tive que arrastá-la para cima, para encostá-la nos travesseiros.

Seus batimentos cardíacos e a força da pulsação tinham baixado para níveis quase normais; o sangue circulava como convinha, agora que seu corpo havia expelido seu pequeno fardo. Verifiquei o curativo; o sangramento era muito leve. Tudo que havia de errado com Delia Garrett eram a tosse e as partes íntimas rasgadas pela cabeça de sua filha. E nada de bebê. Mãos vazias.

Tive medo de que o uísque pudesse maltratar demais seu estômago, por isso lhe preparei uma xícara de chá, mais forte que de hábito e com três cubos de açúcar, para aumentar o impacto, e pus dois biscoitos no pires.

Delia Garrett bebeu o chá em pequenos goles, as lágrimas correndo para os cantos da boca.

Estimulei-a a comer.

Sem enxergar, ela tateou para pegar um biscoito.

A enfermaria estava muito calma, como um chá discreto em que a conversa tivesse morrido.

No catre da esquerda, Ita Noonan pôs as pernas para fora da cama, num rompante, o que me sobressaltou. Ficou sentada, com o olhar fixo, correu a língua pelos lábios e franziu o nariz, como se sentisse um cheiro ruim. O delírio podia fazer isso — causar alucinações olfativas, bem como da visão e da audição.

Está com sede, sra. Noonan?

Estendi-lhe a caneca com tampa, mas ela não pareceu saber do que se tratava. Quando a levei a sua boca, virou o rosto vermelho para o outro lado. Tentei pôr toalhas molhadas em seu pescoço, para esfriá-la, mas ela as jogou no chão e mergulhou nas cobertas. Segurei seu pulso para medir a pressão, mas ela puxou o braço e o escondeu sob o corpo.

Veio de trás um barulho, quando Bridie entrou de costas pela porta com uma bandeja carregada.

Apressei-me a abrir um espaço na mesa.

Dois pratos de um ensopado de aspecto insosso, com umas bolas pálidas que pareciam barcos emborcados. Um monte de repolho arrasado e um purê com cheiro de nabo. Pão de guerra com margarina. Duas fatias de uma torta que suspeitei ser de coelho e uma tigela de ameixas.

Olhe, tem até fatias de galinha, disse Bridie.

A mim pareciam gelatinosas, enlatadas.

E peixe frito também!

Então Bridie fez um ar desolado: Se bem que uma das cozinheiras estava dizendo que pode ter sido assim que essa gripe começou.

Pelos... peixes?

Ela fez que sim: Uns que comeram soldados mortos.

Isso é um disparate, Bridie.

É, tem certeza?

Tenho cem por cento de certeza, respondi.

Diante disso, a garota riu.

O que foi?

A senhora não pode ter cem por cento de certeza. Porque ninguém sabe de verdade de onde veio essa doença, sabe?

Exasperada, retruquei: Então, noventa e cinco por cento de certeza.

Havia uma folha impressa embaixo dos pratos, ainda engordurada:

CONSERVEM-SE LIMPOS, AQUECIDOS E BEM ALIMENTADOS,
MAS ABSTENHAM-SE DE
USAR MAIS QUE UMA PORÇÃO JUSTA
DE COMBUSTÍVEL E COMIDA.
DURMAM CEDO E MANTENHAM AS JANELAS ABERTAS,
TOMANDO CUIDADO PARA EVITAR CORRENTES DE AR.
A VENTILAÇÃO E O SANEAMENTO
SERÃO A SALVAÇÃO DA NOSSA NAÇÃO.

Essa receita paradoxal me fez franzir a boca: parecia feita para desconcertar, de um modo ou de outro, quer a gente aumentasse um pouco o gás em prol da saúde, quer o diminuísse um pouco em prol da economia. Eu já ficava envergonhada toda vez que me apanhava ressentindo-me de pequenas privações, enquanto outros viviam em condições muito piores. A culpa era uma espécie de ar fuliginoso que respirávamos hoje em dia.

Mas dava gosto ver Bridie, em pé, comendo torta de coelho com o ar apreciativo de quem jantasse no Ritz.

Obriguei-me a pegar um prato de ensopado. Uma colherada. Outra. O Ministério dos Alimentos afirmava que, na verdade, os níveis de nutrição haviam aumentado desde o início da guerra, porque vínhamos comendo mais vegetais e menos açúcar. Mas, enfim, eu achava que eles não diriam outra coisa.

Mencionei a Bridie que, antes dessa crise, nós, enfermeiras, dispúnhamos de uma hora para nós em nosso próprio refeitório.

Ela ficou deslumbrada: Uma hora inteira?

Líamos as notícias em voz alta, fazíamos tricô, cantávamos e até dançávamos ao som do gramofone.

Uma festa!

Bem, isso é exagero, disse eu. Nada de bebidas nem cigarros, nunca, nem mesmo fora do plantão.

Mesmo assim, parece alegre.

Pode me chamar de Julia, se quiser.

Surpreendi-me ao dizer isso, bem baixinho.

E acrescentei: Só não na frente das pacientes.

Bridie assentiu. Julia, repetiu baixinho.

Desculpe se às vezes sou meio ríspida.

Não é.

Admiti em voz baixa: Meu humor não anda dos melhores desde que essa gripe chegou. Tenho me sentido meio amortecida.

Não se pode estar meio morto. Se você ainda não está enterrada, está *cem por cento* viva.

Abri-lhe um sorriso.

Bridie deu uma espiada, para ter certeza de que Mary O'Rahilly dormia e Ita Noonan e Delia Garrett não estavam ouvindo, antes de cochichar: Lá na cantina, ouvi falar de um sujeito perturbado pela gripe que pegou e matou a mulher e os filhos.

Isso parece invenção, disse eu. (Torcendo para que fosse.) Mas com certeza houve uns sofredores que tiraram a própria vida.

Ela desenhou o sinal da cruz no peito.

Um homem saiu para comprar remédios para ele e a família, contei. Atravessou um parque, passou por um lago... e os guardas o encontraram caído de bruços entre os cisnes.

Bridie soltou um arquejo: Afogado?

Se bem que ele podia não estar raciocinando com clareza. Talvez estivesse ardendo em febre e a água parecesse deliciosamente fresca, não é? Ou tropeçou por engano, quem sabe?

Ela olhou para Ita Noonan: Devemos ficar de olho naquela da febre alta, então.

Ah, nunca deixo instrumentos afiados perto de pacientes delirantes, nem ataduras.

A testa lisa de Bridie franziu-se: Que mal fazem as ataduras?

Imitei o gesto de enrolar uma delas no pescoço.

Ah.

Não contei a Bridie sobre a garota que quase conseguira se enforcar com uma atadura no banheiro, antes que a irmã Finnigan a encontrasse. Não era febre, no caso dela, mas uma razão para o desespero: doze anos de idade e sete meses de gravidez. Pelas dicas que deixou escapar, desconfiávamos do pai.

Parada junto à cama da esquerda, Bridie fitou Ita Noonan.

Está azulada, comentou.

O quê?

As unhas. Isso vem daquele negócio que você estava me contando — vermelho, marrom, azul e preto?

Corri até lá. Era verdade que os leitos ungueais de Ita Noonan haviam escurecido, o que podia significar o avanço da cianose, mas seu rosto continuava vermelho e pegajoso. O que mais me alarmou foi o chiado em seu peito, como ar preso nos foles de uma gaita, com o couro se esticando. Contei pelo relógio suas respirações — trinta e seis por minuto, coração e pulmões funcionando a todo vapor. Ela era um remador remando freneticamente para a margem. Também tremia, de modo que a embrulhei em seu xale e acrescentei outro cobertor. O pulso estava em cento e quatro batidas por minuto, mas a força me pareceu muito menor.

Está sentindo alguma tontura, sra. Noonan?

Ela resmungou algo que não entendi.

Para a baixa pressão sanguínea, eu deveria elevar seus pés sobre um almofadão quadrado, mas essa seria a pior posição para seus pulmões congestionados. Minha mente rodou e rodou, num circuito frustrado de pânico. E, assim, não fiz nada; observei e esperei.

Uma batida leve na porta: padre Xavier.

Ele tinha o tipo de rosto meigo e enrugado que tornava impossível calcular sua idade; podia estar em qualquer ponto entre os cinquenta e os cem anos. Enfermeira Power, disse com sua voz hibernal, temos aqui uma sra. Garrett?

A dra. Lynn tinha mandado o capelão errado. Apontei a cama da paciente: Mas ela é protestante, padre. Igreja da Irlanda.

Com o rosto fantasmagórico, Delia Garrett havia arriado até o meio dos travesseiros, o chá esfriando na mesinha de cabeceira ao lado, um biscoito desmanchando no pires.

O padre assentiu: Infelizmente, o reverendo caiu de cama. Hoje sou apenas eu, tanto para protestantes quanto para católicos. Bem, como dizem, à noite todos os gatos são pardos.

Expliquei a Bridie: O padre Xavier era o capelão católico romano, até se aposentar e ser substituído pelo padre Dominic.

Só que o padre Dominic também arriou com a gripe na semana passada, disse ele, e fui chamado de volta.

Pus um banquinho para ele ao lado da cama de Delia Garrett. Lamento haver tão pouco espaço, padre.

Não faz mal. Eu enrijeço quando passo muito tempo sentado.

Posicionou-se encostado na parede.

Sra. Garrett, estou substituindo meu colega da Igreja da Irlanda, já que ele está adoentado, se a senhora não fizer nenhuma objeção.

Os olhos cerrados da paciente nem se mexeram. Estaria dormindo, pensei, ou ignorando o padre?

Ele se inclinou sobre Delia Garrett: Sinto muito por sua situação.

Nenhuma resposta.

Padre Xavier suspirou: Creio que os cristãos de todas as denominações podem concordar com as razões para haver ao menos esperança de que, em Sua infinita misericórdia, o Senhor forneça um mecanismo de salvação para aqueles que falecem no útero sem batismo, sem a menor culpa por isso.

Um soluço sacudiu Delia Garrett, depois se transformou em tosse. Eu sabia que o sujeito tinha boas intenções, mas desejei que a deixasse em paz.

Acaso Jesus não disse que deixassem vir a Ele as criancinhas? Por isso, a senhora agora deve confiar seu bebê aos amorosos cuidados d'Ele e aos anjos da guarda.

Ela deve ter ouvido isso, pois virou o rosto para o outro lado, rispidamente.

O ancião ergueu-se com esforço e disse: Vou deixá-la descansar. Aproximando-se da mesa, perguntou: Está com uma nova estagiária, enfermeira Power?

Só uma criadinha, disse Bridie, antes que eu pudesse responder. Uma substituta, que nem o senhor.

O padre tornou a se virar para mim e sacudiu a cabeça para apontá-la: Estou vendo que ela é rápida.

E eu não sei, padre?, concordei.

Ele espirrou e enxugou o narigão vermelho. Perdoem-me, senhoras.

O senhor está ficando resfriado?, perguntei.

Apenas superando uma forma branda dessa gripe.

Se me permite, padre... Pus o dorso da mão em sua testa, que estava meio aquecida. Não seria melhor o senhor ficar de cama, então, por uma questão de segurança?

Ah, prefiro combatê-la andando, disse padre Xavier. Mais vale eu ser útil nas enfermarias para febre.

Mas o esforço... considerando a sua...

Ele arqueou as sobrancelhas grossas: Considerando a minha idade, minha jovem, que importância teria, no grande esquema das coisas, se eu fosse levado ainda esta noite?

Bridie bufou.

Padre Xavier deu-lhe uma piscadela: Vou ficar ótimo. Ouvi dizer que os velhos estão enfrentando isso melhor que os jovens.

Fiz uma restrição: Bem, essa é a regra geral.

O padre retrucou, animado: Os caminhos d'Ele são misteriosos.

A essa altura, os olhos de Delia Garrett estavam abertos, acompanhando a saída do homem pela porta. Ela parecia esvaziada.

Não aguentei vê-la daquele jeito.

Um uísque quente, sra. Garrett?

Assim que lhe entreguei a xícara, ela a esvaziou. Recostou-se então nos travesseiros e fechou os olhos.

Silêncio outra vez. Uma chance para recuperar o fôlego, depois de funcionar como malabarista de um minuto caótico para outro.

Fitei a figura arriada de Ita Noonan. Cabeça para cima, para facilitar a respiração, ou pés para cima, para melhorar a força do pulso? Ou mantê-la deitada no mesmo nível? Seria a melhor solução de compromisso ou não serviria para nenhum dos problemas? Cada sintoma era uma palavra, sim, mas eu não conseguia entendê-las, não era capaz de acompanhá-las.

Bridie estava limpando o chão, sem que eu tivesse pedido. Que energia generosa tinha essa moça. Agradeci-lhe.

De nada, Julia.

Disse meu nome com ar meio tímido, como se experimentasse o tamanho.

Lá fora da janela estava escuro; agora toda a luz tinha se extinguido.

Bridie comentou: Detesto as noites.

Detesta?

Detesto quando a noite chega e a gente tem que se deitar, mas não consegue dormir, por mais que tente. E se xinga, porque a gente vai se arrepender de manhã, quando não conseguir se arrancar da cama na hora que tocar o sino.

Soou como uma vida amarga. Fiquei pensando se os Sweeney estariam numa situação muito apertada. Será que os pais de Bridie eram severos com ela?

Um baque.

Olhei para o leito da esquerda, mas estava vazio, os lençóis numa onda revolta. Por meio instante estúpido, eu não soube onde Ita Noonan tinha ido parar.

Contornei às pressas a cama de Mary O'Rahilly e dei com a canela no metal.

Junto ao rodapé, Ita Noonan se debatia feito um peixe, os olhos revirados para trás. As pernas estavam presas nas cobertas, os braços sacudiam para todo lado. Ela deu com a cabeça na quina da mesinha de cabeceira.

Nossa!, exclamou Bridie.

Não era possível saber se Ita Noonan estava respirando. Subia um odor fétido de seus intestinos. Ajoelhei-me a seu lado e enfiei um travesseiro sob sua cabeça. Uma das mãos me acertou um tapa no seio.

É pra gente lhe enfiar uma colher na boca?, perguntou Bridie.

Não, isso quebraria os dentes. Mais travesseiros!

O som surdo dos pés se debatendo, a pancada quando ela acertou a mesinha.

Permaneci de joelhos, desamparada, tentando impedir Ita Noonan de quebrar algum osso, enquanto sofria sua convulsão diante de mim. Uma espuma riscada de rosa brotou-lhe do canto da boca. Eu precisava fazê-la deitar de lado, para que não sufocasse, mas era impossível, do jeito que ela estava entalada naquele espaço exíguo. Seus pés continuavam para cima, na cama, atados pelas cobertas.

A oração infantil foi desfiando em minha mente: *Santa Maria, mãe de Deus, rogai por nós, pecadores, agora e na hora...*

Bridie largou três travesseiros em meus braços.

Mas Ita Noonan já estava mole. Sem contorções, sem o subir e descer do peito.

Limpei-lhe a boca com o avental, curvei-me e nela encostei o rosto.

O que está fazendo?

Shh!

Esperei. Nenhuma respiração no meu rosto, nada.

Ajude-me a virá-la de bruços.

Aqui no chão?

Mas, ao mesmo tempo que fazia a pergunta, Bridie soltou a roupa de cama com um safanão e as pernas de Ita Noonan escorregaram e caíram, primeiro a branca e enorme, depois a fina.

Nós a pusemos de bruços, um lado do rosto no assoalho. Eu deveria estar sentada junto a sua cabeça, mas não havia espaço. Fiz toda a pressão que pude em suas costas, tentando bombear o ar para os pulmões. Montei na paciente e lhe cruzei os braços sob o rosto, com suas unhas amareladas, e puxei seus cotovelos para trás, na minha direção, para abrir o peito, como fora treinada a fazer. Pressionei a parte traseira das costelas, puxei os cotovelos. Pressionar, puxar, pressionar, puxar. Trabalhando uma vasta montanha de massa, tão seca que jamais viraria pão.

Quando finalmente parei, a sala ficou muito quieta. Consultei o relógio: 17h31.

Ela está...

Não pude responder a Bridie. O dia estava sendo demais para mim. Fechei os olhos.

Pegaram minha mão. Tentei soltá-la num arranco.

Mas Bridie não a largou, só fez apertar mais.

E, assim, segurei sua mão. Agarrei-me a seus dedos, com força para machucar.

Depois, peguei a mão de volta para poder enxugar o rosto. Apenas suor; eu não podia me dar ao luxo de chorar.

Ocupei-me fazendo contas mentais. A irmã Finnigan tinha medido a altura do útero acima do osso pubiano e calculado que Ita Noonan estava com vinte e nove semanas de gestação. Nesse caso, tudo que me cabia fazer nesse momento era pedir a um médico para atestar o óbito. Em tese, um bebê era viável a partir de vinte e oito semanas, mas, na prática, os bebês nascidos com menos de trinta semanas de gestação raramente sobreviviam, e assim, quando não respondiam aos estímulos, a política hospitalar consistia em não reanimá-los.

Por outro lado, como o útero caía nos últimos dias da gestação, nove meses podiam ser mais parecidos com oito, talvez até sete. Portanto havia uma chance pequena, mas terrível, de que os cálculos da irmã Finnigan estivessem errados e que Ita Noonan — com a barriga particularmente arriada sob o peso de sua décima segunda carga — estivesse com a gestação a termo, na verdade.

Bridie, vá buscar o médico agora mesmo.

Não quer que eu a ajude a pôr a paciente na cama primeiro?

Rugi a resposta: Vá!

Eu não tinha como pôr em palavras os cálculos terríveis que estava fazendo.

Já estou indo, disse ela. A dra. Lynn?

Abanei a mão: Qualquer cirurgião.

Para uma cesariana póstuma, o obstetra não era uma necessidade absoluta, já que não havia mãe a ser salva, apenas sua carne morta para cortar e um bebê vivo para pegar. A margem de oportunidade era de vinte minutos, porém quanto mais rápido melhor — menos risco de danos cerebrais.

Os pés de Bridie foram batendo pelo corredor. Descobri que eu estava mais fraca que água.

Delia Garrett sentou-se, ereta, e me olhou com ar acusador, como se esse cômodo fosse a antecâmara do inferno e eu fosse a atendente. A sra. Noonan... agora *ela* morreu?

Confirmei com a cabeça. Lamento muito que a senhora...

Então por que está gritando, enfermeira? Que diabo há de tão urgente?

Eu não podia lhe dizer que às vezes o cirurgião colhia o fruto de uma mulher enquanto ela ainda estava quente.

Passei os braços por baixo de Ita Noonan e a icei para a cama. Senti um espasmo nas costas. Estendi-a na horizontal. Fechei seus olhos assustados e juntei suas mãos. Uma delas escorregou e pendeu do catre; recuperei-a e a recoloquei sob o cobertor. Na falta de um padre, murmurei: *Dai-lhe, Senhor, o repouso eterno, e que brilhe sobre ela a Vossa perpétua luz.*

Resisti à tentação de consultar o relógio; os minutos iam passando e não havia nada que eu pudesse fazer para diminuir sua velocidade. Talvez Bridie levasse mais de vinte minutos para encontrar um médico, e, nesse caso, todos seríamos poupados dessa decisão terrível.

Enrolei meu avental e o joguei na cesta de roupa por lavar; vesti outro, a fim de estar pronta para o que viesse. O que mais podia fazer, além de pôr um pé adiante do outro?

A dra. Lynn entrou em silêncio, com Bridie nos calcanhares. Verificou o pulso no pescoço de Ita Noonan enquanto ouvia meu relatório acelerado.

Num canto da mente, eu pensava: *O que foi que eu fiz? Por que tinha que mandar Bridie com toda essa pressa?* Se minhas apreensões convencessem a médica a resgatar um bebê mirrado e sofrido de vinte e nove semanas, ou vinte e oito, ou até vinte e sete, ao que sabíamos...

Vi o momento em que a dra. Lynn decidiu não operar. Um ligeiro abanar da cabeça e das tranças; nenhum leigo compreenderia o que ela estava comunicando.

Senti-me zonza de alívio.

"Morte por convulsões febris em consequência da gripe", rabiscou ela no fim do prontuário de Ita Noonan, e assinou "K. Lynn".

Fiquei pensando no que significaria o K.

Eu mesma vou informar à administração, enfermeira Power.

Tive vontade de saber se aquela era a primeira paciente que a dra. Lynn perdia hoje.

Tentei fazer pressão nas costas da sra. Noonan, relatei-lhe, e levantamentos dos braços.

É sempre bom tentar a ressuscitação, confirmou ela, em tom neutro. A mente se acalma quando se fez tudo o que era possível.

(Mas minha mente não estava calma.)

Se eu tivesse percebido a rapidez com que ela estava indo embora, perguntei, será que devia ter tentado um estimulante... sais de cheiro, ou uma injeção de estricnina?

A dra. Lynn meneou a cabeça: Isso poderia ter dado a ela mais alguns minutos de dor, mas não a salvaria. Não, alguns pacientes da gripe estão caindo mortos feito moscas, enquanto outros a vencem sem a menor dificuldade, e não temos como solucionar o quebra-cabeça nem fazer coisíssima alguma em relação a ele.

Mary O'Rahilly tossiu, em seu sono induzido pelo remédio.

A dra. Lynn foi até ela e encostou o dorso da mão na face rosada da garota, para verificar se havia febre. Virou-se no mesmo instante e fitou a mulher enlutada: Como está sua tosse, sra. Garrett?

Um dar de ombros, como quem dissesse: *Que importância tem isso?*

A médica me perguntou: Nenhum sinal de infecção puerperal?

Balancei a cabeça.

Depois que a dra. Lynn se foi, Bridie aproximou-se de mansinho do balcão onde eu contava pacotes de suabes.

O que foi aquela história de vinte e nove semanas?

Hesitei, depois disse, em tom bem baixo: Se o feto estivesse mais avançado — mais pronto —, a médica o teria retirado.

Mas como é que...?

Abrindo a barriga.

Fiz um gesto, usando meu dedo como bisturi.

Seus olhos azuis se arregalaram: Isso é nojento.

Consegui encolher os ombros de leve: Para salvar uma das duas vidas...

E mandar o neném para casa sem mãe?

Eu sei.

Meu relógio dizia que eram 17h53. Perguntei-me quando exatamente teriam parado as batidas aceleradas do coração do último filho dos Noonan. O que significava morrer antes mesmo de ter nascido?

Bridie, você pode ir chamar uns dois auxiliares para levar a sra. Noonan? É claro.

Na ausência dela, limpei a morta, trabalhando com delicadeza, como se Ita Noonan ainda sentisse tudo. Eu dispunha de tempo e, por alguma razão, não suportaria deixar a preparação por conta dos atendentes do necrotério.

Delia Garrett tinha se virado para a parede, como que para dar alguma privacidade à companheira caída.

Vesti uma nova camisola em Ita Noonan, tirei de seu pescoço o crucifixo de latão em miniatura e o prendi sob seus polegares. Pus uma toalha branca sobre seu rosto.

Embrulhei seus escassos pertences. Achei um saco de papel que revelou conter seu cabelo cortado — o que me deixou quase arrasada. Aqueles Noonan que esperavam a volta dela para casa, o homem do realejo (quando ficaria sabendo que tinha enviuvado?) e os sete filhos, receberiam, em vez dela, esse saco de cachos molengas.

Groyne entrou atrás de Bridie, cantando para ela:

Quando eu partir, querida, dê-me palavras de ânimo
Para eu lembrar nas horas de dor.
Elas vão me consolar e parecer
O sol brilhando depois da chuva...

Estourei: Eu pedi *dois* ajudantes.

Desculpe, só consegui achar o sr. Groyne.

Ele olhou de relance para o leito da esquerda: Ah, puxa, não me diga que a operária biruta bateu as botas!

Retruquei entre dentes: A sra. Noonan só estava delirando.

Ele não se deixou perturbar: Então ela se juntou ao coro invisível, ao coro celestial. Atendeu ao grande chamado, a pobre tagarela. Atravessou a fronteira. Ela...

Cale a boca!

Foi a voz de Delia Garrett, rosnando de sua cama.

Fugindo à regra, Groyne calou-se.

Empurrei o berço na direção dele e uma das rodas rangeu: Quer fazer o favor de levar isto daqui e voltar com um dos outros homens e uma maca?

Repreendido, o ajudante rolou o carrinho para fora da sala.

Verifiquei a temperatura, o pulso e a respiração de Delia Garrett. Fisicamente, ela estava em perfeita recuperação.

Bridie limpou a bancada e a mesa com desinfetante, esfregou o canto de chão que fora salpicado pelos fluidos de Ita Noonan e, em seguida, trocou a água para limpar o resto do piso.

Todas fingimos que não havia uma defunta deitada entre nós, com uma toalha estendida sobre o rosto.

No que me pareceu terem sido horas depois, Nichols e O'Shea entraram com uma maca virada de lado, como uma escada ou um painel de vidro.

Mary O'Rahilly piscou ao ver os homens e cobriu a boca com uma das mãos, como se tivesse acordado e se descoberto num pesadelo. Santa Mãe de Deus!

Nichols manteve os olhos baixos: Desculpem, senhoras.

Percebi que ela ainda não havia deparado com a máscara de metal até então. Senti o impacto da situação infeliz desse homem: caminhar entre seus semelhantes, porém com meio rosto de cobre — melhor que a cratera grotesca que a máscara escondia, mas, ainda assim, sinistramente distinto.

Dirigi-me ao atendente num tom gentil: Pode continuar, Nichols.

Bridie estava ao lado de Mary O'Rahilly, com o braço em volta dela, murmurando algo em seu ouvido. Devia estar explicando o que havia acontecido com Ita Noonan.

Os homens puseram o corpo na maca com bastante facilidade; O'Shea Treme-Treme era competente, apesar de todo o seu tremor. Teriam sido suas mãos que sofreram alguma lesão no *front*, ou será que fora o cérebro? Inúmeros veteranos, como meu irmão, tinham voltado da guerra como produtos avariados, apesar de não terem sofrido um só arranhão no corpo, apenas ferimentos invisíveis na mente.

Todas nos benzemos enquanto os ajudantes retiravam Ita Noonan.

Após um longo silêncio, Bridie perguntou: O que aconteceu com o rosto dele?

A guerra, respondi.

Mas sobrou quanto por baixo?

Não sei dizer, Bridie.

Tirei da parede o prontuário de Mary O'Rahilly, para apanhar o prego solto, porque ainda não havia feito o registro sobre Ita Noonan. Peguei o relógio e procurei um espaço entre os riscos que enchiam o disco prateado.

Chegara ao ponto em que a lua cheia de cada mulher tinha que se superpor à da que havia partido antes dela, ou à meia-lua ou ao tracinho do bebê perdido antes ou depois do parto. Risquei o pequeno círculo de Ita Noonan com o prego, com toda a exatidão possível, mas o prego resvalou e o desenho terminou numa ponta fina. Apertei o relógio como se contasse seus tique-taques. A contagem hieroglífica dos mortos flutuou diante de mim como uma nuvem de estrelas.

Tudo escureceu e, por um instante, achei que havia algo errado com meus olhos. Então entendi que eram as luzes da enfermaria.

Mary O'Rahilly soltou um arquejo.

Outra queda parcial da energia, disse eu, sem me alterar. Desculpem.

Isso passara a ser uma ocorrência habitual no começo da noite, à medida que mais trabalhadores chegavam em casa, hora após hora, e aqueciam a água do chá, encolhidos ao redor da luz limitada que todos tínhamos que racionar.

Na penumbra, Bridie tirou a roupa de cama do leito da esquerda, sem que eu lhe pedisse.

Dormiu bem, sra. O'Rahilly?, perguntei.

Ela respondeu com ar confuso: Acho que sim.

Apalpei sua barriga, para ver se o feto continuava na posição certa; peguei a trompa de madeira e localizei os batimentos leves e rápidos. E as dores agora, estão diferentes?

Na verdade não, acho que não.

Ela estremeceu e tossiu.

Preparei um uísque aquecido e o pus em suas mãos.

Mary O'Rahilly tomou uma golada e se engasgou; a bebida quase espirrou pela borda.

Goles pequenos, se a senhora não está acostumada com bebidas alcoólicas, recomendei. Isso deve ajudar nas suas contrações, e também na tosse.

Em segredo, eu temia que ela não tivesse forças para dar à luz quando enfim chegasse a hora. Gostaria de uma gemada, sra. O'Rahilly? Ou um caldo de carne?

Ela balançou a cabeça, com ar de nojo.

Um pedacinho de pão puro?

Talvez.

Enquanto eu pegava meia fatia no pacote da prateleira, Mary O'Rahilly lamuriou-se em voz alta: Ele mesmo preferia que eu ficasse em casa em vez de vir para o hospital. Não deixam nem ele entrar pra me ver.

Delia Garrett falou, com a voz rouca: Bem, pelo menos você não tem outros filhos em casa com que se preocupar.

Mary O'Rahilly assentiu, concordando, e mordiscou seu pão. Se bem que eu cuido dos meus cinco irmãos e irmãs dia e noite, mencionou, e não sei como o papai vai dar conta.

Bridie indagou: O seu marido não pode olhar pelos seus irmãos para a senhora?

A jovem fez que não com a cabeça: O sr. O'Rahilly era estivador, mas agora o porto está parado, então ele começou a trabalhar de condutor. Mas é só como empregado temporário, não permanente, acrescentou ela, arfante. Ele é obrigado a ir para a estação dos bondes toda manhã, chova ou faça sol, e, quando não tem trabalho pra ele, faz a viagem à toa.

Devia ser o uísque que estava soltando sua língua.

Isso deve ser um inconveniente, comentei.

Quando ela respondeu, foi com a voz miúda, como se estivesse prestes a tossir: Ele fica furioso! E agora também estou ficando com o trabalho atrasado.

Bridie perguntou: Que tipo de trabalho?

Eu trabalhava nas terras aluviais, catando pelotas de carvão, mas o sr. O'Rahilly não gostava.

(Eu estava antipatizando com o homem sem nunca o ter conhecido.)

A moça prosseguiu: Então agora eu faço bordado desfiado em casa. Um garoto entrega uma porção de lenços e eu puxo os fios deles, pra fazer desenhos onde fica vazio, entendeu?

Delia Garrett disse: Eu tenho um jogo assim.

Vai ver fui eu que fiz!

E então Mary O'Rahilly se enrijeceu como uma vara, ao ser tomada por uma contração. Tossiu com força na mão, quatro vezes.

Consultei o relógio, à luz tênue do abajur: quinze minutos desde a contração anterior.

Quando ela tornou a arriar, sugeri: Que tal andar mais um pouco, sra. O'Rahilly, se a senhora conseguir?

Obediente como um fantoche, ela se levantou da cama.

Pronto, deixe-me ajudá-la com seu xale.

Envolvi-lhe os ombros e a cabeça com a peça.

Seu rosto se contorceu e ela murmurou: Enfermeira, por que o meu bebê não sai? Será que está... igual ao dela?

Uma ligeira inclinação da cabeça na direção de Delia Garrett, a poucos passos de distância.

Peguei a mão quente da garota, a pele meio escamada, e lhe disse: Eu ouvi o coração dele com a trompa, bem alto e claro, lembra-se? Ele só ainda não está totalmente pronto.

Ela assentiu, tentando acreditar.

Acrescentei: A natureza trabalha por seu próprio relógio, mas sabe o que faz.

Mary O'Rahilly me olhou fixo, de uma filha sem mãe para outra. Sabia tão bem quanto eu da mentira que eu estava contando, mas aceitou todo o consolo possível.

E pensar que tinha chegado ali, de manhã, na expectativa de que seu umbigo se abrisse. Ela mesma era praticamente uma criança, mas logo se transformaria — teria que ser mãe.

Toc-toc!, fez a voz de um homem à porta.

E Groyne entrou com uma moça no colo, como uma noiva a quem carregasse ao cruzar a soleira.

Groyne, o que acha que está faz...

Ele a arriou no leito da esquerda e disse: Escassez de cadeiras de rodas.

(Mas o que é que eu tinha esperado: que o leito de Ita Noonan ficasse vazio?)

A nova paciente dobrou-se, tossindo muito. Só quando esticou o corpo pude perceber, espremendo os olhos à luz amarronzada, que ela não era tão jovem quanto Mary O'Rahilly, apenas similarmente miúda. Olhos grandes sob o cabelo cor de palha e uma barriga enorme.

Pus uma das mãos em seu ombro: Sou a enfermeira Power.

Ela tentou me responder, mas estava tossindo demais.

Espere até tomar um gole d'água.

Bridie correu a encher um copo.

A nova paciente insistiu em falar, mas não consegui entender palavra. Havia contas de rosário enroladas em duas voltas em seu braço, fazendo marcas na pele.

Está tudo bem, sra...

Estendi a mão para Groyne, em busca do prontuário. Inclinei-o sob a lâmpada fraca: "Honor White, segunda gestação, vinte e nove anos". (Como eu.) Parto previsto para o fim de novembro, o que lhe dava trinta e seis semanas de gravidez nesse momento. Fazia um mês que tinha pegado a gripe, mas, como era frequente acontecer, houvera complicações.

108

Então não consegue se livrar dessa tosse horrorosa, não é, sra. White?

Ela continuou a tossir, os olhos lacrimejando. Anêmica, deduzi, considerando a pele branca feito papel.

Notei um pequeno Sagrado Coração vermelho na lapela de seu casaco de tecido ralo quando o pendurei, e uma estranha protuberância no bolso. As camadas secas se fragmentaram e se desfizeram em minha mão.

Isto é... alho?

A sra. White respondeu num arquejo, em voz muito baixa: Pra afastar a gripe.

Groyne soltou uma gargalhada: Grande bem lhe fez isso!

O sotaque da nova paciente era do extremo oeste, pensei. Eu não poderia trocar sua roupa enquanto o atendente não fosse embora.

Ele estava remanchando. E então, enfermeira Power, como está se dando com a militante?

A palavra me confundiu por um momento. Ah, a dra. Lynn? Ela me parece extremamente experiente.

Groyne bufou: Experiente em matéria de agitação e anarquia!

Ora, vamos.

Bridie entrou na conversa: Ouvi dizer que ela quase foi executada.

Olhei para seu rosto entusiasmado. Estaria minha ajudante tomando o partido do auxiliar?

Ouviu onde?, perguntei.

Na escada.

É verdade, Groyne nos garantiu. Depois da Revolta, proferiram noventa sentenças de morte — mas pouparam todas as damas, acrescentou, insatisfeito, e dispensaram o pelotão de fuzilamento depois da décima sexta execução!

Bem. (Não me agradava que minhas pacientes ouvissem aquilo tudo.) Pelo menos hoje temos uma médica com conhecimentos obstétricos.

A dona Lynn só deve estar aqui para se livrar dos tiras, com certeza, disse ele.

Franzi a testa, sem acompanhar o raciocínio. Por que a polícia ainda estaria atrás dela a essa altura? O governo não tinha soltado os rebeldes da prisão no ano passado?

Groyne soltou um grunhido. Não lê os jornais, enfermeira Power? Tentaram prender de novo todo o bando de traidores em maio, por contrabandearem armas dos alemães. Não sei como foi que a Dona Poderosa escapuliu da rede, mas uma coisa eu lhe digo: ela está dando no pé neste exato momento, ela...

Ele se imobilizou.

Virei-me e vi a dra. Lynn entrando. Por trás dos óculos, seu rosto não deu nenhuma indicação de que tivesse ouvido uma palavra, mas o meu ardia.

Ela perscrutou a enfermaria de luz tênue. Boa noite, sra. Garrett, sra. O'Rahilly... e quem é esta?

Apresentei-lhe Honor White.

As tranças presas da médica eram tão compostas, tão impecável o seu colarinho, que eu disse a mim mesma que a afirmação de Groyne, a respeito de ela ter conspirado com uma nação estrangeira, não podia ser verdade.

Continuem vivas, senhoras, disse Groyne. E saiu andando calmamente, cantando:

Ó morte, onde está teu ferrão, blim-blão, blim-blão?
Ó túmulo, onde a tua vitória?
Os sinos do inferno batem blim-blão-blim,
Para você, mas não para mim...

Com a ajuda de Bridie, pus uma camisola em Honor White, enquanto a dra. Lynn a examinava. Sem febre, mas com o pulso e a respiração bem acelerados. Com esforço para respirar, a mulher disse não estar com fome, queria apenas descansar.

A dra. Lynn me mandou dar-lhe uma colherada de ipecacuanha para soltar a expectoração.

Dói quando a senhora tosse, sra. White?

Ela esfregou o esterno e murmurou: Que nem faca.

A senhora está esperando para o fim de novembro?

Honor White assentiu: Assim disse um médico.

E há quanto tempo foi isso?

Faz algum tempo. Uns dois meses.

Imagino que a senhora não se lembre de quando aconteceram os primeiros movimentos, lembra?

Eu sabia que a dra. Lynn estava perguntando porque a aceleração só costumava ocorrer na décima oitava semana. Mas Honor White se limitou a encolher os ombros.

Recomeçou a tossir, por isso lhe dei uma escarradeira com ácido carbólico no fundo. Ela cuspiu uma substância esverdeada com filetes escuros.

110

Comece a lhe dar uma dose diária de ferro para a anemia, enfermeira, disse a médica, mas observe se isso lhe causa problemas no estômago.

Fui buscar um comprimido no pote do armário.

A dra. Lynn disse: Creio que a senhora está com uma infecção pneumônica, o que significa que a gripe se instalou fundo em seus pulmões.

Os olhos da paciente brilharam. Ela continuou a desfiar suas contas sagradas.

Mas não se preocupe. A enfermeira Power cuidará muito bem da senhora.

(Pensei comigo mesma: *Como cuidei de Ita Noonan e Eileen Devine?*)

Honor White confidenciou num sussurro: Doutora, acho que vou partir ao meio.

Pôs os dedos no centro da barriga.

A senhora está falando de quando tosse?

Ela balançou a cabeça.

A dra. Lynn a tranquilizou: É comum a mulher se sentir cheia a ponto de estourar, nessa fase avançada.

Não, mas...

Honor White levantou a camisola, com todo o pudor possível, revelando a enorme bola rosada entre a bainha e o lençol. Apontou para a linha marrom que passava direto por seu umbigo e subia até as costelas. Está cada dia mais escura.

A dra. Lynn conseguiu não sorrir. Isso é só a *linea nigra*, nada além de um risco colorido.

Algumas mulheres ficam com esse risco sob os olhos, expliquei a Honor White, e no buço também.

É verdade, disse a médica; a pele escura é tão forte quanto a branca.

Mas eu não tive isso...

Da última vez, calculei que Honor White devia estar querendo dizer.

Delia Garrett manifestou-se, de repente: O meu risco para no umbigo.

Honor White contorceu-se para a esquerda, para enxergar a vizinha.

A mãe do Bill falou que isso queria dizer que eu ia ter uma menina.

Então os olhos de Delia Garrett se encheram de lágrimas.

Não consegui pensar em nada que pudesse fazer quanto ao que lhe causava sofrimento. Não havia remédio para aquela dor.

Dei a Honor White seu comprimido de ferro, com um uísque quente para a tosse.

Mas ela se retraiu ao sentir cheiro de bebida alcoólica e disse, num chiado: Eu sou Pioneira.

Lembrei-me do pequeno Sagrado Coração da Associação Pioneira de Abstinência Total que tinha visto em seu capote. Ah, este é medicinal.

Ela balançou a cabeça e se benzeu.

A dra. Lynn disse: Então dê quinino à sra. White, com uma limonada quente. E como está progredindo a nossa primípara?

Olhei para Mary O'Rahilly, deitada de costas e de olhos fechados. Receio que as contrações dela continuem com uns quinze minutos de intervalo.

Ainda não há nenhum sinal de rompimento das membranas?

Fiz que não com a cabeça.

A médica franziu os lábios e foi esterilizar as mãos na pia.

Ah. Isso queria dizer que estava na hora de arriscar um exame interno.

Eu disse: Sra. O'Rahilly, a médica vai verificar se a senhora está tendo um bom progresso.

A garota de dezessete anos era dócil, parecia uma boneca. Mas, quando a coloquei na posição do exame — deitada de lado, com as nádegas se projetando para fora da borda da cama — e levantei sua camisola, ela gritou: Eu vou cair!

Não, a senhora está ótima. Bridie vai mantê-la firme nessa posição.

Bridie empoleirou-se do outro lado da cama e segurou as mãos da moça.

Agora vou aprontá-la, disse eu.

Desinfetei sua vulva com uma solução de Lysol, esfreguei-a com sabonete e usei uma ducha para lavar sua vagina, a fim de ter certeza de que a médica não levaria nenhum germe de fora para dentro.

A dra. Lynn murmurou: Relaxe os músculos, querida. Não vai demorar.

Mary O'Rahilly não protestou, mas escutei sua respiração acelerar. Ela tossiu convulsivamente.

Eu sabia que a médica estava usando um dedo para apalpar a borda do colo do útero, na esperança de não a encontrar; só quando o tecido se afinava a ponto de ser indetectável é que a mulher estava pronta para começar a fazer força.

A dra. Lynn retirou a mão enluvada: Acho que agora vou romper sua bolsa d'água, para fazer as coisas caminharem.

Virou a cabeça para mim e murmurou: Dadas as circunstâncias.

Estava claro que Mary O'Rahilly não tinha avançado muito desde sua chegada pela manhã. Alguns meses antes, nós a deixaríamos levar o tempo de que necessitasse, mas a médica desejava poupar a moça do duplo fardo da gripe e de dias de exaustivo trabalho de parto, naquela enfermaria improvisada.

Assim, fui buscar a bandeja com o longo gancho esterilizado. A paciente irrompeu em pranto ante aquela visão.

Ah, a médica não vai cutucá-la com isso, sra. O'Rahilly. É só para fazer uma pequena abertura na bolsa de líquido em que o bebê fica nadando.

Provavelmente ela também nunca ouvira falar em saco amniótico.

Duas toalhas, por favor, Bridie.

Dobrei-as sob o corpo de Mary O'Rahilly, que metralhou a enfermaria com sua tosse. Tornei a lhe aplicar a ducha. Maldito blecaute parcial; peguei minha lanterninha a pilha e apontei o foco, para que a dra. Lynn pudesse ver o que estava fazendo. (Fabricação alemã, é claro. Um milagre ter durado quatro anos. Eu nunca a deixava longe dos olhos.)

A médica abriu Mary O'Rahilly habilmente com a mão esquerda, deslizou o gancho para dentro, protegido pelos dedos da mão direita, e fixou os olhos num ponto distante, como quem cruzasse um desfiladeiro na montanha à noite.

O líquido amniótico vazou. Revelou-se cristalino sob o foco nítido de minha lanterna; não havia traços esverdeados, amarelados nem amarronzados de mecônio, o que seria uma forte sugestão de que deveríamos tirar o bebê depressa.

Excelente, disse a médica.

Baixei a camisola de Mary O'Rahilly e a ajudei a se sentar.

Ela estremeceu e chupou um gole do uísque que esfriava: Agora vai parar de doer, enfermeira?

Sua inocência era de cortar o coração. Deveria eu revelar que estávamos tentando fazer suas contrações virem mais depressa e mais intensas, poderosas o bastante para expulsar seu bebê?

Em vez disso, respondi: Isso deve ter criado algum espaço aí dentro e acelerado um pouco as coisas.

Bridie levou as toalhas molhadas e eu arrumei a cama.

Fui até a médica, que estava tirando as luvas. Disse-lhe baixinho: Não haverá nenhuma parteira aqui quando eu for embora, logo à noite, apenas uma enfermeira geral.

A dra. Lynn meneou a cabeça, com ar cansado. Nesse caso, vou me certificar de dar uma olhada na sra. O'Rahilly antes de sair do plantão, e vou pedir a — quem é, Prendergast? — que fique de olho nela durante a madrugada.

Depois que ela se retirou, Honor White tornou a tossir na escarradeira, que entreguei a Bridie para lavar e enxaguar com ácido carbólico.

As lâmpadas voltaram a acender nesse momento, o que foi um alívio.

Dei uma olhada mais completa no prontuário da recém-chegada e notei que a única informação, depois de "Nome do marido", era "White", sem prenome, e mais abaixo, em "Ocupação do marido", apenas um espaço em branco. Portanto não havia realmente um marido; o *sra.* devia ser um título de cortesia. Uma daquelas coisas que tinham sido muito chocantes antes da guerra, mas que agora já não chocavam tanto; será que havia mais filhos ilegítimos, ou isso simplesmente parecia menos importante, agora que tantos homens não voltavam para casa? Mas tratava-se de uma católica fervorosa, membro de uma liga de abstinência, e grávida sem ser casada, quem sabe pela segunda vez; essa combinação me intrigou. De qualquer modo, nunca impliquei com nenhuma paciente solteira por sua situação — embora não se pudesse dizer o mesmo sobre a conduta de algumas puritanas da velha escola, como a irmã Luke.

Na lateral do prontuário, abaixo de "Transferida de", reconheci o nome de uma instituição a poucas ruas dali, um grande abrigo para mães e bebês em que as mulheres iam dar à luz filhos indesejados. Ou para onde eram mandadas, talvez; os detalhes eram meio vagos para mim. O fenômeno todo era muito envolto em vergonha. Sabia-se que, quando uma mulher solteira engravidava, as freiras a acolhiam; havia instituições desse tipo salpicadas por todo o país, mas ninguém jamais falava muito de como eram por dentro. O que teria acontecido com o primeiro filho de Honor White?, pensei com meus botões. Estaria vivo?

Na pia, onde Bridie estava lavando as mãos, cochichei em seu ouvido: Sei que você tem um jeito de conversar com as pacientes...

Desculpe, sou uma tagarela terrível.

Não, não, isso as deixa à vontade. Mas a sra. White... por favor, não pergunte nada sobre a situação dela.

As sobrancelhas de Bridie se contraíram.

Ela, hmm, entrou na escola antes que a sineta tocasse.

A jovem não deu sinal de conhecer essa expressão.

Solteira. (Mal cochichei a palavra.) De um daqueles lares para mães e bebês.

Ah.

Fico pensando no que vai acontecer depois do parto, murmurei. A criança será adotada, suponho.

O rosto de Bridie assumiu uma expressão carregada: Vai para o esgoto, é o mais provável.

Encarei-a; o que ela queria dizer?

Enfermeira Julia, preciso ir ao banheiro.

Peguei uma comadre e a levei a Delia Garrett.

Não, isso não. Deixe-me ir...

Desculpe, a senhora ainda está de repouso no leito, ao menos por uns dias.

(Na verdade, esperava-se que fosse uma semana inteira depois de um parto, mas eu não poderia ocupar o catre por tanto tempo.)

Estou lhe dizendo que eu posso andar!

Fiquei contente ao ouvir Delia Garrett falar num tom mais típico do seu jeito desaforado de ser. Vamos, deixe-me colocar esta comadre no lugar e ficará tudo bem com a senhora.

Com uma bufadela, a paciente ergueu um lado do quadril e abriu espaço para o metal frio.

Medi seu pulso. Sem febre, percebi por sua pele, mas me aproximei para inalar seu cheiro, disfarçadamente. Eu me orgulhava de ter faro para captar os primeiros indícios da febre puerperal, e tudo que senti foi cheiro de suor, sangue e uísque — mas continuaria vigilante.

Ouvi a urina escoar, finalmente, e Delia Garrett soltou um arquejo.

A duas camas dali, a nova paciente teve um acesso de tosse devastador, como se seus pulmões estivessem sendo rasgados em pedaços. Contornei o leito de Mary O'Rahilly e ergui o tronco de Honor White, recostando-a numa almofada em forma de cunha.

Seu pulso e respiração continuavam acelerados. Ela se benzeu e murmurou: É um castigo merecido.

A sua gripe? Não pense assim, respondi, procurando acalmá-la. Não há nenhuma lógica que explique por que alguém é atingido.

Honor White balançou a cabeça: Não estou falando só de mim.

Senti-me uma tola por ter tirado conclusões precipitadas.

Todos nós. (Sua respiração arfante parecia estalar.) É bem feito.

Todos nós, pecadores?, pensei. Talvez aquilo fosse uma mania religiosa.

Ela soltou um arquejo: Por causa da guerra.

Ah, nesse momento entendi. Os seres humanos haviam matado tanto, àquela altura, que alguns diziam que a natureza estava se rebelando contra nós.

Honor White suspirou: Que Deus nos salve.

Era uma prece de esperança, mas tudo o que pude ouvir na voz rouca dessa mulher foi mortificação e solidão.

Delia Garrett perguntou: Você pretende me deixar a noite toda com esta coisa?

Tirei a comadre de baixo de seu quadril, sequei-a, peguei gaze antisséptica e higienizei seus pontos com toda a delicadeza.

Bridie, pode esvaziar e lavar isto no banheiro? E me traga outro absorvente gelado para a sra. Garrett.

Boa noite, enfermeira Power.

Virei-me e vi a irmã Luke falando comigo através da máscara, com a aparência mais engomada do que nunca.

Para onde tinham ido as horas? Olhei de relance para o relógio e vi que eram nove da noite, em ponto. Achei que me sentiria moída até os ossos, se me deixasse pensar nisso. Mas não queria ir embora.

Notei que Mary O'Rahilly e Honor White se enrijeceram ao pôr os olhos na enfermeira da noite pela primeira vez — era uma múmia egípcia que retornava à vida.

A irmã Luke estalou a tira que prendia seu tapa-olho, apertando-a. Como correram as coisas hoje?

Não consegui pensar em como resumir tudo o que fora compactado naquelas catorze horas. Visualizei os rostos das pacientes: Ita Noonan morrendo de convulsões, apesar de tudo que eu tinha feito. A neném sem nome dos Garrett, natimorta antes que eu pudesse fazer por ela o que quer que fosse. Mas sua mãe poderia ter morrido de hemorragia, e isso não acontecera. Uma enorme arbitrariedade no destino de todas.

Em voz baixa, atualizei as informações para a irmã Luke: A pneumonia da sra. White precisa ser observada com atenção, eu lhe disse, assim como o corte da sra. Garrett. A única em trabalho de parto é a sra. O'Rahilly, que não tem progredido muito, por isso a dra. Lynn rompeu seu saco amniótico.

A irmã Luke assentiu enquanto amarrava o avental: Tem sido uma grande demora, não é, sra. O'Rahilly?

A jovem conseguiu concordar com a cabeça e deixar escapar uma tosse úmida.

A freira fez uma citação em tom filosófico: Bem, *Ai das que estiverem grávidas naqueles dias.*

A irritação me enrijeceu a espinha. Algumas enfermeiras mais velhas pareciam achar que todas as mulheres que haviam mantido relações com um homem — mesmo que fosse seu marido — deviam esperar o castigo que vinha depois. Não me agradava nem um pouco deixar aquela menina exausta e assustada nas mãos da freira.

A sra. O'Rahilly pode tomar mais hidrato de cloral, se necessário, para ajudá-la a dormir entre as contrações, informei.

Mas o que a enfermeira da noite consideraria *necessário*?

Alertei-a: Se as contrações se intensificarem muito ou começarem a acelerar, dê um pulo na Enfermaria Feminina de Febre e mande chamarem uma parteira da Maternidade, está bem?

A irmã Luke assentiu.

E, como há pouquíssimos médicos de plantão, a dra. Lynn deu permissão para que qualquer uma dessas pacientes seja tratada com uísque, clorofórmio ou morfina.

Acima da máscara, as sobrancelhas da freira se arquearam ao ouvir sobre a quebra do protocolo.

Bridie entrou correndo com o absorvente gelado de musgo.

Sweeney, você tem sido útil?

Parecia uma forma seca de tratamento, mas Bridie apenas deu de ombros.

Tirei o absorvente de sua mão e disse: Indispensável, na verdade.

Isso fez os cantos da boca de Bridie curvarem-se para cima.

A freira foi desembrulhando um avental: Só vendo a fila por que passei do lado de fora da sala de cinema! Homens adultos, mulheres e crianças, todos ansiosos por entrar naquela enorme caixa de germes.

Bem, são os pequenos prazeres dos pobres, murmurei, enquanto vestia o casaco. Será que se pode censurá-los?

A irmã Luke calçou um novo par de mangas impermeáveis, puxando-as até acima dos cotovelos: Brincando com a morte, isto é que estão. Pode cair fora, Sweeney.

A grosseria dela me assustou.

Mas Bridie pegou seu casaco e saiu da sala.

Dei um boa-noite rápido a minhas três pacientes e pendurei a capa e a bolsa num braço.

Pensei tê-la perdido, mas avistei-a logo abaixo de mim.

Bridie!

Alcancei-a e descemos juntas a escada barulhenta.

Você não devia deixar a irmã Luke lhe dar ordens daquele jeito.

Bridie apenas sorriu.

E ela é muito severa com os frequentadores dos cinemas, acrescentei. Em tempos deprimentes, acaso a pessoa não precisa de uma fuga barata?

Eu vi um filme uma vez.

Ah, é? Qual?

Não sei como se chamava, ela admitiu. Quando consegui escapulir e entrar de fininho no cinema, pela porta lateral, a história já estava na metade.

Escapulir de onde?, pensei. E por que entrar de fininho pela porta lateral — ela não tinha o dinheiro do ingresso?

Bridie continuou: Mas eu lembro que a heroína era mesmo linda, um tiquinho de gente. Ela estava naufragada numa ilha, e aí apareceu um sujeito, e de repente eles tiveram um bebê!

Bridie riu, meio sem jeito.

E aí, imagine só, apareceu outro navio, com a mulher dele lá dentro...

Isso foi há uns dois anos?, perguntei.

O título me voltou à lembrança: *Corações à deriva*, eu lhe disse. Mary Pickford e... esqueci.

Mary Pickford?, ecoou Bridie. Eu achava que ela não ia ter um nome comum feito Mary.

Ela é admirável, não? Não tem nada de comum.

Corações à deriva, Bridie pronunciou a expressão, saboreando-a devagar. Ah, agora estou entendendo: *à deriva* porque eles tinham naufragado.

Você não a adorou em *Rebecca of Sunnybrook Farm*?

Eu só vi aquele filme.

A compaixão me fez estancar o passo. Uma vez, em seus cerca de vinte e dois anos? Eu ia ao cinema desde que tinha chegado do interior, e Tim passara a ir comigo depois de se mudar para Dublin. Os pais de Bridie não a deixavam sair à noite, ou será que não tinham um tostão furado? Mas eu não podia envergonhá-la com essas perguntas.

Continuei a descer a escada: Então ainda bem que foi um bom filme, imagino.

Bridie fez que sim, abrindo um de seus sorrisos brilhantes.

A trama de *Corações à deriva* foi me voltando à lembrança: No final, quando Mary Pickford pula dentro do vulcão...

Achei que ia morrer com ela!

(Os olhos de Bridie úmidos como cascalho na areia da praia.)

Mas não consigo me lembrar do que acontece com o bebê, comentei. O casal o leva embora?

Não, não, ela está segurando o bebê no colo quando pula.

Bridie fez a mímica, braços protetores cerrando o bebê invisível junto ao peito, o rosto levantado em êxtase.

Era um grande prazer poder conversar por um minuto, sem a preocupação com as pacientes. Na base da escada, porém, o pessoal hospitalar passou por nós aos empurrões, no tumulto da troca de plantão.

Você vai bem para casa, andando a pé no escuro, Bridie?

Bem à beça. Onde é que as enfermeiras dormem?

Bem, a maioria dorme em pensões grandes, mas eu alugo um lugar com meu irmão caçula. Pego um bonde e faço o resto do caminho de bicicleta. Tim tem vinte e seis anos.

Isso eu acrescentei meio tardiamente, para o caso de ter dado a impressão de que ele era criança.

Bridie assentiu.

Ele se alistou em 1914, surpreendi-me contando.

É? Quanto tempo ele ficou fora?

Dezenove meses, da primeira vez. Aí mandou um aviso da Macedônia, dizendo que tinha sido promovido a segundo-tenente e que eu devia esperar sua vinda para casa, de licença. Mas não apareceu, e levei três dias para descobrir que estava num hospital, com febre das trincheiras. Mal se recuperou, disseram que aquilo tinha contado como sua licença e que ele seria mandado de volta a seu posto.

Bridie grunhiu.

Bem, só dando risada, disse eu.

(O que não mencionei foi que, quando enfim embarcaram Tim de volta, num navio que partiu do Egito, catorze meses depois, ele já não falava.)

Então boa noite, Julia.

Eu continuava estranhamente avessa a deixar a conversa chegar ao fim: Você vai para muito longe?

Bridie balançou o polegar para a esquerda: É logo ali adiante.

Seus olhos baixaram por um instante.

Na casa matriz, acrescentou.

Ah, nesse momento entendi por que a irmã Luke tinha assumido aqueles ares de proprietária. E também as roupas surradas de Bridie, sua falta de noites de folga e de dinheiro para pequenas despesas...

Foi um momento constrangedor. Tentei fazer piada: É bem engraçado *casa matriz* ser o nome da sede de uma ordem religiosa, quando não há nenhuma mãe por lá.

Ela deu um risinho.

Quer dizer que você é... noviça, Bridie? Ou será que o termo é *postulante*?

O riso agora foi amargo: Eu não seria freira nem por uma centena de libras.

Ah, desculpe o engano. Eu pensei...

Eu só moro lá.

Sua voz ficou muito baixa.

Venho de um dos lares delas para crianças, acrescentou, lá no interior.

Registrei a informação. Pareceu-me perverso, de repente, dizer que uma pessoa tinha sido criada num lar quando, justamente, ela não tivera um lar de verdade.

Mil desculpas, Bridie. Não foi minha intenção bisbilhotar.

Tudo bem.

Uma espécie de silêncio rígido.

Ela murmurou: Prefiro que você saiba por que eu sou tão burra.

Burra?

Só me mandaram para Dublin aos dezenove anos, sabe, e ainda é tudo novo para mim.

Bridie, você é o oposto de burra!

Ah, você nem ia acreditar nos erros que ainda cometo, disse ela, em tom amargo. Fazer troco, ler as placas, circular nos bondes, me perder ou perder o chapéu...

Você é uma viajante em terra estranha, retruquei. Inteligente *e* corajosa.

Isso a fez abrir um sorriso radiante.

Enfermeira Power? A dra. Lynn, subindo do subsolo, quase se chocou conosco: Sei que é pedir muito, mas você teria alguma possibilidade de me ajudar com a sra. Noonan?

Pisquei, pensando no que se poderia fazer por Ita Noonan agora.

Com o p.m.

Abreviatura discreta de *post mortem*.

Ah, é claro, doutora.

Para ser franca, eu preferiria ir para casa, mas como poderia lhe dizer não?

O clarão da cabeleira de Bridie já havia desaparecido na multidão. Irritei--me com o fato de a médica ter interrompido nossa conversa.

Desci a escada atrás dela.

Tem que ser esta noite, explicou a dra. Lynn, já que o corpo será liberado para o marido dela de manhã cedo.

Raras vezes as famílias eram claramente informadas sobre as autópsias; para elas, era difícil entender o benefício que a medicina extraía de retalhar o corpo de seus entes queridos.

120

E então me ocorreu que eu poderia estar encrencada para valer.

A senhora não acha que a causa da morte da sra. Noonan está em dúvida, acha?

De modo algum, me garantiu a médica. Desde o começo da epidemia, tenho aproveitado qualquer oportunidade de fazer um p.m. em casos de gripe, especialmente um caso de gestante.

Só mesmo a minha sorte para me fazer topar com uma verdadeira cientista; eu poderia estar a caminho da cama agora. Mesmo assim, a dedicação da dra. Lynn me impressionou, especialmente considerando que ela estava vivendo sob ameaça de prisão, caso o boato fosse verdadeiro. Como conseguia elevar-se acima de seu mar de problemas e se concentrar no bem comum?

O necrotério estava deserto. Eu já estivera em sua brancura gelada, mas nunca o tinha visto tão lugubremente repleto de caixões. Seis empilhados junto a cada uma das quatro paredes, como pilhas de lenha prontas para a caldeira. Perguntei-me como os atendentes se lembrariam de quem era quem — será que escreviam os nomes nas laterais?

Tantos!

A dra. Lynn murmurou: Isto não é nada. Lá no cemitério há centenas de caixões empilhados, esperando a vez. É um risco para os vivos, digo eu. Os alemães, uma raça eminentemente prática, cremam seus mortos.

É mesmo?

A ideia é chocante, mas *fas est ab hoste doceri*, você sabe.

Diante de minha expressão vazia, ela traduziu: Deve-se aprender até com os inimigos. Eu não me surpreenderia se viéssemos a descobrir que essa gripe foi causada por um miasma de podridão, trazido pelo vento dos campos de batalha...

Acompanhei-a até a sala de autópsia, onde a mesa era um altar reluzente: porcelana branca, com um ralo central e sulcos fundos, como as veias de uma folha. Arriei minhas coisas enquanto a dra. Lynn puxava uma das prateleiras carregadas e levantava o lençol.

Ita Noonan, já numa palidez cinzenta, em poucos horas. Os dedos incongruentemente brilhantes, por causa do TNT que ela havia comprimido nos cartuchos. O morro de sua barriga sob a camisola. *Tem um bebê*, ela havia cochichado em meu ouvido. Com orgulho, pavor, assombro?

No curso normal das coisas, ela teria descarregado seu fardo em algum momento de janeiro e, passadas algumas semanas, teria ido benzer-se e ser borrifada com água-benta. Só nessa hora me dei conta de como era peculiar a tradição da ida à igreja para dar graças pelo nascimento de um filho, como se dar à luz deixasse na mulher uma leve mácula que precisava ser limpa. Teria a morte de Ita Noonan dispensado a necessidade da bênção na igreja? Teria bastado, pensei, para purificá-la aos olhos dos padres?

A dra. Lynn pôs um bloco de borracha sobre a mesa de cerâmica: Isto melhora o acesso à cavidade abdominal. Será que nós duas conseguimos, ou devo buscar um atendente?

Ela estava segurando com força as pontas mais distantes do lençol.

Feito criança, não suportei a ideia de ficar ali sozinha, no subterrâneo mal iluminado, enquanto ela saía. Assim, respondi: Não se incomode.

Segurei as pontas mais próximas e me preparei. A mulher miúda era mais pesada do que eu esperava. Minhas costas se enrijeceram, e me curvei um pouco para aliviar a dor. Nós duas pusemos Ita Noonan sobre a cerâmica e a rolamos de um lado e do outro, para retirar o lençol amarronzado e posicionar o bloco de borracha ao longo de sua espinha dorsal.

Um pequeno filete rosado escorreu de seu nariz. Sequei-o.

A médica já vinha fazendo a lâmpada cirúrgica deslizar pelo chão. Focou-a no cadáver e a acendeu no nível mais alto de luminosidade.

Comecei a desamarrar as tiras da camisola; fui levantando e puxando. Com muita vergonha de desnudar Ita Noonan tão completamente.

Postei-me de frente para a dra. Lynn, munida de papel e minha caneta-tinteiro.

Ela murmurou: *Livor mortis*, o azul da morte.

Pôs a ponta do dedo no braço azul-arroxeado de Ita Noonan, que ficou branco naquele ponto. Passadas doze horas, ela comentou, continuará azul, mesmo ao ser pressionado.

O corpo ainda não parece rígido, observei.

Isso se deve ao frio aqui embaixo, enfermeira.

É mesmo?

Pode parecer um contrassenso, mas são os processos metabólicos de decomposição que causam o *rigor mortis*, ao passo que a baixa temperatura torna mais lenta a decomposição e mantém o cadáver mole.

O roxo acumulava-se em faixas nos ombros, braços, costas, nádegas e na parte posterior das pernas de Ita Noonan. Hematomas acima dos cotovelos, de quando eu havia tentado ressuscitá-la. (Era muito frequente termos que impingir indignidade a um corpo, na vã tentativa de mantê-lo respirando.)

A dra. Lynn deu um suspiro: Que desastre. Praticamente desdentada aos trinta e três anos, e essa perna enorme devia dar-lhe uma dor constante.

Examinei o campo devastado do ventre de Ita Noonan, que se estufara de planície a montanha uma dúzia de vezes.

Você sabia, perguntou a médica, que aqui nós perdemos uma vez e meia o número de casos de parto que perdem na Inglaterra?

Eu não sabia.

Principalmente porque as mães irlandesas têm filhos demais, acrescentou ela, enquanto desembrulhava suas lâminas. Eu gostaria muito que o seu Santo Padre as liberasse após o sexto filho.

Quase dei uma risada ante a imagem da dra. Lynn — uma socialista protestante, sufragista e agitadora republicana, com seu colarinho masculinizado e seus óculos de intelectual — pleiteando uma audiência com o papa Bento XV para defender sua ideia.

Ela levantou rapidamente os olhos, como que para ter certeza de que eu não me ofendera.

Estou pronta, doutora, eu lhe disse.

Bem, acho que não temos chance de um corte craniano, porque eles são difíceis de disfarçar.

Fiquei aliviada; já tinha ajudado a tirar a pele de um rosto uma vez, e era uma daquelas visões que eu gostaria de poder apagar.

O dedo da dra. Lynn pousou no limite do couro cabeludo de Ita Noonan: Gripe esquisita. Eu a vi começar por sede, agitação, insônia, estabanamento, um toque de mania... e depois um obscurecimento ou embotamento de um ou mais sentidos... mas, infelizmente, nada disso aparece sob o microscópio.

Ofereci uma informação: Durante algumas semanas, depois da minha gripe, todas as cores me pareciam meio cinzentas.

Então você saiu quase ilesa. Amnésia, afasia, letargia... Vi sobreviventes com tremores e outros enrijecidos como estátuas vivas. E também suicidas, muito mais numerosos do que os jornais estão dispostos a admitir.

Eles se matam na fase delirante?, perguntei.

Ou até muito depois. Vocês não tiveram um paciente que saltou para a morte na semana passada?

Ah. (Senti-me ingênua.) O que nos disseram foi que ele havia escorregado de uma janela aberta.

A dra. Lynn pôs o bisturi no ombro esquerdo de Ita Noonan: Vou começar a incisão do tronco aqui, e a família nunca a verá. Deus abençoe o trabalho.

Vi a pele abrir-se num arco profundo e limpo sob os seios murchos. Mal chegou a haver um filete de sangue.

Ela murmurou: Nunca é fácil quando é uma paciente nossa.

Fiquei pensando se por *nossa* ela queria dizer dela ou minha.

Se não se importa com a pergunta, doutora, com o seu interesse pela pesquisa, por que a senhora não está na equipe de um dos grandes hospitais?

Seus lábios finos se torceram numa expressão irônica: Nenhum deles quis me aceitar.

Fez um corte em linha reta do esterno até o púbis, passando pelo umbigo, e completou o Y maiúsculo.

Recebi uma oferta de um cargo, anos atrás, acrescentou, mas os médicos homens se esquivaram da perspectiva de uma colega de saias.

Eu sabia que não cabia a mim comentar, mas... Quem perdeu foram eles!

A dra. Lynn assentiu. E acrescentou, resoluta: E, em geral, quem ganhou fui eu. Mudar de campo me permitiu encontrar e estudar *todos os males herdados pela carne*.

Continuando a cortar, ela disse ainda: E depois, a esta altura, eu teria sido demitida de qualquer modo por meu compromisso com a causa.

Meu rosto ardeu de repente. Eu havia presumido que a médica manteria um véu para encobrir sua outra vida, a clandestina. Já que ela havia mencionado o assunto, eu me fiz perguntar: Então é verdade que a senhora esteve com os rebeldes no telhado da prefeitura?

Ela me corrigiu: Com o Exército dos Cidadãos Irlandeses. Assumi o comando quando Sean Connolly foi baleado, ao erguer a bandeira verde.

Silêncio.

Meio nervosa, afirmei: Ganhei alguma experiência com ferimentos a bala naquela semana.

Tenho certeza que sim, disse a dra. Lynn.

Uma mulher grávida, uma civil, foi trazida numa maca e morreu de hemorragia antes que eu pudesse contê-la.

O tom da médica foi triste: Eu soube disso. Lamento muito. Uma de quase quinhentos mortos naquela semana, além de milhares de feridos, quase todos pela artilharia inglesa.

Fiquei furiosa, porque aquele era o exército de Tim. E disse: Meu irmão serviu. Ao rei, quero dizer.

(Acrescentei isso meio sem jeito, para o caso de não ter sido clara.)

A dra. Lynn fez que sim com a cabeça: Inúmeros irlandeses se sacrificaram pela causa do imperialismo e do capital.

Mas foram vocês, terroristas, que deram início ao tiroteio em Dublin, e de forma traiçoeira, no meio de uma guerra mundial!

Minhas mãos ficaram geladas. Desancar uma médica! O que é que eu tinha feito? Achei que a dra. Lynn me poria para fora do necrotério.

Em vez disso, ela baixou o bisturi e disse, com toda a civilidade: Eu via a questão nacional exatamente como você até cinco anos atrás, enfermeira Power.

Fiquei atônita.

Primeiro eu adotei seriamente a causa das mulheres, acrescentou, depois o movimento dos trabalhadores. Depositei minhas esperanças numa transição pacífica para uma Irlanda de governo autônomo, que tratasse com mais bondade seus trabalhadores, mães e crianças. Mas, no fim, percebi que, apesar de quatro décadas falando da boca para fora sobre o princípio do governo local, os ingleses pretendiam continuar a nos tapear. Só então, depois de muito refletir, eu lhe asseguro, foi que me tornei o que você chama de terrorista.

Eu não disse nada.

A dra. Lynn pegou a tesoura grande e trabalhou com ela em cada um dos lados de Ita Noonan. Em seguida, levantou o esterno e as costelas frontais de uma vez só, como quem levantasse uma grade.

Aquilo me fez estremecer. Como era frágil a minha caixa torácica; como éramos quebráveis, todos nós.

Eu precisava fazer-nos sair da política. Assim, perguntei: A sua gripe a deixou com algum sintoma estranho, doutora?

Ela não ergueu os olhos ao dizer: Eu não tive.

Santo Deus, a mulher estava de micróbios até os cotovelos! Minha voz saiu estrídula: A senhora não quer pelo menos pôr uma máscara?

Curiosamente, há muito poucas provas de que elas tenham algum efeito protetor. Eu lavo bem as mãos e faço gargarejos com conhaque, e deixo o resto por conta da Providência. Afastador, por favor.

Entreguei-lhe o instrumento pedido, tirei medidas e pesei. Não queria decepcioná-la, apesar do abismo entre nossas convicções.

A dra. Lynn prosseguiu: Quanto às autoridades, creio que a pandemia terá concluído seu curso antes que elas cheguem a um acordo sobre qualquer ação, exceto as mais débeis. Recomendar cebolas e óleo de eucalipto! É como mandar besouros deterem um rolo compressor. Não, como disse um antigo sábio grego certa vez, todos vivemos numa cidade sem muralhas.

Ela deve ter intuído que eu não a havia acompanhado, porque explicitou a ideia: Quando se trata da morte.

Ah, sim. Com certeza.

Levantou os pulmões de Ita Noonan — dois sacos pretos — e os deixou caírem, molhados, na bandeja com que eu esperava. Santa mãe, que desastre. Tire uma amostra, por favor, apesar da minha expectativa de que a ingurgitação obscureça a imagem.

Cortei uma camada fina; etiquetei a lâmina.

Você sabe que lá em cima há um aparelho de oxigênio novinho em folha, caríssimo?

Meneei a cabeça.

A dra. Lynn disse: Hoje à tarde eu o experimentei em dois homens com pneumonia, inutilmente. Introduzimos o gás puro aos poucos nas narinas deles, mas o ar não consegue atravessar as passagens obstruídas.

Em seguida, mais formalmente, ditou: *Edema da pleura. Material purulento secretado por alvéolos, bronquíolos e brônquios.*

Escrevi tudo.

Quando alguma coisa ataca os pulmões, murmurou a médica, eles se enchem, de modo que a pessoa se afoga em seu próprio mar interior. Tive um camarada que partiu assim no ano passado.

Por causa da gripe?

Não, não, ele foi alimentado à força, o Tom Ashe, e o alimento desceu pelo canal errado.

Eu tinha ouvido falar em sufragistas que faziam greve de fome, mas os prisioneiros do Sinn Féin também? Minha voz vacilou quando perguntei: Esse homem... morreu mesmo disso?

A dra. Lynn confirmou com um aceno de cabeça: Enquanto eu estava lá, medindo seu pulso.

Senti uma tristeza enorme por ele, e por ela, mas isso não alterou minha desaprovação da causa de ambos.

Uma trança escura estava se soltando da parte de trás da cabeça da médica; ficou balançando enquanto ela manuseava seus instrumentos. Perguntei a mim mesma quanto tempo ela havia passado na prisão e como se mantivera tão vigorosa, tão animada.

Ela ditou: *Cordas vocais desgastadas. Tireoide com o triplo do tamanho normal. Coração dilatado.*

Mas ele não fica sempre aumentado nas grávidas?

Ela levantou o coração para que eu o examinasse: Ocorre que o da sra. Noonan é flácido dos dois lados, está vendo? Já o aumento normal da gestação é apenas do lado esquerdo, para fornecer mais sangue ao feto.

Eu supunha que o feto exigia mais de tudo. Pulmões, circulação, todas as partes da mãe tinham que aumentar a capacidade, como uma fábrica preparando-se para a guerra.

Perguntei: Seria por isso que esta gripe as atinge com tanta força, por elas já estarem com o organismo trabalhando demais?

A médica confirmou: Morbidade altíssima, inclusive semanas *depois* do parto, o que sugere que, de algum modo, as defesas delas enfraqueceram.

Pensei na antiga história de Troia, nos soldados gregos saindo da barriga do cavalo de madeira, na escuridão da noite, e escancarando os portões. Traída por seu próprio lado. Como era mesmo a citação que a dra. Lynn tinha feito sobre uma cidade sem muralhas?

Ela ia cortando, colhendo; eu rotulava, embalava.

Ela resmungou: Tantas autópsias sendo criteriosamente feitas no mundo inteiro, e praticamente tudo que aprendemos sobre essa cepa da gripe é que sua incubação leva cerca de dois dias.

Quer dizer que ainda não chegaram mais perto de uma vacina?

Ela meneou a cabeça e sua trança solta deu um pulo: Até agora, ninguém conseguiu nem mesmo isolar a bactéria numa lâmina. Talvez a danadinha seja pequena demais para a enxergarmos, e tenhamos de esperar que os fabricantes de instrumentos inventem um microscópio mais forte, ou pode ser que se trate de uma forma de micróbio completamente nova.

Senti-me aturdida e amedrontada.

Tudo isso nos dá uma lição de humildade, acrescentou, pesarosa. Aqui estamos nós, nos anos dourados da medicina — dando passos tão grandes contra a raiva, a febre tifoide, a difteria —, e uma gripe comum, trivial, nos dá uma surra. Não, quem importa agora são vocês. Digo, as enfermeiras atenciosas — *amor e carinho*, parece que isso é tudo o que está salvando vidas.

A dra. Lynn examinou a cavidade abdominal, que era uma massa de sumos escuros, e ditou: *Fígado edemaciado, sinais de sangramento interno. Rim inflamado e seroso. Cólon ulcerado.*

Acompanhei seu bisturi com o meu, colhendo amostras.

Ela murmurou: Sempre podemos culpar as estrelas.

Como assim, doutora?

É o que significa *influenza*, ela respondeu. *Influenza delle stelle* — influência das estrelas. Os italianos medievais achavam que a doença provava que os céus regiam seu destino, que as pessoas eram malfadadas, tinham má estrela, literalmente.

Imaginei isso, os astros celestes tentando nos fazer voar como pipas de cabeça para baixo. Ou talvez apenas puxando nossas cordinhas, para sua sinistra diversão.

A dra. Lynn soltou o intestino delgado de Ita Noonan com a tesoura e o levantou como faria um encantador de serpentes: Agora, *autópsia* vem de um termo grego que significa *ver com os próprios olhos*. Você e eu temos sorte, enfermeira Power.

Franzi o cenho: Sorte? Por estarmos vivas e bem, é isso?

Por estarmos aqui, no meio disto. Nunca aprenderemos mais, ou mais depressa.

Baixou o bisturi e flexionou os dedos, com se sentisse cãibras. Depois, retomou o bisturi e cortou delicadamente o útero de Ita Noonan: Todos damos nossa contribuição para aumentar a soma do saber humano, inclusive a sra. Noonan.

Levantou uma aba de pele, abriu o saco amniótico: E até mesmo o último rebento dos Noonan.

Recolheu o feto da cavidade vermelha, segurou-o nas mãos.

Feto, não — *ele*. Vi que era um menino.

Disse a dra. Lynn: Nenhum sinal de que a gripe tenha lhe feito algum mal. Medição, por favor?

Estendeu-o ao comprido sobre a bandeja, como se ele ficasse de pé pela primeira e única vez na vida.

Encostei a fita métrica na coroa craniana e a estendi até o dedão do pé. Com a voz mal audível, informei: Pouco menos de quinze polegadas.

Pus o prato na balança e verifiquei o peso: Pouco menos de três libras.

Cerca de vinte e oito semanas, então, disse a dra. Lynn com alívio. E abaixo do peso.

Entendi; ela tivera razão ao não fazer a cesariana.

O rostinho minúsculo, desconhecido. Deixei-me olhar por tempo demais e, de repente, estava arfante, cega pela água salgada.

Enfermeira Power. Julia. A voz da médica era bondosa.

Como é que ela sabe meu prenome?, pensei enquanto me engasgava com as lágrimas.

Desculpe, eu...

Está tudo bem.

Solucei: Ele é perfeito.

É.

Chorei por ele e por sua mãe sobre a laje, e pelos quatro irmãos e irmãs que tinham morrido antes dele, e pelos sete que ficaram órfãos e por seu pai enlutado. Poderia o sr. Noonan criá-los de algum modo, ou eles seriam despachados para avós, tias, estranhos? Espalhados ao vento? Mandados para um daqueles chamados lares, como acontecera com Bridie Sweeney?

Enxuguei os olhos, enquanto a dra. Lynn começava a repor os órgãos no lugar.

Suas mãos diminuíram o ritmo ao depositarem o bebê dentro da mãe. Ofereci-lhe uma caixa de chumaços de estopa de linho. Ela usou três punhados como enchimento e recolocou a caixa torácica em seu lugar. Juntou as bordas da pele como quem cerrasse as cortinas do quarto, para barrar a noite do lado de fora. Eu estava pronta com agulha e linha, e ela começou a suturar.

Quando terminou, a dra. Lynn me agradeceu rapidamente e partiu para fazer suas rondas noturnas.

Lavei Ita Noonan pela última vez, antes de vesti-la com uma camisola limpa, para ser sepultada.

Fora dos portões do hospital, respirei fundo o ar frio e escuro e senti minha exaustão.

Abotoando o casaco a caminho do ponto de bonde, quase pisei num buraco de uns sessenta centímetros de fundo. Perguntei-me se ficaria secretamente feliz por quebrar uma perna, se isso significasse um mês de folga do trabalho.

Deixe-as para lá, disse a mim mesma, como fazia ao final de cada plantão prolongado. Eileen Devine e Ita Noonan, com seu filho que jamais nasceria; a natimorta de Delia Garrett. A reservada Honor White, agarrada às contas de seu rosário; Mary O'Rahilly, aprisionada num trabalho de parto que parecia interminável. Eu tinha que deixar tudo aquilo se desprender de mim, para poder comer, dormir e estar apta a recomeçar na manhã seguinte.

As lâmpadas dos três postes de rua mais próximos haviam queimado; sem dúvida, os eletrodos de carbono eram alemães e não podiam ser substituídos. Dublin afundava na decrepitude, com suas rachaduras escancaradas. Iriam todas as suas luzes piscar até se apagar, uma por uma?

Avistei um finalzinho de lua minguante espetado na cúspide de uma torre e envolto em nuvens. Um menino jornaleiro de olhos vermelhos, boné virado para cima na calçada, na esperança de umas moedinhas, entoava a canção dos rebeldes num soprano esganiçado: *Esta noite defenderemos o desfiladeiro do perigo...*

Pensei na dra. Lynn e seus camaradas subindo no telhado da prefeitura; eles haviam defendido o desfiladeiro do perigo, e para quê? Era muito estranho pensar numa médica pegando em armas, explodindo corpos em vez de remendá-los.

Por outro lado, os médicos do exército faziam o mesmo, ocorreu-me. A guerra era uma grande confusão.

Passou um trem de mercadorias carregado de batatas. O seguinte levava porcos, guinchando em sua escuridão. Depois veio uma locomotiva, puxando vagões de lixo; prendi a respiração até o fedor se dissipar.

O menino jornaleiro repetiu seu refrão, e o grito de batalha soou inocente em sua voz doce. É claro que ele não devia dar a mínima para o rei ou a liberdade; escolheria qualquer música que agradasse à clientela. Esperava-se que os vendedores de rua tivessem ao menos onze anos, mas esse guri mais parecia ter oito. Perguntei-me para que tipo de casa ele voltaria no fim da noite. Eu tinha feito um número suficiente de visitas de acompanhamento de pacientes para poder adivinhar. Rachaduras riscavam as paredes do que um dia tinham sido mansões; agora, famílias de cinco dormiam num só colchão, sob videiras de gesso decrépitas e cordas gotejantes, onde se estendia a roupa lavada. Todos os dublinenses com alguma possibilidade tinham fugido para os subúrbios, deixando o resto viver como posseiros no coração apodrecido da cidade.

Talvez o menino jornaleiro não tivesse nenhum lugar para morar. Eu imaginava que fosse possível sobreviver a uma noite fria naquelas ruas, no final de outubro, mas a quantas noites e por quantos anos? Pensei no sonho da dra. Lynn de uma Irlanda que tratasse com bondade seus cidadãos mais desvalidos.

Pensei no orfanato em que Bridie fora criada e em sua observação de que um filho indesejado, como o que Honor White estava esperando, iria *para o esgoto*. Moça extraordinária, a tal Bridie Sweeney. Tão cheia de animação e energia. Onde teria aprendido tudo que parecia compreender? Nem um pente para chamar de seu, uma única fugida para ir ao cinema. Teria andado de carro alguma vez, pensei, ou ouvido um gramofone?

O hino "A fé que vem de nossos pais" foi tocado pelos sinos da igreja atrás de mim, abafando o menino cantor. Os vitrais cintilavam à luz das velas. Um aviso na porta, sob o título "Todos os Santos e Finados", dizia: "Nestes tempos de crise, DUAS missas especiais serão celebradas a cada noite, às seis e às dez, para rogar a proteção divina".

Aquilo mexeu com minha memória — o dia seguinte seria um dia santo, donde imaginei que eu deveria ir à missa da vigília. Mas não tinha essa disposição, estava morrendo em pé.

Essa expressão meio desrespeitosa me fez estremecer. Minha dolorosa consciência de todos os meus músculos era inteiramente distinta do vazio da morte. Eu devia estar contente por sentir os pés doloridos, ter uma coluna que reclamava e ferroadas na ponta dos dedos.

Finalmente parou um bonde de passageiros; estava cheio, mas fiz pressão com os outros para entrar. As pessoas nos fuzilaram com os olhos quando as apertamos ainda mais, e algumas se contorceram para se afastar, para o caso de sermos contagiosos.

No andar de cima, fiquei em pé, segurando o corrimão da varanda. Um mesmo aviso pequenino tinha sido colado no piso, a intervalos de uns sessenta centímetros; eu o vi: "CUSPE ESPALHA MORTE". Um deles já tinha sido marcado, com deboche, por um borrifo marrom-acinzentado.

Corpos de pessoas estranhas pressionavam o meu. Visualizei os bondes rangendo por suas linhas em toda Dublin, como sangue correndo nas veias. *Todos vivemos numa cidade sem muralhas*, era isso. Vi linhas marcando todo o mapa da Irlanda, entalhadas no globo inteiro. Trilhos de trem, estradas, canais de navegação, uma rede de tráfego humano que ligava todas as nações num só grande corpo sofredor.

Uma luz na vitrine de um boticário abaixo de nós iluminava um pedido de desculpas manuscrito: "Acabou o ácido carbólico". Ao passar por fachadas de lojas e casas, vislumbrei lanternas escavadas em nabos, com velinhas votivas de chama oscilante. Alegrei-me por ainda sentir pulsar o antigo ritmo dos festejos. No Dia das Bruxas, quando Tim e eu éramos pequenos, comíamos *barmbrack*, o pão úmido de frutas, tostado no fogo e besuntado de manteiga até as passas brilharem. Eu sempre torcia para tirar a aliança da sorte na minha fatia, mas nunca a tirei. Nessa hora, meu estômago roncou. Fazia muito tempo desde aquela tigela de ensopado à tarde.

Fiquei pensando no que Bridie comeria com as internas da casa matriz.

O bonde seguiu chacoalhando, passando por um labirinto escuro de ruas em que moravam muitas pacientes minhas — escadas bambas, paredes prestes a desabar, pátios imundos, tijolos vermelhos escurecidos pela fumaça do carvão; as claraboias quebradas acima das portas eram olhos apagados. Havia um homem negro arriado, encostado numa parede.

Não, um homem branco, metamorfoseado. *De vermelho para marrom, para azul, para preto.* Aquele pobre infeliz estava no fim desse terrível arco-íris. Teria alguém corrido a uma cabine telefônica para chamar uma ambulância? Mas o bonde passou rolando antes que eu pudesse anotar a rua.

Já não havia nada que eu pudesse fazer. Tentei tirá-lo da cabeça.

Ao saltar no meu ponto, senti o cheiro de uma cozinha comunitária para necessitados. Carne enlatada, repolho? Um horror, mas me deixou ainda mais faminta por meu jantar.

O bebê de John Brown tem uma espinha na bunda, cantou um bêbado.

O bebê de John Brown tem uma espinha na bunda,
O bebê de John Brown tem uma espinha na bunda,
E a pobre criança não pode sentar.

No beco encontrei minha bicicleta, segura com seu cadeado. Levantei as laterais da saia para me preparar, amarrando as tiras a bem da segurança.

Uma luz me cegou. Um grito estrídulo: Tudo bem aí?

Duas integrantes da Patrulha Feminina iluminaram todo o beco com seus fachos de luz, até a parede do fundo. Para garantir minha proteção, ou, dito de outra maneira, verificar se eu estava bêbada de cair, ou fazendo o que não devia com um soldado.

Perfeitamente bem, rebati.

Muito bem, prossiga.

Empurrei a bicicleta pelo beco em direção à rua.

Soou uma sineta na fábrica em frente. Operárias da produção de cartuchos começaram a sair em massa, umas chamando as outras, com os dedos tão tingidos de amarelo que eu conseguia vê-los à luz dos lampiões de rua; seriam essas mulheres da equipe de Canarinhas de Ita Noonan? Uma delas tossiu alto, riu e tornou a tossir, enquanto eu passava pedalando.

No começo de minha ruela, garotos corriam para lá e para cá numa miscelânea de roupas — um cachecol de cores berrantes enrolado em volta da testa, uma gravata xadrez pendurada no nariz, paletós masculinos vestidos de trás para a frente, o garotinho menor com uma máscara de fantasma feita de papel. Eu gostaria apenas que tivessem sapatos nos pés ossudos. Fiquei surpresa por terem tido permissão para bater de casa em casa numa época como essa; eu teria achado que todas as portas se fechariam. Tentei lembrar do que era que os adultos borrifavam em nós quando pequenos, no Dia das Bruxas, na parte do país em que Tim e eu havíamos crescido.

Um menino alto tocou sua corneta na minha direção. O instrumento estava cheio de mossas, com marcas de solda e o metal todo descascado no bocal. Seria seu pai um veterano regressado da guerra, talvez? Ou um veterano morto, é claro, cuja corneta fora mandada para casa em seu lugar. Ou talvez eu estivesse sendo sentimental e o menino a tivesse ganhado de outro numa aposta.

Os garotos menores batiam tampas de panela. Maçãs e nozes, madame!

O fantasma em miniatura gritou: Ande, a senhora não tem uma maçã velha ou uma noz para o grupo?

Ele me pareceu bêbado. (Bastante plausível, já que muita gente acreditava que o álcool era capaz de afastar a gripe.) Procurei meio pêni na bolsa, apesar de ele ter me chamado de *madame* em vez de *moça*.

O menino me jogou um beijo de fantasma por cima do ombro.

É claro, para uma criança, eu parecia ter bem mais de trinta anos. Pensei em Delia Garrett me chamando de *solteirona*. A enfermagem era como o efeito de um feitiço: a pessoa entrava muito jovem e saía mais velha do que qualquer espaço de tempo seria capaz de torná-la.

Perguntei-me se me importava com o aniversário no dia seguinte. A verdadeira pergunta era se eu me arrependeria se nunca viesse a me casar. Mas como poderia saber ao certo até que fosse tarde demais? O que não era razão suficiente para eu me casar, para me atirar de cabeça em qualquer perspectiva semiviável, como faziam algumas mulheres. O arrependimento parecia muito provável em ambas as alternativas.

Quando entrei na casa geminada e estreita, ela cheirava a frio. Tocos de vela queimavam em vidros de geleia.

Meu irmão estava sentado à mesa, coçando a cabeça lustrosa de sua pega-rabuda.

Pensei na velha quadrinha infantil para contar pegas: *Uma para dar azar, duas para dar sorte.*

Boa noite, Tim.

Ele assentiu.

Era curioso que a conversa fosse encarada como algo natural. Uma fita esticada entre duas pessoas — até ser cortada.

Muito prosa, mencionei: Um dia memorável. Precisaram da irmã Finnigan na Maternidade e a sua maninha aqui foi promovida a encarregada interina da enfermaria.

As sobrancelhas de Tim subiram e desceram.

Eu tinha o terrível hábito de compensar a falta de tagarelice de meu irmão com a duplicação da minha. Arriei a bolsa e tirei o sobretudo e a capa. O truque era não fazer perguntas, ou só fazer aquelas cuja resposta eu pudesse adivinhar: Como vai seu pássaro?

(Eu não sabia se ele lhe dera algum nome em sua mente.)

Tim não me olhava nos olhos com muita frequência, mas conseguiu exibir um meio sorriso.

No verão, ele havia encontrado a ave enorme no beco, impedida de voar por uma perna toda ferrada. Comprara para ela uma coelheira enferrujada que lhe servisse de poleiro e mantinha a porta aberta, amarrada por um pedaço de barbante, para que a ave pudesse entrar e sair quando quisesse. Sua cauda verde brilhante vivia derrubando coisas. Ela também fazia suas necessidades onde bem entendesse, e, sempre que eu reclamava que isso era uma ameaça, Tim fingia não ouvir.

Eu ansiava por um banho quente nessa noite, mas é claro que o gás estava desligado. E a água? Experimentei a torneira — apenas um filete. Mas que diabo!

Era um luxo me permitir praguejar fora do plantão. Despir o disfarce de enfermeira Power e ser a Julia.

Tim estava com uma panela ainda quente no fogão Primus; acendeu a chama de querosene para tornar a ferver a água do chá. Afastei o caderno que ficava sempre na mesa da cozinha para escrevermos bilhetes. Os meus eram frequentes e prolixos; os de Tim, raros e concisos. (O que quer que estivesse trancando sua garganta exercia o mesmo controle sobre a mão com que ele escrevia.)

Comentei com o silêncio: Dia terrivelmente cansativo hoje. Perdi uma paciente, de convulsões.

Tim balançou a cabeça em sinal de solidariedade. Puxou o amuleto pendurado na corrente em seu pescoço, como se pedisse proteção para mim.

Na semana do seu alistamento, meio de brincadeira, eu lhe dera o amuleto sinistro — um duende com uma cabeçorra de carvalho e corpo pequenino de latão. Alguns soldados o chamavam de *fumsup*, por causa dos polegares perpetuamente virados para cima, nos bracinhos que subiam e desciam. As únicas feições que restavam no amuleto de Tim eram os olhos arregalados; eu supunha que o restante do rosto tinha sido apagado pelas esfregadelas de seu polegar agitado. Pensei em Honor White, com seu rosário sagrado enrolado no pulso; não eram apenas os militares que se agarravam a amuletos.

Mas, na verdade, podia ter sido muito pior, acrescentei.

Eu gostaria de falar com Tim sobre a ruiva estranha que me ajudara nesse dia. Mas uma garota sem instrução, com sapatos surrados, criada num asilo e morando num convento... talvez Bridie desse a impressão de ser o começo de uma piada. Eu não parecia capaz de encontrar palavras para descrevê-la.

Tim tirou as tampas de panela de dois pratos e os colocou em nossos lugares.

Havia esperado toda essa longa noite escura para comer uma comida morna com sua irmã mais velha. Mas não era chegado a sentimentalismos, de modo que eu disse apenas: Puxa, Tim, você se superou. Vagens!

Outro sorriso vago.

Antes da guerra, meu irmão era muito mais perspicaz e animado que eu. Parecido com Bridie, na verdade — com verdadeiro brilho.

Então hoje você deve ter ido à horta.

(Tínhamos apenas um lote de um oitavo de acre, mas Tim fazia maravilhas.)

As batatas eram tão raras quanto pepitas de ouro. As dessa noite eram globos perfeitos, com covinhas, do tamanho de bolotas de carvalho. Pouco cozidas, com a casca ainda crocante.

Inquietei-me: Mas é desperdício não deixá-las na terra até ficarem maiores, não é?

Meu irmão respondeu com um magnífico dar de ombros.

Havia cebolas também, é claro; tínhamos cebolas a dar com pau. (O governo aprovaria.) A alface tinha alguns furinhos feitos por caramujos, mas o sabor era muito fresco.

E veja só isso! Aipo! Começaram a vendê-lo como tratamento para os nervos, dá para acreditar?

Achei que isso divertiria meu irmão, mas seu rosto permaneceu inexpressivo. Talvez a ideia de nervos abalados o ferisse fundo demais.

No hospital militar, tinham chamado aquilo de neurose de guerra. Ela podia assumir uma espantosa variedade de formas e afetava até os civis; havia uma inglesa que tinha perdido o juízo durante um ataque aéreo e decapitado seu filho.

Medicaram Tim com doses de hidrato de cloral, para prevenir pesadelos ou, pelo menos, fazê-lo esquecer os detalhes ao acordar, ainda grogue; o remédio o deixava permanentemente nauseado. Massagens para acalmar, caminhadas para revigorar, hipnose para repor meu irmão nos eixos; aulas de fabricação de escovas, carpintaria e conserto de botas, para torná-lo útil.

Tim havia recebido alta poucos meses depois, uma vez que estava bastante apto, em comparação com inúmeros outros. O psicólogo admitiu não poder fazer nada a respeito do mutismo, e eles precisavam do leito. A receita foi "repouso, alimentação e uma ocupação agradável".

Eu o desabituara aos pouquinhos do sedativo. Nos últimos tempos, ele andava menos sobressaltado, embora continuasse a não suportar aglomerações. Bem mais capaz de comer, especialmente se eu fizesse as refeições em sua companhia. Só me restava confiar que, com o tempo, a calma e algumas ocupações prazerosas — cuidar da horta, fazer compras, cozinhar, fazer a limpeza, cuidar de sua pega —, ele se curaria.

Chegou alguma encomenda do correio hoje?

Meu irmão balançou a cabeça e fez um gesto com as mãos.

Não entendi.

Apontando para o corredor, ele tornou a balançar a cabeça, quase irritado.

Não tem importância, Tim.

Ele empurrou a cadeira para trás e se pôs a puxar a gaveta rasa da mesa, a que sempre emperrava.

Não tem importância, de verdade.

Eu não suportava que Tim tivesse que pegar o caderno para se fazer entender por mim, a coisa mais próxima de uma mãe que ele já tivera; aquilo me dava a sensação de estarmos a milhares de quilômetros de distância.

Ele empurrou sua anotação garranchosa para mim, para que eu pudesse ler: "Suspensão temporária".

Do correio? Ah, das entregas, entendi. Imagino que eles estejam com excesso de funcionários doentes no setor de triagem. Pesarosa, acrescentei: No hospital, nunca nos permitiriam *suspensão* dos serviços, nem mesmo por um dia. Os nossos são portões que não podem fechar.

Perguntei-me quanto tempo eu levaria para me lembrar de não perguntar a Tim se havia chegado alguma correspondência em determinado dia. Quantas semanas antes que eu parasse de sentir falta dela. Era assim que a civilização podia chegar lentamente à paralisação, um parafuso enferrujado de cada vez.

Comentei: Topei com uns garotos fantasiados, circulando pelas casas. Fiquei quebrando a cabeça — o que era que os adultos borrifavam em nós, no Dia das Bruxas, para repelir os feitiços do povo encantado?

Tim levantou o saleirinho de vidro.

Sal! Era isso.

Peguei-o de sua mão, rememorando. Salpiquei um pouquinho na minha e, com ar meio solene, toquei com uma pitada em minha testa e com outra na dele.

Tim se retraiu ao meu contato, mas aguentou.

Eu ficava muito contente por ele já ter tido a gripe — uma semana antes de mim, e numa forma igualmente branda. Caso contrário, eu o estaria vigiando toda manhã e toda noite. Eu tinha passado anos a fio temendo perder meu irmão, que depois me fora devolvido, profundamente mudado; não suportaria a ideia de que agora me fosse levado o que restava.

As velas nos potes de geleia foram derretendo em suas poças. Tim enrolou um cigarro fino, meticuloso.

Você me dá um?

Ele o deslizou na minha direção e começou a preparar outro para si.

Fumamos com vagar. Pensei nas histórias que os veteranos traziam do *front* sobre seus cigarros: *Nunca seja o terceiro a acender um cigarro com o mesmo fósforo*. Seria isso uma simples questão de bom senso, dada a probabilidade de que a chama atraísse a atenção de um atirador na escuridão, se brilhasse por mais de um segundo? Ou será que essa regra, na verdade, dizia respeito à preservação do círculo mágico da amizade, de dois companheiros acocorados em torno de uma chama breve?

Lembrei-me da fotografia que pendia, meio torta, acima da cômoda de Tim, no andar de cima: ele e seu amigo Liam, com o braço nos ombros um do outro; rapazes sorridentes, exibindo a farda do batalhão no dia em que a vestiram pela primeira vez. Agora, o uniforme de meu irmão, com sua estrela solitária no ombro, estava pendurado no armário. O atestado de boa conduta, no fundo de uma gaveta, um formulário impresso com os detalhes específicos escritos a mão:

"O ex-soldado acima denominado serviu à bandeira por *dois anos, trezentos e quarenta e sete dias*, e seu caráter durante esse período foi *bom*."

Meu irmão apagou o cigarro e entrou na despensa.

Seu *shillelagh* estava encostado na parede, com manchas no punho grosso. Tim usava esse porrete de carvalho para golpear um ou outro rato que se aventurasse em nossa despensa; não tinha piedade com eles, desde seu retorno das trincheiras.

Voltou trazendo um *barmbrack* marrom-escuro e brilhoso.

Onde você arranjou isso?

Minha pergunta foi retórica, fingindo-me escandalizada. Sem dúvida, viera da velha senhora que morava mais adiante na ruela, famosa por suas tortas de maçã.

Devo fazer o papel da mãe?

Cortei o centro ainda ligeiramente morno do *brack*. Pus fatias grossas no prato de Tim e no meu, as frutas secas parecendo seixos no pão claro. Tão frescas que não precisavam de tostadura nem de manteiga.

Aposto que vou tirar a moeda, para ficar rica.

Tim assentiu, sério, como se aceitasse minha aposta.

Mordi o pão. Farinha de trigo branquinha, não misturada com coisa alguma. O aroma do chá fresco foi engordando cada passa.

Isto é simplesmente magnífico.

Pensei em quanto teria custado. Mas Tim cuidava para que nunca nos faltasse dinheiro antes do fim da semana.

Os olhos de meu irmão estavam pousados na parede da cozinha, ou em algo além dela. O que é que ele não conseguia deixar de ver?

Mordi um pedaço duro. Ah!

Desembrulhei-o do papel-manteiga. (Relembrada, por uma fração de segundo, de quando eu havia embrulhado o bebê natimorto dos Garrett.) Era a aliança, já com a tinta dourada descascando.

Gabei-me, com ar muito entediado: Casada em menos de um ano, ora.

Tim me aplaudiu com uma palma lenta.

Você ainda não encontrou um talismã na sua fatia?

Ele meneou a cabeça e continuou a mordiscar pedacinhos miúdos. Como se fosse um dever, agora era assim que ele comia, com um toque de pavor, como se o alimento pudesse transformar-se em cinzas em sua boca.

Houve época em que eu ficaria radiante por tirar a aliança de lata, em que chegaria até a meio que acreditar em sua promessa.

Saboreie o seu pão, disse a mim mesma.

Na segunda vez que mordi um embrulho diminuto, por pouco não o engoli. Outro talismã!

Antes mesmo de tirar o papel, eu soube o que era, pela forma. O dedal. Coloquei-o no dedo mindinho e o levantei, forçando um sorriso: E então, o que acha disso, Tim? Casada e solteirona num mesmo ano, de acordo com o *brack*. O que só vem mostrar que é tudo um monte de disparates.

E pensei que talvez fôssemos mesmo joguetes das estrelas. Com seus fios de seda invisíveis, elas nos puxavam para cá e para lá.

Agora uma vela estava se afogando. Tim abafou-a entre o indicador e o polegar, soprou e tornou a abafá-la, para se certificar.

De repente, fui tão tomada pelo cansaço que senti a mente rodar.

Boa noite, Tim.

Deixei meu irmão na cozinha com a outra vela, afagando seu pássaro. Eu não sabia quando ele dormia nos últimos tempos. Ficava sempre acordado até mais tarde que eu e acordava antes de mim. Ainda teria pesadelos? Se ele não dormisse nada, por certo já teria entrado em colapso a essa altura. Portanto, se continuava a se levantar todas as manhãs, eu supunha que isso era bom sinal e deveria me bastar.

Subi no escuro, espantada com minha sonolência.

Morbidamente, pensei no que poderia ter acontecido se não tivessem mandado Bridie Sweeney me ajudar nesse dia, surgindo do nada, como uma aparição. Em algum momento, teria eu jogado o avental no chão e gritado que aquele trabalho ultrapassava minhas forças? E, o que era mais provável, teria deixado de salvar Delia Garrett da maré vermelha?

Tropecei na passadeira solta e quase caí, tendo que me escorar na junção do papel de parede para me equilibrar.

Chega, Julia, disse a mim mesma. *Hora de dormir.*

III

AZUL

D ormi e sonhei que a vida era beleza. Martelava em minha mente um trecho de uma canção antiga. *Dormi e sonhei que a vida era beleza. E então acordei... Então acordei...*

O despertador estridente me tirara do sono. Baixei o botão com um tapa e me instiguei: *Hora de levantar.*

Minhas pernas não deram atenção. As cordas que ligam o marionetista ao boneco pareciam cortadas ou, pelo menos, emaranhadas.

Tentei a persuasão, dizendo a mim mesma que Tim já devia ter feito o chá para nós.

Tentei a reprimenda. Mary O'Rahilly, Honor White, Delia Garrett — todas precisavam de mim. Como nos inculcara a irmã Finnigan, *Primeiro o paciente, depois o hospital, por último eu.*

A canção continuava a me incomodar. *Dormi e sonhei que a vida era beleza. Então acordei e...*

Pensei em Bridie, com sua auréola crespa cor de bronze. Na noite anterior, nem me ocorrera perguntar se ela pretendia voltar. Era possível que seu primeiro dia a tivesse espantado dos hospitais pelo resto da vida.

Minha cabeça repetia: *E então acordei...*

Então acordei...

Acordei e descobri que a vida era dever. Era isso.

Icei meus membros para fora da cama no escuro. Limpei o corpo todo com uma esponja de água fria e escovei os dentes.

A pega-rabuda de Tim, com sua perna estropiada, estava saltitando na mesa da cozinha, soltando seu guincho crescente, que soava como a sirene de um policial. Havia em seus olhos uma inteligência colossal. *Duas para dar sorte*, pensei. Será que essa ave era solitária, apesar da companhia silenciosa de meu irmão?

Bom dia, Tim.

Ele me deu as duas fatias de torrada.

O que é isso no seu rosto?

Tim deu de ombros, como se fosse uma mancha de geleia ou de fuligem.

Venha cá para eu ver.

A mão dele estendeu-se para me manter afastada.

Deixe-me fazer o meu trabalho, eu lhe disse.

Segurei firme sua cabeça e a virei para ver melhor. Era um arranhão com uma manchinha azul-arroxeada por trás. Você bateu com o rosto em alguma coisa, Tim?

Ele assentiu de leve.

Ou será que outro daqueles boçais o atacou na rua?

Ele se fechou em copas, encolhido.

Eram tempos estranhos para um veterano inválido em Dublin. Um idoso poderia apertar a mão de Tim para lhe agradecer pelo serviço e, no mesmo dia, uma viúva desdenhar dele como desertor por ele ainda ter todos os membros. Um transeunte talvez gritasse que esses soldados nojentos é que tinham trazido a peste para casa, para começo de conversa. Mas meu palpite era que, na véspera, um jovem aspirante a rebelde, vestido de verde, o tinha chamado de peão do império e atirado lixo nele, porque era isso que já havia acontecido.

Conte-me, Tim. Senão só me restará imaginar. Escreva o que houve, se preferir.

Empurrei o caderno na sua direção e o lápis ficou girando num círculo.

Ele os ignorou.

Ser mãe devia assemelhar-se a isso: uma luta constante para interpretar a aflição do bebê. Mas a criança, pelo menos, estaria aprendendo um pouco a cada dia, ao passo que meu irmão...

Arrisquei-me a pôr a mão sobre a dele.

Tim a deixou ficar ali por um instante. Depois, com a outra mão, abriu a gaveta da mesa da cozinha e tirou dois embrulhos amarrados com laços de uma fita antiga.

Meu aniversário, disse eu. Tinha me saído completamente da cabeça.

Meu irmão me amava. Uma lágrima pingou na minha saia nesse momento.

Tim esticou o braço para pegar o lápis e o caderno e escreveu: "São só trinta!"

Tossi de tanto rir e enxuguei os olhos. Não é isso, de verdade.

Em vez de tentar explicar, desembrulhei a primeira caixa. Quatro trufas belgas.

Tim! Você andou guardando isso desde que estourou a guerra?

Ele deu um risinho de zombaria.

O segundo embrulho era perfeitamente redondo; embaixo das camadas de papel fino encontrei uma laranja reluzente e gorda. Lá das lonjuras da Espanha?

Tim meneou a cabeça.

Entrei no jogo de adivinhação. Itália?

Um aceno afirmativo, satisfeito.

Aproximei a fruta do nariz e aspirei o aroma cítrico. Pensei em sua árdua jornada na travessia do Mediterrâneo, passando por Gibraltar e subindo até o Atlântico Norte. Ou então fazendo por terra a travessia da França — será que isso ainda era sequer possível? Apenas torci para que ninguém tivesse sido morto ao despachar essa carga preciosa.

Guardei a laranja e os chocolates na bolsa para um almoço de aniversário, enquanto Tim separava suas ferramentas para a horta. Parei na rua; a faixa de céu escuro tinha riscas cor-de-rosa. Tim deu a partida na motocicleta na terceira tentativa. Eu a havia comprado para ele no leilão dos bens de um oficial, organizado por sua viúva, embora nunca lhe tivesse contado isso, para o caso de ele se incomodar com a ideia de pilotar a moto de um morto.

Acenei enquanto ele se afastava com um ronco lento e fui pegar o sobretudo e a capa. Abotoei a roupa. Parada ao lado da bicicleta, puxei a saia para cima por seus cordões. Fazia uma temperatura amena para a primeira manhã de novembro.

Era provável que Bridie nunca tivesse andado de bicicleta. O fato de ter crescido no orfanato dava sentido a inúmeras coisas: as marcas de tinha, o braço queimado num acidente de cozinha, a gratidão exagerada por boia de cantina, loção para a pele e água quente. Não era de admirar que ela não tivesse ideia de como o feto vivia e se mexia dentro da mãe — fora criada numa casa de órfãos e acabara morando com freiras que lhe eram insuportáveis, na falta de outro lugar para ir.

Passei pedalando pelos portões acorrentados de uma escola em que um aviso recém-pintado dizia "FECHADA POR TEMPO INDETERMINADO POR

ORDEM DA DIRETORIA DE SAÚDE". Pensei nos pequenos Noonan; se as crianças dos cortiços não vinham frequentando a escola ultimamente, não podiam estar recebendo suas refeições gratuitas.

Nuvens sibilantes e infladas subiam das janelas altas da fábrica de munição, o que significava que os dedetizadores estavam fumigando as oficinas; talvez tivessem trabalhado a noite inteira em sua névoa sulfurosa. Do lado de fora, numa fila que começava a serpear na porta, as operárias que fabricavam munição iam trocando seu pé de apoio enquanto conversavam, com as mãos enfiadas nos bolsos para se proteger da friagem, impacientes para entrar e pegar no batente.

Eu disse mentalmente a Ita Noonan: *Seu trabalho acabou.*

Pedalei mais depressa. Trinta anos. Onde estaria eu aos trinta e cinco? Se então a guerra tivesse terminado, o que teria tomado seu lugar?

Voltando ao presente, o que me seria solicitado nessa manhã? Delia Garrett, chorando em seus lençóis. A paciente arfante e sem marido, Honor White: *Tomara que seus pulmões estejam vencendo a luta.* Mary O'Rahilly: *Por favor, que seu trabalho de parto acabe e haja um bebê em seu colo.*

No beco, pus o cadeado na bicicleta.

Ao passar pelo monumento aos soldados caídos, notei que um rebelde havia pintado "NÃO É NOSSA GUERRA" na laje da base. Fiquei pensando se poderia ser o mesmo imbecil que tinha agredido Tim.

Mas agora ela não era a guerra do mundo inteiro? Não a tínhamos pegado uns dos outros, tão indefesos diante dela quanto diante de outras infecções? Não havia jeito de manter distância, não havia ilha em que nos escondermos. Como os pobres, talvez, a guerra estaria sempre entre nós. No mundo inteiro, um estado duradouro de estrondo e terror, sob o império do homem dos ossos.

Juntei-me a um grupo de pessoas que aguardavam no ponto, suficientemente afastadas para ficarem fora do alcance da tosse umas das outras, porém não tão longe que não pudessem chegar à entrada do bonde quando ele parasse. Um bêbado cantou, surpreendentemente afinado, indiferente às caras feias:

Não quero entrar na droga do exército,
Não quero ir para a droga da guerra.
Prefiro ficar em casa,
Vagar pelas ruas sem luta,
Vivendo à custa de uma...

Todos nos preparamos para a rima obscena.

... *datilógrafa*, gorjeou ele.

O bonde chegou e consegui me espremer para dentro.

Do piso inferior, contei três ambulâncias e cinco carros fúnebres. Os sinos das igrejas tocavam sem parar. Num jornal a centímetros de mim, tentei não ver a manchete sobre um navio torpedeado: "Continua a busca de sobreviventes". Mais abaixo, as palavras "Probabilidade de armistício" me fisgaram. Já por duas vezes os jornais haviam declarado o término da guerra. Eu me recusava a prestar atenção enquanto não tivesse prova de que fosse verdade.

Foi um alívio descer em frente ao hospital, à luz do alvorecer, e respirar um pouco antes de cruzar os portões. Pregado num poste de iluminação, um novo aviso, mais longo que de hábito:

RECOMENDA-SE AO POVO
FICAR FORA DE ESPAÇOS PÚBLICOS,
COMO CAFÉS, TEATROS, CINEMAS
E BARES OU TABERNAS.
ENCONTREM-SE APENAS COM PESSOAS QUE SEJA PRECISO VER.
EVITEM APERTAR AS MÃOS, RIR
OU CONVERSAR DE PERTO.
SE TIVEREM QUE TROCAR UM BEIJO,
QUE O FAÇAM ATRAVÉS DE UM LENÇO.
BORRIFEM ENXOFRE NOS SAPATOS.
EM DÚVIDA, NÃO SAIAM DE CASA.

Lá fui eu, com meus sapatos sem enxofre, cruzar os portões que diziam "Vita gloriosa vita".

Eu queria ir direto para a Maternidade/Febre, mas primeiro me obriguei a comer mais alguma coisa no desjejum, para a eventualidade de o caos desse dia ser sequer metade do da véspera.

No subsolo, ocupei meu lugar na fila. Eu tinha algumas reservas quanto ao que estariam usando para encher as linguiças hoje em dia, por isso optei pelo mingau.

Ouvi especulações sobre o Kaiser estar à beira da rendição, sobre a iminência da paz. Ocorreu-me que, no caso dessa gripe, não havia como assinar um pacto com ela. O que travávamos nos hospitais era uma guerra de atrito, uma batalha por todo e cada corpo.

Um estudante de medicina estava contando uma história sobre um homem que se apresentara à Admissão, convencido de estar com a gripe, porque sua garganta vinha-se fechando. Constatou-se que o sujeito tinha uma saúde de ferro — era só pavor.

Os outros deram risinhos cansados.

Mas o pânico não era tão real quanto qualquer sintoma? Pensei na força invisível que bloqueava a garganta de meu irmão.

Nossa fila avançou aos poucos, até ultrapassar o último aviso, que dizia, em maiúsculas estridentes: "SE EU ERRAR, ELE MORRE".

Comi meu mingau em pé num canto e não consegui chegar à metade da tigela.

Nenhuma cabeleira ruiva quando entrei às pressas na Maternidade/Febre. Nada de Bridie Sweeney.

Incansável em seu branco imaculado, a irmã Luke veio em minha direção como um navio largo. Bom dia, enfermeira.

Constatei ser insuportável perguntar por Bridie, como se a freira fosse guardiã da moça.

Na escada, na véspera, eu tinha perdido tempo conversando sobre estrelas de cinema, e em momento algum Bridie chegara realmente a dizer alguma coisa sobre sua volta, não é? Eu havia tirado conclusões precipitadas, simplesmente por querer tanto a ajuda dela. Fiquei abalada ao perceber que, irracionalmente, havia contado com sua presença nesse dia; ela era o que os cartazes chamavam de uma pessoa que *é preciso ver*.

À direita, Delia Garrett parecia dormir.

Mary O'Rahilly, no meio, era um caracol enroscado sobre a própria barriga. A dra. Lynn tinha perfurado o saco amniótico e deixado escoar a água da garota, de modo que, na verdade, não era seguro adiar muito o parto; havia um risco maior de infecção. Algum progresso ali?, murmurei.

A irmã Luke fez uma careta. Contrações a cada oito minutos. Mais fortes do que antes, mas os médicos não estão satisfeitos com o ritmo.

Duvidei que Mary O'Rahilly estivesse. Mantinha os olhos cerrados, espremidos, e o cabelo preto estava empapado de suor; até sua tosse soava cansada.

Ocorreu-me que, na verdade, Bridie poderia estar no hospital nessa manhã, mas numa enfermaria diferente. A administração designava cada voluntária para onde havia mais necessidade, é claro.

Honor White desfiava as contas do rosário com mãos exangues, movendo os lábios em silêncio ao formar as palavras.

Aquela ali faz grande alarde da sua devoção, disse a freira em meu ouvido.

Senti o sangue subir. Falando muito baixo, respondi: Pensei que a senhora aprovasse a oração.

Bem, *se* ela for sincera. Mas um ano de orações não fez nada para regenerar a grande madame ali.

Virei-me para encará-la: A sra. White?, cochichei. Como é que a senhora pode saber disso?

A irmã Luke deu um tapinha no nariz por cima da máscara de gaze. Uma irmã do nosso convento trabalha naquele lar para mães e bebês, e eu lhe perguntei tudo sobre a *senhora* ali. É a segunda vez dela por lá. Nem seis meses depois de sair, não é que ela apareceu outra vez, exatamente no mesmo estado?

Trinquei os dentes. E então me ocorreu uma pergunta: Ela passou um ano inteiro lá, depois do primeiro parto?

Bem, esse é o prazo delas, quando o bebê vive.

Não entendi.

A irmã Luke explicitou: É o tempo durante o qual a mulher tem que fazer tarefas domésticas e cuidar das crianças pequenas para compensar os gastos, se não puder pagar.

Procurei decifrar o enigma. Quer dizer que, pelo crime de engravidar, Honor White estava morando numa instituição de caridade em que cuidar de seu bebê e dos de outras mulheres era o castigo; ela devia às freiras um ano inteiro de vida para pagar o que elas gastavam ao aprisioná-la durante esse ano. Havia nisso uma bizarra lógica circular.

Perguntei: A mãe fica... Ela pode levar a criança embora quando o ano termina?

O olho único da irmã Luke arregalou-se: Levar embora e fazer o que com ela? É evidente que a maioria dessas mocinhas não quer outra coisa senão livrar-se da vergonha e do incômodo.

Talvez minha pergunta tivesse sido ingênua; eu sabia que ser mãe solteira não podia equivaler a uma vida fácil. Gostaria de saber se uma mulher assim poderia fingir que era viúva.

A irmã Luke admitiu: Uma ou outra transgressora primária, quando realmente se regenera e gosta muito do filho, *e* quando uma irmã casada ou a própria mãe se dispõe a chamar a criança de sua, pode ser autorizada a levar o bebê para a família. Mas uma pecadora renitente? (Espremeu os olhos na direção de Honor White.) Aquela ali terá que passar dois anos desta vez. Algumas são mantidas até depois disso, quando são incorrigíveis — se for a única maneira de prevenir outro erro.

Isso me deixou sem fala.

Quando vi os cachos vermelhos entrarem pela porta, o alívio me deixou zonza. Bom dia, Bridie!

Ela girou na minha direção, com seu sorriso de um quilômetro de largura.

Mas eu não devia ter usado seu prenome, não na frente da irmã Luke. Bridie não me chamou de coisa alguma, notei — apenas assentiu.

Perguntei: Já tomou o desjejum?

Ela fez que sim, com ar agradecido: Chouriço e montes de linguiça.

A freira disse: Sweeney, borrife desinfetante nesse chão e esfregue tudo com um pano amarrado naquela vassoura.

O turno do dia era meu, então por que a freira estava dando ordens? Deixei enfaticamente claro estar esperando que a irmã Luke se retirasse.

Ela tirou o avental e vestiu a capa: Já foi à missa, enfermeira?

Isso me confundiu por um segundo, porque não era domingo. Ah, pelo Dia de Finados, sim. (Deus me perdoe a mentira; eu não suportaria uma repreensão dela.)

Todos os Santos, você quer dizer.

Pude ouvir o prazer da irmã Luke em me corrigir.

No dia 1º de novembro, ela lembrou a toda a enfermaria, celebramos a Igreja triunfal no paraíso, zelando por todos nós, pobres pecadores, aqui na terra. Já amanhã, Dia de Finados, honraremos os penitentes da Igreja — as santas almas do purgatório.

Será que ela realmente imaginava que eu queria uma aula sobre as minúcias do calendário litúrgico? Bridie já estava limpando o piso. Segui em frente, guardando o casaco e a bolsa e higienizando as mãos.

Honor White soltou uma tosse úmida.

Você poderia experimentar um emplastro na sra. White, disse a irmã Luke.

Lembrei a mim mesma que a enfermeira da noite não tinha autoridade sobre mim: Na verdade, irmã, na minha experiência, emplastros não ajudam muito nesses casos peitorais.

A sobrancelha visível da freira — a que não era coberta pela venda — desapareceu dentro da touca: Na minha experiência, muito mais longa, o emplastro ajuda, se você fizer corretamente.

Pude perceber pelas omoplatas de Bridie que ela estava prestando atenção em cada palavra desse diálogo.

Era muito tentador assinalar que grande parte da experiência da irmã Luke e toda a sua formação eram do século passado. Em vez disso, retruquei, em tom delicado: Bem, como estamos com tanta escassez de pessoal, creio que usarei o meu bom senso.

Uma leve bufadela.

Durma bem, eu lhe disse.

A freira vestiu a capa como se não tivesse a menor intenção de fazer nada tão sem vitalidade.

Sweeney, disse ela, não atrapalhe ninguém hoje.

No instante em que a irmã Luke se retirou, Bridie apoiou-se no esfregão e bufou: Você botou a gralha velha no lugar. Soltou os cachorros nela.

Mas não faria bem algum a essa moça eu instigar um problema entre ela e a freira, uma vez que as duas viviam sob o mesmo teto. Além disso, as pacientes não deviam inquietar-se com dissidências no pessoal. Assim, balancei a cabeça para Bridie. Mas acrescentei: Estou contente por você ter voltado hoje.

Um sorriso. É claro, por que não voltaria?

Com ar impassível, respondi: Ah, não sei. Trabalho árduo, cheiros desagradáveis, horrores?

O trabalho é ainda mais pesado para nós na casa matriz, e tem a reza toda ainda por cima.

Nós significa você e as freiras?

Ela me corrigiu: Nós, *as internas*, umas vinte garotas. De qualquer jeito, é claro que eu voltei. Mudança é tão bom quanto descanso. E aqui é só atividade — uma coisa nova a cada minuto.

A animação dela era contagiante. Lembrei-me do corte que tinha feito com o termômetro quebrado na véspera. Como está seu dedo?

Ela o levantou e disse: Nenhuma marca. Aquele seu lápis é mágico.

Na verdade, é ciência.

Delia Garrett estava semidesperta, fazendo força para se sentar em seu leito. Fui conferir se seus pontos estavam cicatrizando bem.

Ela estava mole, monossilábica.

Diga-me, hoje seu peito está dolorido?

As lágrimas rolaram.

Uma faixa torácica deve ajudar, sra. Garrett.

Por alguma razão, o achatamento dos seios lhes dizia para desistirem de produzir um leite indesejado. Peguei um rolo de ataduras novas. Trabalhando às cegas por baixo de sua camisola, enrolei a faixa quatro vezes em volta dela. Diga-me se estiver muito apertado, ou se restringir a sua respiração.

Delia Garrett fez que não, como se mal se importasse. Um uísque quente?

Está bem.

Era provável que ela não precisasse dele para a gripe, mas, se eu estivesse no seu lugar, iria querer passar esses dias dormindo.

Honor White estava erguida na posição certa para quem estivesse com pneumonia, mas sua respiração era ruidosa e sua palidez estava esverdeada. Verifiquei seu prontuário, para ter certeza de que a irmã Luke tinha se lembrado de dar o comprimido de fortificante à paciente. Tinha, e havia escrito ao lado: "Dor de estômago". Era comum o ferro surtir esse efeito. Pulso, respiração, temperatura — nada pior, mas nada melhor.

Quando lhe fiz a pergunta, Honor White continuou intransigente a respeito de bebidas fortes, de modo que lhe dei uma pequena dose de aspirina, para baixar a febre, e uma colherada de ipecacuanha para a tosse. Abri a gola de sua camisola e massageei seu peito com cânfora.

Incorrigível. A palavra me feriu em nome dela. Tudo que Honor White havia suportado, e agora estava diante de mais dois anos de encarceramento. Seria mesmo possível que a lei permitisse às feiras retê-la contra a sua vontade?

Repreendi-me — ao que eu soubesse, talvez Honor White optasse por permanecer no asilo da casa matriz, talvez não tivesse outro abrigo. Que podia eu dizer com certeza sobre essa mulher silenciosa, sobre o que havia passado ou o que queria?

Mary O'Rahilly remexeu-se no leito do meio, de modo que me virei para ela e verifiquei minhas anotações. Agora, sete minutos entre as contrações.

Esperei até poder dizer, pela expressão em seu rosto, que a contração tinha acabado, então perguntei: Como está passando, sra. O'Rahilly? Dormiu um pouco essa noite?

Acho que sim.

Precisa ir ao banheiro?

A irmã Luke só queria ficar me levando. A senhora acha que ainda vai demorar muito?

Sua voz era tão baixa, no desespero, que mal captei as palavras.

Tudo o que pude responder foi: Espero que não.

(Tentei lembrar quanto tempo haveria entre o rompimento da bolsa e o risco de que a infecção disparasse; seriam vinte e quatro horas? Se não viesse logo um médico, eu mandaria chamar algum.)

Vamos trazer-lhe um uísque quente. E um para a sra. Garrett. E uma limonada quente para a sra. White.

Bridie começou a preparar as bebidas na espiriteira antes mesmo que eu chegasse lá. Trouxe as xícaras e as colocou ao alcance de cada paciente.

Os nós dos dedos dela, graciosos e inchados. Pensei em quanto a frieira a estaria incomodando: Não se esqueça de passar mais daquela loção, toda vez que lavar as mãos.

Posso mesmo?

Fique à vontade.

Ela pegou o pote e esfregou uma pitada do bálsamo nos dedos avermelhados. Levou-os ao rosto: Adoro esse negócio.

Aquilo me divertiu: Eucalipto? O meu bonde tem esse cheiro todas as manhãs. Você sabia que ele é um vapor exalado por árvores?

Ela zombou: Não por nenhuma árvore que eu conheça.

São árvores altas, com a casca se soltando, nas Montanhas Azuis da Austrália. Ouvi dizer que, nos dias de calor, elas exalam uma névoa perfumada, uma espécie de neblina azul — daí o nome das montanhas.

Ela murmurou: Imagine!

Honor White estava com a cabeça jogada para trás e os olhos fechados. Rezando de novo?, eu me perguntei. Ou estaria apenas esgotada pelos pulmões obstruídos?

Mary O'Rahilly soltou um gemido.

Perguntei-lhe: Onde você sente mais a contração?

Suas mãos pequeninas apertaram as costas, os quadris, a barriga — tudo.

Está ficando mais forte?

A paciente fez que sim, prendendo os lábios entre os dentes.

Tive vontade de saber se ela já estava com ânsia de fazer força, mas não perguntei, para não pôr a ideia em sua mente; ela era do tipo dócil, capaz de dizer tudo o que achasse que o outro queria ouvir.

Levante-se, querida. Vamos ver se podemos facilitar um pouco as coisas.

Pus Mary O'Rahilly numa cadeira, encostada na parede, e fiz pressão logo abaixo dos joelhos, empurrando suas pernas para cima e para trás.

Ah!

Isso ajuda?

Eu... Eu acho que sim.

Mandei Bridie agachar-se e firmar as mãos no mesmo ponto, no alto dos joelhos de Mary O'Rahilly. Mantenha essa pressão. Se ficar cansada, sente-se no chão e encoste nela.

Não vou ficar cansada, Bridie me garantiu.

Honor White estava murmurando no rosário, agarrada a cada conta como uma afogada que se agarrasse a uma boia.

Apanhei-me dizendo: Por acaso hoje é meu aniversário, senhoras.

Bridie disse: Muitas felicidades!

Ora, ora.

Era uma voz de homem. Virei-me e vi a cabeça de Groyne na porta.

Ele acrescentou: Imagino que seria uma infração chocante perguntar qual aniversário, não é?

Não sorri. Posso ajudá-lo em alguma coisa, Groyne?

O atendente empurrou um berço de metal para dentro da enfermaria, rodinhas rangendo: A irmã Luke disse que isso pode ser necessário hoje para a sra. O'Rahilly.

Delia Garrett emitiu um pequeno som de dor e virou de costas.

Seria o mesmo berço que tinha ficado pronto para seu bebê na véspera? Mas não havia como poupá-la dessas visões.

Então está ignorando minha pergunta, enfermeira Power?, ironizou Groyne. Em si, isso já é uma resposta. Eu noto que as garotas ficam contentes em dizer o número, até baterem nos vinte e cinco.

Tenho trinta anos, respondi, e não me interessa quem sabe disso.

Ah, uma mulher adulta!

Groyne apoiou o cotovelo na moldura da porta, acomodando-se: Imagino que pretenda escolher nossos próximos parlamentares e tudo o mais. Quer dizer, se for a dona da casa, acrescentou em tom de caçoada, ou ocupante de uma residência avaliada em cinco libras, não é?

Meu nome estava registrado como dona da casa desde que Tim se alistara. Mas eu não tinha intenção de discutir meus arranjos domésticos com esse sujeito.

Bridie perguntou: O senhor não é a favor do voto das mulheres, sr. Groyne?

Ele deu uma bufada desdenhosa.

Não consegui ficar fora da conversa: Ainda não lhe provamos a contento o nosso valor?

O atendente fez uma careta: Bem, vocês não servem o exército, servem?

Levei um susto: Na guerra? Com toda a certeza muitas de nós estamos servindo, como enfermeiras e motoristas e...

O atendente descartou isso com um aceno da mão: Mas vocês não pagam o imposto de sangue, não é? Não como nós, homens. Será que devem mesmo dar opinião nos assuntos do Reino Unido, se não estão dispostas a dar a vida pelo rei?

Enfureci-me: Olhe em volta, sr. Groyne. É aqui que toda a nação respira pela primeira vez. As mulheres têm pagado o *imposto de sangue* desde o início dos tempos.

Ele deu um risinho de zombaria ao se retirar.

Bridie estava me observando com um sorriso torto.

Mary O'Rahilly gemeu baixinho.

Sem ser solicitada, Bridie empurrou as canelas da jovem para diminuir a dor.

Terminada a contração, eu disse: Agora são só cinco minutos entre elas.

Mary O'Rahilly perguntou, com a voz fraca: Isso é bom?

É ótimo.

Por cima do ombro, Delia Garrett observava Mary O'Rahilly com um olhar ressentido, embriagado.

O berço; eu não queria colocá-lo aos pés do leito da moça, para não fazê-la achar que eu a estava apressando. Mas, junto da pia, ele só faria nos atrapalhar. Além disso, podia ser que a animasse, lembrando-lhe para que servia toda aquela dor. Assim, empurrei-o para os pés da cama do meio, perto dos pés de Mary O'Rahilly: Só estou aprontando tudo, querida.

Seus olhos se fecharam e ela soltou um gemido, inclinando a cabeça para trás. Fui até o armário de suprimentos separar as coisas que poderiam ser necessárias no parto. Bridie já estava fervendo luvas e instrumentos num saco.

Você nunca parece precisar de instruções, Bridie.

Ela gostou de ouvir isso.

E o seu aniversário, quando é?, perguntei.

Eu não tenho aniversário.

Descartei isso com um aceno: Todo mundo tem aniversário, Bridie.

Bom, eu acho que é segredo.

Meio irritada, respondi: Não me conte se prefere não...

Bridie disse em voz baixa: Quero dizer que ninguém nunca me falou.

Nesse momento, Honor White tossiu com tanta força que fui lá olhar a escarradeira, para ter certeza de que ela não havia vomitado um pedaço do pulmão. Tornei a aplicar a pomada de cânfora em seu peito.

Então Mary O'Rahilly perguntou se podia deitar um pouco, de modo que a coloquei na cama, sobre o lado esquerdo.

A chance seguinte de trocar uma palavra com Bridie foi quando estávamos junto à pia. Murmurei: Você nunca conheceu sua família?

Não que eu me lembre.

Eles ainda estão vivos?

Bridie encolheu os ombros, com seu jeito estranhamente brincalhão: Estavam quando eu fui dada ao abrigo, ou levada para lá. Eles não tinham condições, foi o que as freiras disseram.

Quantos anos você tinha na época?

Não sei. De lá até os quatro anos, fiquei com a babá de criação.

Meu rosto deve ter mostrado que eu não conhecia esse termo.

Bridie especificou: Internada fora do asilo. Com uma mãe de criação, entendeu? Se cheguei aos quatro anos com todos os meus membros funcionando, ela deve ter cuidado bastante bem de mim.

Sua calma me deixou revoltada por ela — ou melhor, pela garotinha desnorteada que ela devia ter sido.

Bridie continuou: Vai ver que foi ela quem me chamou de Bridie, por causa de Santa Brígida, não é? Antes eu tinha outro nome. Elas não quiseram me dizer qual era, só que não era nome de santa.

Fui tentando acompanhar a narrativa sombria. Por *elas*, você se refere às freiras?

E às professoras e inspetoras do abrigo. O lugar era chamado de escola industrial, mas, de verdade, não era escola nenhuma, disse Bridie com desdém. Duas freiras eram as diretoras, mas toda noite elas voltavam para o convento e deixavam encarregada uma dupla do pessoal leigo.

Lembrei-me de minha pergunta sobre seu aniversário, que tinha instigado tudo isso: Quer dizer que nenhuma dessas pessoas lhe disse em que dia você nasceu?

Nem mesmo em que ano.

Minha garganta doeu quando engoli. Timidamente, eu lhe disse: Compartilhe o meu aniversário, se quiser. Diga que o seu também é hoje — bem poderia ser.

Bridie sorriu: Está bem. Por que não?

Continuamos a trabalhar na bancada em silêncio.

De repente, ela disse: Você tem sorte de seu pai ter ficado com você depois que sua mamãe morreu.

Espantei-me: E por que ele não ficaria?

Bem, tinha três irmãs que eu conheci — elas foram mandadas para o abrigo porque o padre da paróquia não quis deixar que ficassem morando com o pai viúvo na casa dele. Disse que não era *apropriado*, considerando a idade delas, acrescentou em tom satírico.

Não entendi. Como assim, elas eram pequenas demais para ser criadas por um homem?

Não, as duas mais velhas tinham treze e catorze anos, e a caçula tinha onze.

Enrubesci ao entender. Que um padre fizesse um comentário desses, ao mesmo tempo pudico e com a mente sórdida... Você acha que, para elas, teria sido melhor permanecer em casa, Bridie?

Seu aceno afirmativo veio rápido e inequívoco: Não importa o que acontecesse.

Com certeza, ela não podia estar querendo dizer: mesmo que o pai acabasse se intrometendo com elas, não é? Bridie!

Pelo menos elas teriam umas às outras. No abrigo, não tinham permissão para conversar.

Tornei a ficar confusa; seria algum tipo de voto de silêncio? Indaguei: As três meninas?

Bridie explicou: Umas com as outras, quero dizer. Diziam que elas não eram mais irmãs.

A crueldade arbitrária daquilo me chocou.

Bridie mudou de assunto: Então, você e seu irmão...

Eu só tinha quatro anos, por isso não sei se alguém objetou a que papai nos criasse na fazenda, contei-lhe. Quando eu tinha sete anos e Tim três, papai voltou a se casar, com uma mulher que tinha filhos mais velhos. Mas eu continuei a ser a mãezinha do Tim.

E então me ocorreu uma coisa:

Se bem que, agora, acho que os papéis estão trocados, porque eu saio para trabalhar, feito um homem, e Tim fica em casa, planejando o jantar.

Bridie deu uma risada: Que bom para você.

Pensei no cartaz visto de manhã: *Evitem rir ou conversar de perto*. E disse: Ah, eu sou grata, pode acreditar.

Eu quero dizer que é bom para vocês dois. Por terem e cuidarem um do outro.

Delia Garrett perguntou, em tom ríspido: Se vocês, amiguinhas, não estiverem muito ocupadas, será que posso incomodá-las para me darem outro uísque quente?

É claro, sra. Garrett.

Mary O'Rahilly estava chorando baixinho, notei. Seria por causa da dor ou da espera?

Peguei um pano úmido e enxuguei seu rosto. Vamos tentar sentar lá na cadeira de novo, fazendo mais pressão em seus quadris?

Mas a dra. Lynn entrou, com o mesmo colarinho, a mesma gravata e a mesma saia da véspera. Cumprimentando-nos, disse: Bem, mais um dia de batalha, Deus nos abençoe.

Apressei-me a pegar os prontuários das três pacientes, colocando o de Mary O'Rahilly em cima.

Delia Garrett interrompeu com voz trovejante, antes que eu pudesse dizer alguma coisa: Quero ir para casa.

A médica respondeu: É claro que sim, pobrezinha. Mas a dura realidade é que a semana seguinte ao parto, na verdade, é *mais* perigosa para a saúde do que a semana anterior a ele.

(Pensei na minha mãe segurando Tim pela primeira vez. Pensei em todas as mães dessas enfermarias que eu tinha visto sorrirem para seus recém-nascidos antes de terem um acesso de tremores no segundo dia e morrerem no sexto.)

Delia Garrett pressionou os olhos inchados com a base das mãos: Eu nem sequer tive uma droga de um filho.

A dra. Lynn assentiu: Agora sua filha está nos braços de Deus, e devemos nos certificar de que o sr. Garrett e suas meninas não percam a senhora também.

Delia Garrett fungou e cedeu.

Em seguida, a médica auscultou o peito de Honor White e me mandou dar-lhe xarope de heroína.

Arfante, veio a resposta: Eu não tomo tóxicos.

Minha cara mulher, é medicinal. Nós o usamos para acalmar a tosse nos casos graves de problemas brônquicos.

Mesmo assim.

A sra. White é Pioneira, murmurei.

A dra. Lynn retrucou: O meu tio também, mas ele toma o que é receitado.

Honor White insistiu, chiando: Sem tóxicos.

Um suspiro fundo. Então aspirina de novo, enfermeira Power, porém não mais de quinze grãos, e limonada quente, suponho.

Por fim, a médica esterilizou as mãos, calçou as luvas e foi até o leito do meio examinar Mary O'Rahilly. Coloquei a moça na posição, deitada de lado, com as nádegas para fora da borda da cama.

Ah, agora estamos chegando a algum lugar!

A dra. Lynn tirou as luvas.

Ajudei Mary O'Rahilly a se deitar de costas. Ela baixou os olhos para a proa volumosa de sua barriga.

A médica me disse: Ela chegou à fase de forçar a expulsão, de modo que pode tomar o clorofórmio agora, quando não há risco de que ele torne as coisas mais lentas.

Mary O'Rahilly fechou os olhos e produziu um zumbido baixo de protesto, à medida que a dor voltou.

Na saída, a dra. Lynn acrescentou: Mas diminua a dose perto do final, sim?

Assenti. Sabia que a droga poderia entrar no bebê e prejudicar sua respiração.

Tirei o clorofórmio da prateleira, pinguei uma colherada na esponjinha de um inalador e o entreguei a Mary O'Rahilly: Inale um pouco disso sempre que sentir necessidade.

Ela aspirou o inalador com força.

A senhora está bem dilatada por dentro, finalmente.

Estou?

Agora, sua melhor posição é do lado esquerdo, com os pés na cabeceira da cama, para poder fazer força contra este travesseiro aqui.

Fui mexendo na roupa de cama, tirando-a do caminho.

Desajeitada, Mary inverteu sua posição no leito.

Vou amarrar esta toalha comprida perto da sua cabeça para a senhora poder puxar, eu lhe disse. Espere a próxima contração e se prepare para fazer força.

Era tão longa a minha familiaridade com a dor de outras mulheres que eu quase podia farejar sua aproximação. Instruí: Olhe para seu peito, sra. O'Rahilly. A senhora vai prender a respiração e puxar a toalha com toda a força, como se badalasse um sino de igreja. Vamos lá. Força!

Ela obedeceu, a garota exausta; trincou os dentes e fez uma boa tentativa, considerando que nunca tinha tentado aquilo na vida.

Logo depois eu disse: Foi um começo. Agora descanse um minuto.

De repente, ela se lamuriou: O sr. O'Rahilly não vai gostar que eu fique longe todo esse tempo.

Meu olhar encontrou o de Bridie, do outro lado da cama, e uma onda de riso avolumou-se em minha garganta.

Não se preocupe com ele, sra. O'Rahilly. Como é que a senhora pode pôr o neném dele para fora mais depressa do que ele quer vir?

Eu sei, mas...

Bridie pôs as mãos sobre as da mulher em trabalho de parto, na alça de toalha.

Tire tudo isso da cabeça. Hoje a senhora não tem mais nada a fazer a não ser isto.

O suor brotou na testa de Mary O'Rahilly, que se debateu entre os lençóis: Não consigo.

É claro que consegue. Está vindo de novo. Força!

Mas ela havia perdido o controle dessa contração; a onda estourou em sua cabeça. Ela se contorceu, soluçou e tossiu: Eu não sei mesmo como fazer, enfermeira, sou muito burra.

Meu olhar correu para Bridie. Nada disso, sra. O'Rahilly. A natureza sabe.

(*Sabe servir a seus próprios fins*, eu não disse. Tinha visto a natureza quebrar uma mulher feito uma casca de noz.)

Estarei bem aqui para ajudar, não vou a lugar nenhum, prometi.

Mary O'Rahilly disse: E a Bridie.

Bridie confirmou: Isso mesmo.

Dei à moça o inalador de clorofórmio, para que ela o aspirasse.

Oh, oh...

Mary O'Rahilly foi tomada pela contração seguinte.

Faça força!

Ela prendeu a respiração até ficar com o rosto roxo, zumbindo entre os dentes trincados.

Sussurrei em seu ouvido: Poupe suas forças. Relaxe o mais que puder entre uma contração e outra.

Mas houve apenas dois minutos de intervalo.

Bridie e eu movimentamos as pernas de Mary O'Rahilly nas articulações, enquanto ela tossia e arquejava. Girei sua pelve e fiz pressão em seu quadril, mas nada disso pareceu diminuir a dor.

Ela disse, arquejante: Cadê o negócio de respirar?

Devolvi-lhe o inalador, borrifado com mais clorofórmio. Verifiquei seu pulso, temperatura e ritmo respiratório.

As ondas continuaram a vir, cada vez maiores. Tentei todos os meus truques. Massageei o maxilar travado de Mary O'Rahilly. Quando ela teve cãibra na panturrilha direita, mandei Bridie fazer uma massagem.

Assim se passaram quarenta minutos, vi pelo relógio.

Bridie sussurrou no meu ouvido: Quantas vezes ela tem que fazer força?

Não há nenhuma regra, admiti.

A voz de Mary O'Rahilly foi quase inaudível: Acho que vou vomitar.

Bridie correu para buscar uma bacia.

Nos quinze minutos seguintes, comecei a me preocupar. O feto não parecia estar vindo. O rosto contorcido de Mary O'Rahilly me dizia que o trabalho prolongado estava acabando com suas forças — e, é claro, ela também tinha que combater a gripe.

Chamei Bridie à parte: Vá procurar a dra. Lynn, sim? Diga que faz uma hora que a sra. O'Rahilly está fazendo força. Ou, não, espere...

Era comum o primeiro parto exigir duas horas de esforço. Como definir o que estava me incomodando? Perguntei a mim mesma se seria um caso de inércia uterina — será que as contrações dessa moça cansada simplesmente não tinham força suficiente para fazer o feto descer pelo canal? Ou haveria alguma coisa bloqueando o caminho? A lista de checagem de perigos correu em minha mente: edema, rompimento, hemorragia, infecção.

Acrescentei no ouvido de Bridie: Diga à médica que receio que ela possa estar obstruída. Será que você se lembra da palavra?

Obstruída, ela repetiu.

E disparou porta afora.

A essa altura eu estava apavorada, mas não podia deixar minhas pacientes perceberem. Não que as outras mulheres estivessem prestando mais atenção em mim do que conseguiam evitar; Honor White rezava de olhos bem fechados e Delia Garrett estava num torpor alcoolizado, o peito enfaixado parecendo um barril, tanto quanto o de um homem.

Pus o joelho nas costas de Mary O'Rahilly e a escorei, enquanto seus pés faziam força contra os travesseiros.

Quando Bridie voltou, havia dois homens atrás dela, ambos de jaqueta bem abotoada e usando um capacete alto, ovalado, marcado por uma estrela.

Encarei-os, fiquei de pé e joguei um lençol sobre Mary O'Rahilly: Como se atrevem a invadir este lugar? Fora, fora! Esta é uma enfermaria feminina.

Os homens da Polícia Metropolitana de Dublin recuaram apenas até a porta. O policial mais baixo disse: Estamos procurando...

O mais alto se intrometeu: O que nós queremos é a médica. Lynn. Temos um mandado. (Deu um tapinha no bolso da jaqueta.) Crimes de guerra.

Inseguro, o primeiro sujeito perguntou: Aqui é a maternidade?

Eu estava prestes a lhe dizer que a enfermaria principal ficava no andar de cima. No entanto, se eles eram estúpidos a ponto de acreditar que um hospital daquele tamanho podia ter apenas três mulheres em sua maternidade, por que eu deveria corrigi-los? Estendi a mão para o berço que esperava: O que acha?

O mais alto franziu o cenho e ajeitou a tira sob o queixo: Então onde encontraríamos essa sra. Lynn?

Como é que eu vou saber?

A verdade era que eu não podia prescindir da médica, não nesse momento, quando não havia nenhum obstetra no prédio. Se eles a detivessem — se a prendessem ou tornassem a deportá-la para a Inglaterra —, o que aconteceria com Mary O'Rahilly? O bem-estar da minha paciente vinha primeiro, e a política simplesmente teria que esperar.

Perguntei: Que mandado é esse?

O policial pegou o seu pedaço de papel: "Defesa da Norma Catorze (b) do Reino", leu, gaguejando um pouco, "suspeita de agir ou ter agido ou estar prestes a agir de maneira prejudicial à segurança pública".

Que diabo significa isso?

Bridie inspirou para falar.

Lancei-lhe um olhar sério.

Ela disse: Eu fui lá em cima agora mesmo e não consegui encontrar a dra. Lynn.

Os ombros do primeiro policial arriaram: Muito bem. Da próxima vez que ela vier, digam que ela é obrigada a se apresentar — a se entregar no Castelo de Dublin, com urgência.

Certamente, policial, respondi.

Com a cabeça virada de lado, nos pés do colchão, Mary O'Rahilly observava o desenrolar dessa cena com medo nos olhos. Mas, nesse momento, foi tomada por uma contração. Puxou a alça da toalha e soltou um longo gemido.

Os policiais fugiram.

Dessa vez, levantei o pé direito da paciente e o apoiei no meu quadril, enquanto ela fazia força. Nem sinal de progresso.

Quando tive uma chance, de novo junto à pia, perguntei a Bridie num sussurro: Você inventou aquilo sobre não ter conseguido encontrar a dra. Lynn?

Um ar travesso na boca de Bridie: Não exatamente. Disseram que ela estava em cirurgia e que iam lhe mandar um recado.

Mary O'Rahilly tornou a gritar.

Voltei correndo. Apalpei seu abdome e usei a corneta acústica para verificar se o batimento cardíaco fetal continuava firme. Já fazia — consultei meu relógio — mais de uma hora e quinze minutos, e a cabeça não dava a minhas mãos a sensação de ter descido nem um centímetro. O que estaria bloqueando o canal?

Quanta confiança nos olhos azul-claros de Bridie, voltados para mim como se eu soubesse tudo, como se tudo fosse possível para mim e minhas mãos sortudas.

A bexiga. Mary O'Rahilly não a tinha esvaziado durante meu plantão.

Bridie, uma comadre, agora mesmo, por favor.

Convenci a paciente a se apoiar de lado no quadril e pus o objeto embaixo dela: Tente soltar a urina. Nem que seja uma gota.

Ela soluçou e tossiu: Não tem nada.

Perguntei-me se a cabeça do feto estaria bloqueando a uretra, impedindo o fluxo do líquido.

Disse a Mary O'Rahilly: Vou soltá-la para a senhora.

(Descrição muito simplista de um procedimento delicado. Mas, na falta de um médico, eu tinha que tentar.)

Tornei a fazer Mary O'Rahilly deitar-se sobre o lado esquerdo. Em seguida, corri até a pia para esterilizar as mãos e encontrar um cateter esterilizado, além de um vidro de solução carbólica.

A paciente estava com o queixo encostado no peito, os dentes arreganhados. Ofegou, com os olhos esbugalhados.

Passada a dor da contração, eu lhe disse: A senhora está indo maravilhosamente bem.

Ela soltou um arquejo quando derramei o desinfetante frio sobre suas partes íntimas.

Sem emitir um som, movi os lábios para Bridie: *Segure-a.*

Bridie pôs as mãos nos tornozelos da jovem paciente.

Sra. O'Rahilly, fique bem quietinha por um instante, por favor...

Eu já havia inserido um cateter em ocasiões anteriores, mas não com frequência, e nunca numa mulher arrasada pelo trabalho de parto.

Vai arder, eu lhe disse, mas é só por um instante.

O rosto dela contraiu-se. De alguma forma, encontrei a abertura e introduzi a extremidade lubrificada, um centímetro. Ela soltou um grito agudo.

Mas e se estivesse tudo deformado, comprimido pelo crânio pequenino — e eu perfurasse a bexiga? Fechei os olhos, respirei fundo. Introduzi o cateter no...

A urina, cor de chá fraco, esguichou por todo o meu avental. Mais que depressa, apontei minha extremidade do cateter para a comadre seca.

Bridie exclamou: Você conseguiu!

Agora Mary O'Rahilly estava urinando como um soldado, como um cavalo, como uma nascente na montanha. Quando o fluxo se extinguiu, retirei o tubo e Bridie levou a comadre para a pia.

Afastei o cabelo preto dos olhos de Mary O'Rahilly e lhe disse, com mais convicção do que sentia: Isso deve ajudar.

Ela fez um débil aceno afirmativo.

O tempo passou e não ajudou. Nada ajudava.

Pensei num enema, mas decidi que ela andara comendo tão pouco que provavelmente não havia nada em seu intestino. As contrações continuaram vindo a cada três minutos — uma tortura com a regularidade de um relógio. Apesar de todos os esforços de Mary O'Rahilly, nada em sua enorme corcova esticada parecia estar descendo. Estaria a cabeça presa na borda da pelve? Nada se modificava, exceto o fato de que a moça estava ficando mais mole e mais pálida.

Tentei clarear a mente confusa e me lembrar exatamente do que haviam me ensinado sobre o trabalho de parto obstruído. A causa podia ser *a passagem, o passante ou as forças* — talvez a pelve de Mary O'Rahilly fosse pequena demais, ou malformada, ou a cabeça do feto fosse grande demais, ou tivesse um ângulo de apresentação ruim, ou a mãe estivesse esgotada demais para expulsar o feto sozinha.

Por favor, que esse não seja um caso de uso de fórceps. Eles salvavam vidas, mas as mães e os bebês que eu tinha visto mutilados...

Pus a mão na testa de Mary O'Rahilly — sem febre. Mas, quando medi seu pulso, estava a mais de cem, e fraco.

O pânico cresceu dentro de mim. Entre a gripe e o esforço do trabalho de parto, ela estava entrando em choque.

Solução salina intravenosa.

Eu disse a Bridie: Fique com ela.

Das bandejas esterilizadas da prateleira superior peguei uma agulha longa, um tubo e uma pera de borracha. Enchi uma tigela até a marca de um litro, com água quente da panela, coloquei as medidas de sal e a esfriei até a temperatura ambiente, acrescentando um pouco de água fria.

Quando amarrei uma ligadura de categute acima do cotovelo direito de Mary O'Rahilly e apertei até uma veia azulada saltar, ela mal pareceu perceber. Obedecendo à contração seguinte, agarrou a toalha enrolada e empurrou os pés com meias contra a grade descoberta. (O travesseiro tinha caído no chão, mas eu não podia alcançá-lo.)

Injetei a solução salina tépida e a bombeei para dentro o mais depressa que pude.

Segurando o pulso da paciente, contei durante quinze segundos e multipliquei por quatro. A pulsação já estava caindo para noventa; bom. Mas será que a força tinha aumentado?

O que está fazendo, enfermeira Power?

Era o dr. MacAuliffe, com seu elegante terno preto.

Diabo. Eu precisava da dra. Lynn, com toda a sua experiência em maternidades. A não ser que ela já tivesse sido presa — será que tinha topado diretamente com os homens de azul?

Informei: Dei uma solução salina à sra. O'Rahilly, para evitar o choque.

Tirei a cânula de seu braço e pus no local um curativo novo. Pressione bem aqui, por favor, Bridie.

Por que ela está virada ao contrário na cama?, quis saber MacAuliffe.

Para poder fazer força com os pés na grade da cabeceira.

Ele já estava ensaboando e esfregando as mãos na pia. Dei-lhe um par de luvas esterilizadas.

Com a mão direita dentro de Mary O'Rahilly, MacAuliffe esperou a contração seguinte e usou a mão esquerda para pressionar com força a parte superior do útero.

Ela soltou um gemido longo.

Mordi o lábio. Não se podia simplesmente empurrar um bebê para fora da mãe, isso poderia causar lesões em ambos. Eu tinha visto úteros perfurados ou virados do avesso pelo manuseio bruto. Mas dizer isso seria insubordinação.

Você disse que ela está tentando há uma hora e quarenta e cinco minutos, enfermeira? A cabeça já deveria ter descido muito mais.

Resisti à vontade de dizer: *Foi por isso que chamei um médico.*

Hmm, disse MacAuliffe, está claro que há uma desproporção.

A palavra que eu sempre temera ouvir — desproporção entre uma mulher estreita e um feto cabeçudo.

Ele prosseguiu: Calculo que o diâmetro occipitofrontal tenha quatro a cinco polegadas e que a saída pélvica tenha bem menos de quatro, mas não posso ter certeza sem tirar medidas minuciosas com um pelvímetro de Skutsch. Provavelmente isso exigiria anestesia geral.

Essa garota poderia morrer a qualquer minuto, e ele queria anestesiá-la para poder brincar com instrumentos e fórmulas a fim de determinar a proporção exata do problema?

MacAuliffe continuou: Mas, em resumo, creio que é hora de intervir cirurgicamente.

Olhei para ele, pensando: *Como, aqui, numa enfermaria improvisada para febre, onde mal há algumas polegadas entre os catres?*

O médico murmurou: A taxa de mortalidade nas cesarianas é tão alta que eu preferiria tentar uma sinfisiotomia. Ou, na verdade, melhor ainda, uma pubiotomia.

Fiquei desolada. Essas operações para alargar a pelve eram comuns nos hospitais irlandeses, porque não deixavam cicatrizes no útero nem limitavam gestações futuras. De fato, a pubiotomia levava uma vantagem em relação à cesariana: era menos provável que matasse Mary O'Rahilly, mesmo sendo realizada apenas com anestesia local, numa cama de campanha e por um jovem cirurgião geral que a havia aprendido num diagrama. No entanto, significaria duas semanas e meia com a paciente deitada ali, com as pernas atadas, e poderia muito bem causar danos; eu tinha ouvido histórias de pacientes que ficaram mancas, com secreções ou dores permanentes.

Tentei pensar em como enunciar minhas objeções.

Mary O'Rahilly fazia força e gemia, porém baixinho, como se tentasse não chamar atenção.

MacAuliffe inclinou-se para a linha de visão da jovem e disse: Vou anestesiar a área e fazer seu parto agora, sra. O'Rahilly. É um procedimentozinho simples que significa que a senhora não terá mais problemas para ter esse bebê nem seus futuros irmãozinhos.

Ela o fitou, piscando, apavorada.

Esse homem não deveria avisá-la de que estava prestes a serrar ao meio seu osso pubiano?

Eu não deveria?

Implorei: Dr. MacAuliffe...

Recado para a senhora, enfermeira Power.

Girei nos calcanhares e deparei com a enfermeira recém-formada de antes, ofegando na porta.

Qual é?

A dra. Lynn perguntou se a senhora tentou a Walcher.

Val-quero? Não entendi as sílabas disparatadas. E então elas se transmudaram em alemão e fizeram sentido.

Perguntei a MacAuliffe, quase gaguejando na minha pressa: E a posição de Walcher, doutor, será que ela não pode abrir um pouco a pelve e trazer a cabeça para baixo?

Ele fez um muxoxo irritado: Talvez, mas a esta altura...

A enfermeira novata acrescentou: Ah, e estão solicitando a sua presença com urgência na enfermaria masculina de febre, dr. MacAuliffe.

Agarrei a chance e disse, no meu tom mais humilde: Que tal eu experimentar a posição de Walcher com ela enquanto o senhor vai lá, só para ver se pode ser de alguma ajuda, antes da cirurgia?

Os olhos de Mary O'Rahilly nos fitavam, passando de um para outro.

O jovem cirurgião deu um suspiro: Bem, de qualquer modo preciso buscar uma serra de Gigli. Mas deixe-a preparada, sim?

No instante em que ele saiu, em vez de raspar, lavar e desinfetar Mary O'Rahilly para uma pubiotomia, tirei da prateleira o *Manual de parturição* de Jellett. Folheei o livro, mas minhas mãos tremiam tanto que não consegui encontrar a página que descreveria a posição de Walcher. Tive que procurar a letra W no índice remissivo.

"Posição em decúbito dorsal raramente usada...", capaz de estimular a pelve a se alargar meia polegada, li. "Não empregar por mais de duas a quatro contrações uterinas, ou um quarto de hora." Seria por machucar muito a mulher? O dr. Jellett não dizia.

As instruções de posicionamento requeriam uma mesa cirúrgica, ou pelo menos um leito hospitalar que pudesse elevar-se em alguma das extremidades. Eu tinha um catre baixo e ordinário.

Mas era aberto nos pés, e havia espaço para que as pernas dela ficassem penduradas; logo, tudo que eu precisava fazer era levantá-lo.

Vamos colocá-la em pé um minutinho, sra. O'Rahilly.

Ela resistiu; deixou-se arriar; lamuriou-se em meus braços.

Eu disse, com voz calma: Bridie, você pode olhar naquele armário de baixo e pegar os encostos de cama...

Quais?

(Ela já estava lá.)

Todos. Coloque-os embaixo da extremidade desse colchão, para levantá-lo o máximo que puder.

Era impossível que Bridie tivesse entendido o que eu pretendia fazer, mas ela não perguntou mais nada, apenas levantou o colchão e foi encaixando os encostos, um em cima do outro, sobre a armação da cama, como se fosse um quebra-cabeça.

Outra contração apoderou-se de Mary O'Rahilly. Segurei-a por baixo dos braços enquanto ela gritava, se abaixava e amolecia. Eu sabia que devia medir seu pulso, para ver se ela estava entrando em choque de novo, mas nenhuma de minhas mãos estava livre.

Eu disse a Bridie: É isso.

Ou melhor, teria que ser, já que não havia mais encostos.

Ela deixou arriar o colchão, que ficou inclinado como se tivesse havido um terremoto. Os lençóis estavam soltos, mas Bridie os esticou.

Era sorte Mary O'Rahilly ser tão miúda; o arranjo enlouquecido nunca teria funcionado com uma mulher alta. Eu disse: Vamos colocar as nádegas dela na ponta da cama e deixar as pernas penduradas.

Bridie me encarou, mas, em seguida, ajudou-me a colocar a jovem paciente no lugar.

Ao se ver com os quadris levantados acima da cabeça, as costas arqueadas, desamparada como um inseto preso por um alfinete embaixo do seu barrigão, Mary O'Rahilly soltou um gemido alto: Não!

Confie em mim, eu lhe disse. O peso das suas pernas vai ajudar a alargar seu canal, para que o bebê possa descer, para deixá-lo sair.

(Isso fazia parecer que Mary O'Rahilly era a captora, mas também não era prisioneira?)

Ai, ai, mas a dor está voltando...

Soltou um grito alto o bastante para ser ouvido por todo o corredor. Soluçou, não conseguiu recobrar o fôlego: Vou me quebrar em duas!

Eu era uma torturadora, trucidando a menina na roda. *Não mais que duas a quatro contrações uterinas.* Isso significava que eu deveria desistir depois de duas? Três? Quatro? Esperar que MacAuliffe chegasse com sua serra para fazer sua carnificina necessária?

A senhora vai ficar bem, sra. O'Rahilly.

Mas não havia alívio para essa menina, não havia trégua. Ela era um canoísta enfrentando as corredeiras; nada se interpunha entre ela e seu destino. O ar na enfermaria apertada parecia espetar de tanta estática.

Segure-a para que ela não escorregue, Bridie.

Dobrei-me e agachei-me entre os pés pendurados de Mary O'Rahilly. Fixei o olhar na violenta flor vermelha de sua genitália: Desta vez empurre com toda a força que tiver, sra. O'Rahilly. Agora!

Enquanto ela rosnava e ofegava, um disco escuro revelou-se, apenas por um momento.

Eu lhe disse: Vi a cabeça! Mais um empurrão forte. A terceira vez é a que dá sorte.

Desabada, ela mal sussurrou as palavras: Não consigo.

Consegue, sim, a senhora está ótima.

Tive então uma ideia maluca e fiquei de pé: A cabeça do seu bebê está bem aqui. Se a senhora pudesse senti-la...

Com o rosto vermelho, Mary O'Rahilly se contorceu e arfou.

Segurei sua mão direita, para estar preparada.

A dor espreitou ao redor dela, recuou, esperou, atacou.

Força!

Dessa vez, porém, puxei a mão da paciente, contornando a barriga, até colocá-la entre as coxas afastadas. Não era higiênico, mas talvez fosse exatamente do que ela precisava. Assim que vislumbrei o círculo preto, encostei nele os dedos da moça.

O rosto de Mary O'Rahilly petrificou-se com a surpresa.

Nessa breve pausa, endireitei-me. Um pedacinho de crânio do tamanho de uma moeda de xelim ainda era visível.

Num arquejo, ela disse: Eu senti o cabelo.

O mesmo cabelo preto da senhora, confirmei.

Agora que o bebê estava coroando, eu podia tirar Mary O'Rahilly da posição de Walcher. Levantei sua perna direita e encostei a sola de seu pé na minha barriga.

Tire os encostos, Bridie.

Ela os puxou da cama.

O colchão arriou num solavanco, e com ele Mary O'Rahilly. Pus um dos encostos atrás de sua cabeça e a ajudei a erguer o corpo, até ficar semi-inclinada.

É para eu botar os encostos de volta...

Deixe-os para lá, Bridie. Apenas segure a outra perna dela para mim.

Ela contornou depressa a cama e levantou a perna esquerda de Mary O'Rahilly.

Encolhida contra a parede, no catre da esquerda, Honor White estava hipnotizada.

Está vindo, sra. O'Rahilly.

Ela prendeu a respiração e chutou os pés com tanta força que cambaleei para trás.

Uma cabeça cônica, pegajosa de sangue, virada de lado para o outro extremo da sala.

Bridie exclamou: Minha nossa!

Metade para dentro, metade para fora; sempre um momento estranho entre dois mundos. A cor era boa, mas eu não saberia dizer mais nada. Anunciei: A cabeça está aqui. Está quase acabando, sra. O'Rahilly.

Enquanto falava, fui procurando o cordão umbilical. Para não introduzir germes, não usei o dedo, apenas inclinei o rostinho para a espinha dorsal da mãe e... Sim, ali estava o cordão, enrolado no pescoço. Nessa posição, ele poderia manter o corpo amarrado do lado de dentro, ou poderia ser comprimido, o que deixaria o bebê sem suprimento de sangue; de um modo ou de outro, eu tinha que soltá-lo. Pelo menos dera apenas uma volta em torno do pescoço. Puxei-o até ficar comprido o bastante para que eu pudesse passá-lo por cima do crânio pequenino.

Um médico apressado seguraria a cabeça nesse momento e tiraria manualmente o corpo, mas eu tinha sido mais bem instruída. *Observe e aguarde.*

Na contração seguinte, eu disse: Agora, vamos lá, traga seu bebê para fora!

Mary O'Rahilly ficou roxa.

A coisa mais extraordinária, que eu já tinha visto inúmeras vezes e nunca me cansava de ver: a cabeça pontuda, virada para baixo como a de um nadador, e o bebê mergulhando em minhas mãos. Vivo.

Bridie riu como se estivesse num espetáculo de mágica.

Enquanto eu limpava o nariz e a boca da criança, ela já choramingava, a respiração animando a carne molhada. Uma menina. Pernas fininhas, genitália escura e inchada.

Parabéns, sra. O'Rahilly. A senhora tem uma bela menina.

Mary O'Rahilly deixou escapar alguma coisa entre uma tosse e uma risada. Talvez não conseguisse acreditar que a tarefa impossível estava terminada. Ou que, agora, *menina* era a palavra para designar sua filha pequena, nunca mais ela própria, nos seus dezessete anos.

Enquanto esperava que o grosso cordão azul parasse de pulsar, examinei os dados básicos da recém-nascida — todos os dedos das mãos e dos pés, nada de língua presa ou moleira funda, nem ânus não perfurado ou displasia no quadril. (Quase todo bebê nascia perfeito, mesmo vindo de mulheres que carregavam cada estigma da pobreza, como se a natureza predestinasse os bebês a pegarem tudo de que precisavam, qualquer que fosse o custo para as mães.) Nenhum sinal de asfixia, apesar das horas em que a criança estivera imprensada contra o osso pélvico. Nenhum sinal de que a doença da mãe tivesse feito algum mal à neném.

O cordão umbilical despejou sua última gota de sangue e se imobilizou. Deitei a menininha de bruços sobre a barriga amolecida da mãe, para ficar com as mãos livres. Os dedos da sra. O'Rahilly deslizaram de mansinho para tocar na pele pegajosa.

Amarrei ligaduras em volta do cordão umbilical, em dois pontos, e em seguida o cortei. Embrulhei a neném num pano limpo e a entreguei a Bridie para que a segurasse.

A jovem ruiva estava ruborizada, num entusiasmo exuberante: Ah, isso foi incrível, Julia.

Mary O'Rahilly implorou: Pode me mostrar?

Bridie segurou a menina baixo o bastante para a mãe lhe dar uma boa olhada.

Antes que Mary O'Rahilly perguntasse, expliquei: Eles saem com o crânio ligeiramente pontudo quando a viagem é demorada, mas ele se arredonda em poucos dias.

A paciente assentiu, extasiada. Tinha no olho esquerdo um respingo vermelho, onde havia rompido um vaso sanguíneo com o esforço, vi nesse momento.

Honor White manifestou-se com voz asmática, na cama da esquerda: Aquele que dá mais trabalho é o que a mãe mais ama.

Olhei para ela.

É um ditado, ela acrescentou.

Talvez fosse da parte do país de onde ela vinha; eu nunca o tinha ouvido. Pensei no problema, em diversos sentidos, que o primeiro bebê de Honor White devia ter lhe trazido, e em todos os novos problemas que a esperavam.

Mary O'Rahilly afagou o topo da cabeça cônico-arredondada de sua recém-nascida. A orelha delicadamente construída. Tão pequenina!

Ah, ela é novinha em folha, eu lhe disse.

Eu não tinha nenhuma balança ali, mas a bebê me pareceu ter um bom tamanho.

Cinco minutos depois, a placenta saiu espontaneamente de Mary O'Rahilly, inteira e com aspecto saudável. Nem mesmo um sangramento. E, depois de tudo por que havia passado, essa primípara mal tinha uma laceração; desinfetei o corte pequeno, mas não era nada que não pudesse curar-se sozinho. Sua pulsação havia descido em segurança para oitenta e poucos batimentos.

Pus a neném no berço e mandei Bridie buscar outro daqueles absorventes gelados de musgo: Ah, e mande dizer ao dr. MacAuliffe que a sra. O'Rahilly deu à luz por si só, disse eu, satisfeita.

Sentei a paciente na posição de Fowler, com as costas elevadas, para deixar que todos os seus fluidos escoassem, e atei-a com uma faixa abdominal de compressão, bem como com um suporte para os seios, para a hora de amamentar, com abas de gaze sobre os grandes mamilos marrons. Vesti-lhe uma camisola limpa e cobri seus ombros com um xale.

Honor White estava tossindo muito, um som de martelo batendo em metal laminado. Dei-lhe uma dose de ipecacuanha e mais limonada quente.

Sra. Garrett, precisa de alguma coisa?

Mas Delia Garrett tinha virado o rosto para a parede. Um bebê vivo, era disso que ela precisava.

Voltei para a neném e limpei seu rosto e o interior de sua boca com um pano estéril. Pinguei duas gotas de nitrato de prata em cada olho. Não havia sinal de febre, coriza, congestão nem letargia; a menina parecia ter se separado da mãe sem pegar a gripe dela. Com a ajuda de Bridie, dei o primeiro banho na neném, na pia — removi o revestimento branco, que lembra um queijo gorduroso, usando azeite de oliva e uma flanela. Ensaboei-a com uma esponja macia, enxaguei-a na água morna e a enxuguei com palmadinhas de uma toalha macia.

Bridie apontou o toco amarrado do cordão umbilical: Você não vai tirar esse negócio?

Não, daqui a uns dias ele vai secar e cair sozinho.

Polvilhei o coto e lhe pus um curativo, antes de vestir a cinta minúscula que daria sustentação à bebê, do quadril às costelas. Coloquei-lhe uma fralda, acrescentei uma camiseta ajustável, anágua e um vestido quentinho, além de meias de tricô.

Voltei para a mãe: Agora, sra. O'Rahilly, a senhora merece um sono gostoso e prolongado.

A jovem mãe fez força para se levantar mais na cama: Primeiro, posso ver a neném de novo?

Segurei a criança bem perto, para que ela examinasse todos os detalhes.

Mary O'Rahilly estendeu as mãos para pegar a trouxinha do meu colo.

Em tempos normais, isolaríamos a recém-nascida de sua mãe doente e a mandaríamos direto para o berçário, mas eu era forçada a supor que deviam estar com escassez de pessoal lá em cima, e os bebês alimentados com mamadeira geralmente não se desenvolviam tão bem quanto os amamentados pela mãe. Em suma, achei que essa neném se desenvolveria melhor se ficasse com a mãe, mesmo numa enfermaria de febre atravancada.

Está bem, disse eu, mas tome cuidado para não tossir nem espirrar em cima dela.

Não vou, eu juro.

Esperei para ter certeza de que a jovem mãe mantinha a bebê segura em seu colo. Ela parecia mesmo saber instintivamente o que estava fazendo.

Perguntei: O sr. O'Rahilly vai ficar encantado, não é?

Uma lágrima desceu, cintilando, ficou pendurada no queixo da moça, e desejei não ter mencionado o marido. Será que ele queria um menino, era isso?

A neném soltou um leve gemido.

A senhora gostaria de tentar amamentá-la agora?

Mary O'Rahilly mexeu em seus cordões.

Ajudei-a a desamarrar a camisola. Levantei a aba de gaze que cobria um mamilo enorme: Faça cócegas com ele no lábio superior da neném.

A moça ficou acanhada: É mesmo?

Delia Garrett disse: É isso que faz com que eles abram a boca.

Estava apoiada sobre um cotovelo, observando com uma expressão indecifrável.

Assim?, perguntou Mary O'Rahilly, olhando para sua vizinha, sem deter os olhos em mim.

Delia Garrett fez que sim: E, no instante em que ela abrir bem a boca, amasse-a na mama.

Chegado o momento, Mary O'Rahilly comprimiu o rostinho em seu seio, e eu acrescentei mais força com a mão em concha, dizendo: Isso mesmo, bem firme.

A jovem mãe deixou escapar um arquejo.

Está doendo?, perguntou Delia Garrett. Pode doer, nas primeiras semanas.

Não, é só...

Mary O'Rahilly não tinha palavras.

Pessoalmente, eu nunca tinha sentido um bebê pegar meu seio, de modo que só podia imaginar a sensação daquela trava de gengivas. Uma função cansativa mas urgente, a escavação de um buraco por uma minhoca no solo escuro?

Não vou sufocar a neném?, indagou Mary O'Rahilly.

Delia Garrett respondeu: Sem chance.

Ao observar Mary O'Rahilly com sua filha, Bridie exibiu uma expressão suave, mas inquieta.

Perguntei-me se ela teria sido amamentada pela mãe, aquela que tinham lhe dito que não fora capaz de criá-la. Na verdade, teria Bridie visto a amamentação acontecer algum dia, tendo crescido numa estranha sociedadezinha de crianças enjeitadas?

As coisas estavam lindamente calmas. A neném logo adormeceu na teta — não havia muito que sugar nos primeiros dias —, mas Mary O'Rahilly não quis perturbá-la, nem mesmo para nos deixar trocar sua roupa de cama. Eu sabia que deixar a recém-nascida passar tanto tempo nos braços da mãe poderia aumentar seu risco de contrair a gripe, mas, por outro lado, nada era tão conducente ao sono e ao crescimento de um bebê quanto a amamentação no seio. Tornei a ajeitar o xale em volta da mãe, para manter as duas aquecidas.

Bridie saiu, carregando numa das mãos uma bandeja de coisas sujas para esterilizar e, na outra, um balde de roupa suja para jogar no conduto da lavanderia.

Fiz chá para todas. Delia Garrett quis três biscoitos, o que interpretei como um sinal de vida.

Ao voltar, Bridie bebeu seu chá e suspirou: Maravilha.

Tomei um gole do meu e tentei apreciar o sabor de lascas de madeira e cinzas: Na verdade não é uma maravilha, Bridie. Antes da guerra, as pessoas cuspiriam longe esta droga.

Bom, mas você preparou o chá fresco para nós, ela assinalou. E com três cubos de açúcar.

Fiquei pensando em quantas colheradas as internas da casa matriz teriam permissão de comer — uma cada uma?

E um biscoito.

Você é um tônico, eu disse a Bridie. Exatamente o que o médico receitou. Coma outro biscoito, se quiser — você deve estar meio morta.

Ela sorriu: Nem mesmo um por cento, lembra?

Aceito a correção. Estamos todas cem por cento vivas.

Tomei meu chá, pensando: *Poeira das Índias.*

Pelo canto do olho, vi que Mary O'Rahilly tinha adormecido. Fui até lá, resgatei a neném da curva do braço materno e a coloquei no berço.

Bridie murmurou: Igual à história.

Que história?

Da mãe que volta.

De onde?

Você sabe, Julia. Do outro lado.

Entendi. Essa mãe da história está *morta*?

Ela fez que sim: O bebê não para de chorar, e aí a mamãe volta de lá para dar de mamar a ele.

Eu conhecia algumas histórias de fantasmas, porém não essa. Observei a neném. Por quanto tempo a mãe espectral tinha ficado com seu filho? Não para sempre; isso não seria permitido. Talvez a noite inteira, até o cantar do galo.

Ocorreu-me que a recém-nascida ainda não tinha sido registrada. Encontrei na escrivaninha o formulário em branco da certidão e comecei a fazer um prontuário para ela. Escrevi "O'Rahilly" em "Sobrenome de família" e anotei a hora do nascimento.

Bridie, será que você pode cuidar do forte enquanto vou procurar um médico para assinar isto?

Dei uma parada na porta.

Sei que eu não sei nada, Bridie recitou.

Isso me fez sorrir. Bem, admiti, você sabe um pouco mais do que sabia ontem de manhã.

A irmã Finnigan continuaria escandalizada, pensei ao me encaminhar para a escadaria. Eram muitas as regras que eu estava me acostumando a violar, alterando-as a ponto de ficarem irreconhecíveis, ou interpretando-as mais no espírito que na letra da lei. Apenas *enquanto isso durar*, é claro, *durante o futuro próximo*, como diziam os cartazes. Se bem que eu tinha dificuldade de antever qualquer futuro. Como é que um dia voltaríamos ao normal depois da pandemia? Eu sentiria alívio por ser rebaixada de novo à condição de mera enfermeira, sob a chefia da irmã Finnigan? Grata pelos protocolos conhecidos, ou insatisfeita para sempre?

Retalhos de conversa circulavam à minha volta como espirais de fumaça.

Entre o sexto e o décimo primeiro dias.

(Isso dito por um médico de terno preto a outro.)

Ah, é?

Tipicamente, com essa gripe, quando eles têm que ir, essa é a ocasião.

Com o verbo *ir*, percebi que ele queria dizer *morrer*. Pensei em Groyne e todos os seus expressivos eufemismos para a morte.

Eu poderia ter pedido a qualquer médico para assinar a certidão da recém-nascida, mas continuei a perguntar pela dra. Lynn, até uma enfermeira júnior me encaminhar ao último andar do hospital, a uma sala bem no fim de um corredor. Ouvi uma música suave que vinha de trás da porta, mas ela já estava acabando na hora que bati.

Uma salinha furreca de guardados. A dra. Lynn levantou os olhos da mesa que usava como escrivaninha: Enfermeira Power.

Descobri-me com vergonha de mencionar a polícia. Em vez disso, arrisquei uma pergunta: Eu a interrompi... cantando, doutora?

Uma meia risada: O gramofone. Gosto de elevar meu estado de espírito com um pouco de Wagner, quando ponho a papelada em dia.

Não vi nenhum gramofone.

Ela o apontou, numa cadeira às suas costas: É um modelo sem corneta, ou melhor, a corneta fica escondida na parte interna, atrás de umas tabuinhas. Muito mais agradável aos olhos.

Então aquela era a caixa de madeira que eu a vira carregar na manhã da véspera.

Ah, eu só vim dizer que a Mary O'Rahilly teve o bebê na posição de Walcher, sem nenhuma intervenção cirúrgica.

Bom trabalho!

A dra. Lynn estendeu a mão para a certidão de nascimento. Entreguei-lhe o formulário e ela o assinou. Precisa que eu desça para suturar a mãe, dar uma olhada na criança?

Não, não, as duas estão passando muito bem.

Ela me devolveu o documento e disse: Vou mandar a administração ligar para o marido com a notícia. Mais alguma coisa?

Fiquei por ali, sem jeito. Eu gostaria de saber... Eu deveria ter pensado em usar a posição de Walcher muito mais cedo? Isso poderia ter abreviado o trabalho de parto e impedido que ela entrasse em choque?

A dra. Lynn deu de ombros: Não necessariamente, se ela não estivesse pronta. De qualquer modo, não vamos perder tempo com ruminações e arrependimentos no meio de uma pandemia.

Pisquei e assenti.

Notei uma mancha marrom no colarinho da médica e me perguntei se ela saberia de sua existência. Lá estava o luxuoso casaco de pele, pendurado no encosto da cadeira que segurava o gramofone. Havia também um cobertor de hospital dobrado e um travesseiro, no chão, ao lado da escrivaninha; estaria a substituta filantrópica encontrando abrigo ali, como uma andarilha?

Ela acompanhou meu olhar. Sua voz foi jocosa: Não posso ir muito para casa, nas circunstâncias atuais.

A gripe, a senhora quer dizer?

Ela e a polícia.

Então ela devia saber que a polícia havia irrompido hospital adentro à sua procura. Será que sabia que eu os tinha despistado, por ora? Era embaraçoso demais perguntar.

Disse a dra. Lynn: Hoje em dia, quando tenho que sair, tomo um táxi em vez de dirigir meu triciclo.

Essa imagem fez subirem os cantos da minha boca.

Tenho tentado me passar por viúva de um oficial, usando um casaco emprestado por uma amiga que é casada com um conde, acrescentou, indicando com um gesto desdenhoso o casaco de pele. Finjo ser meio manca da perna esquerda.

Nessa hora, a gargalhada me escapou. Toda aquela situação me fez lembrar uma sequência de pastelão num filme.

Depois, compenetrei-me e disse: Posso perguntar... É verdade? Não a sua perna.

É verdade o quê?

Será que a dra. Lynn ia me obrigar a ser explícita — a indagar por que ela estava sendo procurada?

Ela balançou a cabeça e respondeu: Não, desta vez não. Tudo o que nós do Sinn Féin fizemos na última primavera foi protestar contra o projeto de estenderem o recrutamento militar à Irlanda. Essa suposta trama alemã foi uma ficção para justificar os espancamentos que a polícia nos impôs, com o resultado de que quase todos os meus camaradas estão até hoje presos, sem acusação, em prisões britânicas.

Perguntei a mim mesma se aquilo podia realmente ter acontecido, se a conspiração para contrabandear armas tinha sido uma invenção. Afinal a dra. Lynn não havia negado sua participação na Revolta de 1916, de modo que, se estava alegando inocência na ocasião atual, eu me sentia inclinada a acreditar nela.

Ocorreu-me mais uma coisa. Se ela estava escondida nesse momento, procurando não chamar atenção em sua clínica de gripe nem recebendo pacientes particulares, por que diabos tinha concordado em substituir alguém nesse hospital enorme, onde todos lhe eram estranhos e onde muitos funcionários, como Groyne, ficariam contentes em vê-la ser arrastada de lá usando algemas? Só que... com certeza, até Groyne teria de admitir quanto precisávamos de médicos competentes.

Declarei de repente: Eu os tapeei e toquei para fora hoje à tarde. Digo, os tiras que vieram procurar a senhora.

Ora, foi mesmo? Bem, obrigada.

Estendeu-me a mão, o que me surpreendeu. Apertei-a. Firme e quente.

Minha voz saiu estrídula: Pode ser que eles voltem amanhã. Isto aqui não é seguro para a senhora.

Ah, minha cara menina, lugar nenhum é *seguro*. *A cada dia basta o seu cuidado* e tudo o mais.

Eu já devia ter voltado à enfermaria a essa altura, mas me demorei. Havia na escrivaninha uma foto numa moldura de prata, mostrando a dra. Lynn de braços dados com uma mulher sorridente. É sua irmã?, perguntei.

Veio dela um sorriso torto: Não, receio que minha família tenha tentado fazer com que me declarassem louca quando fui deportada, e até hoje não me deixam passar o Natal em casa.

Sinto muito.

Essa na fotografia é a srta. Ffrench-Mullen, a amiga querida com quem moro — quando não estou acampada em quartos de guardados, bem entendido. Nós nos conhecemos no esforço de ajuda humanitária a refugiados na Bélgica, e ela está financiando minha clínica.

Ficou claro que a dra. Lynn não fazia nada de modo convencional. De repente eu me dei conta de estar sendo indiscreta; resmunguei um agradecimento e tomei a direção da porta.

A bebê da O'Rahilly tentou mamar no seio?

Ah, ela já mamou bem.

Ótimo. Nutrição vinda diretamente de cima. Não que essas mulheres dos cortiços tenham muito a oferecer, acrescentou a dra. Lynn com um suspiro. A bebê vai sugar o tutano dos ossos da mãe e, mesmo assim, terá menos chance de sobreviver ao seu primeiro ano de vida do que um homem nas trincheiras.

Aquilo me horrorizou. Sério?

Com ar severo, ela disse: A mortalidade infantil em Dublin é de quinze por cento — é nisso que dá viver nas moradias mais úmidas e apinhadas da Europa. É uma grande hipocrisia o modo como as autoridades pregam higiene a pessoas forçadas a subsistir como ratos num saco. Ano após ano, recém-nascidos são alistados em seus frágeis batalhões, indefesos contra disenteria, bronquite, sífilis, tuberculose... E a taxa de mortalidade dos filhos ilegítimos é ainda várias vezes maior.

Pensei nos bebês de Honor White. A diferença entre eles e a filha de Mary O'Rahilly dificilmente poderia ser fisiológica. Imaginei que os que nasciam fora do casamento deviam ter muito pouca gente do seu lado, lutando para mantê-los vivos.

A dra. Lynn continuou, furiosa: *Ah, bem, é uma debilidade constitucional*, suspiram as classes abastadas. Mas talvez as crianças dos cortiços não fossem tão desgraçadamente debilitadas se tentássemos fazer a experiência de lhes dar leite limpo e ar puro!

Senti-me muito intimidada, mas também abalada por seu fervor.

Ela inclinou a cabeça, como se me avaliasse. Na nossa proclamação, há um trecho que me é muito caro: *Valorizar igualmente todas as crianças da nação.*

Fiquei rígida à menção do manifesto que os rebeldes haviam colado por toda a cidade, dois anos antes, anunciando sua república imaginária; lembrei-me de ter corrido os olhos por um exemplar (com a parte inferior rasgada) num poste de iluminação encurvado. Retruquei com rispidez: Mas basear a fundação de uma nação na violência?

Ora, Julia Power. Alguma nação já foi fundada de outra maneira?

A dra. Lynn levantou a palma das mãos. E, acrescentou, você diria mesmo que eu sou uma mulher violenta?

Senti o espetar das lágrimas no fundo dos olhos. Eu só não entendo, respondi, como uma médica pode ter recorrido às armas. Quase quinhentas pessoas *mortas.*

Ela não se ofendeu; voltou os olhos para mim. A questão é a seguinte... elas morrem de qualquer maneira, de pobreza em vez de balas. Do modo como é malgovernada esta ilha esquecida por Deus, é um assassinato em massa aos poucos. Se continuarmos a assistir sem fazer nada, nenhum de nós terá as mãos limpas.

Minha mente rodava. Hesitante, eu disse: Eu realmente não tenho tempo para política.

Mas tudo é política, você não sabia?

Engoli em seco. É melhor eu voltar para a enfermaria.

A dra. Lynn assentiu. Mas me diga: o seu irmão, o soldado, ele já voltou para casa?

A pergunta me pegou desprevenida. Sim, o Tim mora comigo. Mas ele... já não é o mesmo.

A dra. Lynn esperou.

Está mudo, se a senhora quer saber. Por enquanto. O psicólogo disse que com o tempo ele deve se recuperar.

(Não era bem mentira, só uma afirmação exagerada.)

A dra. Lynn torceu a boca.

Em tom de acusação, perguntei: O que foi? A senhora acha que ele não se recupera?

Nunca conheci seu irmão, enfermeira Power, mas, se ele esteve no inferno e voltou, como poderia não ter mudado?

Suas palavras foram gentis, mas me arrasaram. Era eu que o conhecia, e não podia negar a verdade do que ela estava dizendo. Eu tinha que encarar os fatos: não era provável que o velho Tim voltasse.

Virei-me para ir embora.

A médica girou a manivela do gramofone.

A música não tinha uma melodia, exatamente. Uma mulher cantando, a princípio muito melancólica, com cordas por trás. Depois, a voz incendiou-se, como lentos fogos de artifício.

Não perguntei, mas a dra. Lynn disse: Chama-se *Liebestod*. Quer dizer *morte de amor*.

Amor pela morte?

Ela balançou a cabeça: Amor e morte ao mesmo tempo. Ela está cantando junto ao corpo do amado.

Eu nunca tinha ouvido nada parecido. O som foi ficando cada vez mais imenso, depois a voz baixou suavemente; os instrumentos continuaram por algum tempo, antes de também pararem.

Na descida da escada, constatei que meus joelhos tremiam sob meu peso. Imaginei que fazia algum tempo desde aquela meia tigela de mingau. Mais alguns minutos longe da enfermaria dificilmente fariam grande diferença, de modo que desci correndo até a cantina do subsolo e enchi uma bandeja para levar de volta à Maternidade/Febre.

Quando entrei, Bridie exclamou: Olhem só para isso!

Como se eu tivesse servido algum banquete.

Correu tudo bem enquanto estive fora?

Nenhum problema, disse ela.

Bom trabalho, respondi, exatamente como me dissera a dra. Lynn.

Nenhuma das pacientes estava com fome, exceto Delia Garrett, que pegou um pouco de pão com presunto. Bridie serviu-se de um prato de ensopado e eu consegui comer um pouco de toucinho com repolho.

Não coma esse pão, Bridie, está com uma mancha de mofo.

Eu tenho um estômago de ferro, ela me garantiu enquanto o levava à boca.

Sinto muito mesmo.

Era Honor White, com a voz dura, seguida por um acesso de tosse.

Levantei-me, limpando a boca. O que foi, sra. White?

Acho que molhei a cama.

Não se preocupe, pode acontecer até com um bispo. Venha, Bridie, vamos trocar os lençóis.

Mas o círculo no lençol de baixo de Honor White não tinha o cheiro acre da urina. Leve, quase leitoso.

Verifiquei seu prontuário e confirmei que ela só deveria chegar a termo no fim de novembro. Maldição dos diabos; mais um parto prematuro. O que me apanhei pensando, de um jeito egoísta e infantil, foi: *Será que não podem nos deixar sentar quietas nem por cinco minutos?*

Acho que a sua bolsa estourou, sra. White.

Ela fechou os olhos com força e torceu as contas do rosário.

Mais uma, não! Delia Garrett virou-se de lado com um suspiro e cobriu a cabeça com o travesseiro.

Desejei que tivéssemos qualquer outro lugar, fora dessa sala, para pôr a mãe enlutada.

A senhora está algumas semanas adiantada em relação ao que esperávamos, mas não se preocupe, eu disse a Honor White.

Apalpei seu abdome. O bumbum do feto estava no alto, como devia. Mas, em vez de encontrar o arco duro da espinha, meus dedos afundaram num espaço oco antes de chegarem à cabeça. O feto estava com o rosto virado para cima. Isso era bastante comum no fim da gravidez, e a posição desajeitada podia explicar por que o saco amniótico de Honor White já havia se rompido. A esperança era que o feto virasse o rosto para baixo antes de chegar a hora do processo expulsivo. Caso contrário, aquilo poderia significar um longo e doloroso trabalho de parto, com intensa dor nas costas, uma laceração terrível e talvez até (na pior das hipóteses) o uso de fórceps...

Peguei a corneta acústica e a movi para lá e para cá até encontrar o batimento leve, mas animado, na parte inferior direita do abdome.

Disse à paciente: A senhora está indo bem depois do rompimento da bolsa. Vou só lavar as mãos e ver como estão as coisas por aí, antes de trocarmos sua roupa de cama.

Primeiro, ajeitei Honor White sobre a comadre, para ter certeza de que seus intestinos e sua bexiga estavam vazios. Depois, coloquei-a deitada de costas sobre os lençóis encharcados. Ela afastou as pernas sem um murmúrio.

Fiz o toque para ter certeza de que não havia prolapso do cordão, porque, às vezes, primeiro saía uma volta, que podia ser comprimida pelo crânio do bebê. Para meu espanto, porém, Honor White já estava com uma grande dilatação; meus dedos enluvados só detectaram uma borda fina do colo do útero. Senti-me péssima por não tê-la examinado mais cedo.

A senhora vinha sentindo pontadas, sra. White?

Ela fez que sim e tossiu.

Onde, nas costas?

Outro aceno afirmativo.

Há quanto tempo?

Faz um tempo.

A senhora devia ter falado.

Seu rosto se manteve pétreo.

Pois então! Agora a senhora está bem adiantada.

Quase pronta para fazer força, eu teria acrescentado, se o feto estivesse de frente para sua coluna vertebral.

Em geral, nessa situação, o médico daria à mãe uma dose de morfina e cruzaríamos os dedos para que suas contrações fizessem o feto virar-se enquanto ela dormia, mas Honor White rejeitaria o medicamento, e, de qualquer modo, simplesmente não havia tempo.

Numa apresentação pélvica (com as nádegas primeiro), eu poderia tentar fazer o pequeno passageiro virar de cabeça para baixo pressionando o abdome, mas, nessa apresentação, era melhor usar a gravidade. Tirei Honor White da cama e a fiz sentar-se numa cadeira. Incline-se para a frente, por favor, sra. White. Com as mãos nos joelhos.

Bridie me ajudou a vesti-la com uma camisola limpa e, em seguida, desfizemos e refizemos a cama, trabalhando juntas em harmonia.

Pelo canto do olho, vi Honor White prender a respiração e ficar vermelha.

Sem fazer força ainda, sra. White!

Ela soltou a respiração, numa violenta explosão de tosse.

É o ângulo em que o seu bebê está, expliquei; a cabeça está fazendo tanta pressão que engana a senhora e a faz pensar que está pronta.

Ela abafou um gemido.

Bridie fez uma trouxa com os lençóis molhados para a lavanderia.

Pedi-lhe: Depois de jogar isso no conduto da lavanderia, você pode procurar a dra. Lynn e lhe dizer que a sra. White está com apresentação posterior persistente e quase totalmente dilatada?

Vi Bridie resmungar a frase consigo mesma, em silêncio, tentando decorá-la.

Diga só *posterior.*

Ela fez que sim e saiu correndo.

Agora que eu estava atenta, pude ver o rosto de Honor White tensionar-se quando veio a contração seguinte. Ela soltou uma tosse tão rascante que lhe passei a escarradeira. Ela cuspiu uma coisa escura.

Mary O'Rahilly manifestou-se, com os olhos brilhando de preocupação: Se não se importa que eu diga, sra. White, eu achei que o clorofórmio me ajudou muito.

Nenhuma resposta.

A senhora não quer pegar o inalador um minutinho, pelo menos para aliviar sua tosse? Poupar sua energia para a hora de fazer força?

Mas a mulher balançou a cabeça selvagemente.

Essa paciente me preocupava. Eu tinha suposto que Honor White fosse apenas o tipo estoico, mas talvez estivesse se submetendo a esse trabalho de parto num espírito sinistro de penitência pelo que as freiras chamavam de seu *segundo lapso*, sua *segunda transgressão*. Em uma ou outra ocasião, eu tinha sido chamada para atender mulheres em trabalho de parto em casa, sem nenhum apoio, e muitas vezes as coisas corriam mal, mesmo depois da minha chegada. Era como se o isolamento esgotasse o espírito delas. E não eram só as solteiras. Uma mulher casada de quase cinquenta anos tinha ficado com tanta vergonha de se descobrir de novo nesse estado, na sua idade, que não havia contado a ninguém, nem mesmo ao marido — fora trazida ao hospital numa cadeira de rodas, com um pezinho vivo saindo de dentro dela, e a irmã Finnigan e eu havíamos passado uma noite longa e difícil salvando os dois.

Agora, sra. White, pedi, levante-se, dobre o corpo sobre a cama e balance os quadris, está bem?

Ela piscou.

Vamos, é para fazer o seu bebê virar para a posição certa.

Ela obedeceu, olhando para a parede e se movimentando para a frente e para trás, numa dança lenta e incongruente.

Em seu berço, a neném O'Rahilly soltou um vagido que lembrava uma cabra.

Peguei-a no colo e mostrei a Mary O'Rahilly como trocar a fralda.

Uma lama verde!

É assim que sai da primeira vez, expliquei.

Que nojo, disse ela, em tom carinhoso.

Como é que a senhora e o sr. O'Rahilly estão pensando em chamar sua filha?

Talvez Eunice, por causa da minha tia.

Que amor, menti.

Em seguida, tornamos a pôr a pequena Eunice no seio.

Bridie tinha voltado em silêncio e estava massageando as costas de Honor White. A mulher não lhe prestou nenhuma atenção, mas também não a rechaçou. Bridie disse: As pernas dela estão tremendo que é um horror.

Honor White resmungou: Não posso só me deitar e fazer força?

Ainda não, desculpe.

(Apalpando sua barriga, em busca de algum indício de que o feto já tivesse mudado de posição.)

A médica já deve estar chegando, logo, logo, eu disse.

(*Por favor, meu Deus, faça a dra. Lynn chegar a tempo para este parto.* E se o crânio ficasse entalado e inchasse tudo, e não houvesse nada que eu pudesse fazer para salvar a mãe e o filho um do outro, do seu inferno conjunto e particular?)

Delia Garrett pegou sua revista, usando-a como escudo para proteger os olhos.

Sra. White, disse eu, vamos tentar colocá-la de quatro na cama.

Feito um cachorro?, perguntou Mary O'Rahilly, levemente ofendida por sua vizinha.

Mas Honor White trepou no colchão, apoiando-se no braço magrelo de Bridie. Balançou-se para a frente e para trás numa espécie de fúria. Ah, ah, eu preciso...

Deixe-me examiná-la de novo. Fique assim mesmo onde está.

Esfreguei as mãos, calcei as luvas e passei a loção. Apalpei-a por dentro e não havia sinal do colo do útero.

Por favor!

Mesmo se o feto ainda estivesse com o rosto para cima, eu não podia dizer não à esmagadora premência da mulher. Desde que a parte posterior do crânio viesse na frente e o queixo estivesse bem abaixado, deveria ser possível fazer o parto nesse momento, não é?

Está bem, hora de se deitar do lado esquerdo e fazer força.

(Fiquei rezando por um daqueles milagres de última hora que às vezes a natureza fazia — o feto, finalmente, subitamente, gloriosamente, girando feito um saca-rolhas para a posição correta e vindo à luz.)

Honor White deixou-se cair pesadamente, a cabeça virada para a parede, como uma mártir de outrora.

Isso mesmo, muito bem!, entoei.

A temperatura não tinha subido; pulso apenas ligeiramente acelerado e meio fraco. Eu já ia auscultar os batimentos do feto, em busca de algum sinal de sofrimento, quando a contração seguinte a fez começar a gemer.

Queixo para baixo, instruí. Prenda a respiração e dê uma boa empurrada, com força.

Vi todos os seus músculos se enrijecerem e a tensão perpassá-la inteira.

Fique à vontade para fazer barulho, sra. White.

Ela olhou para a frente, como se não me visse.

Prendi uma toalha na barra superior da cama para que ela a puxasse. Ela estava na posição errada para apoiar os pés em alguma coisa, mas eu não queria movê-la nesse momento. Que almoxarifadinho primitivo!

Um rangido quando Bridie entrou, empurrando um segundo berço. Para quando precisar, ela murmurou.

Honor White sibilou entre os dentes: *Deus esteja comigo, Deus me ajude, Deus me salve.*

Uma poça vermelha foi se formando em volta de seu quadril. Durante o parto, sair um sangue escuro, amarronzado, era bastante comum. Mas esse era muito vivo.

Os olhos dela acompanharam os meus até a mancha escarlate. Com o peito chiando, ela perguntou: Estou morrendo?

Ah, respondi, o parto é uma coisa caótica.

Mas, quando a dra. Lynn entrou às pressas, o sangramento de Honor White estava nitidamente maior.

Fiz um relatório rápido.

Trinta e seis semanas, disse a médica, a apenas uma semana de ser considerado parto prematuro, de modo que os pulmões devem estar bem desenvolvidos, pelo menos. E a maioria dos sonhadores sai mesmo sozinha.

Sonhadores?

Isso foi Bridie.

Expliquei por cima do ombro: Nascidos com o rosto virado para cima, olhando para o céu.

A dra. Lynn resmungou: Não, é a força do pulso da mãe que me preocupa, além da hemorragia. É muito provável que a placenta já tenha se desprendido.

Honor White suportou o exame interno sem dizer uma palavra.

Na pia um pouco depois, tornando a esfregar as mãos, a dra. Lynn disse: A senhora se saiu esplendidamente bem, sra. White, mas vamos tirar o seu bebê sem maiores delongas. Fórceps, por favor, enfermeira.

Meu estômago se contraiu. Francês ou inglês?, perguntei.

Francês.

O comprido. Isso me deu a má notícia: a cabeça ainda não havia descido muito pelo canal vaginal.

Bridie estava toda irrequieta, mas eu não tinha tempo para explicar.

Peguei um par de fórceps Anderson longos, de cabo de borracha rosqueada e anel de articulação, além de solução de ácido carbólico, bisturi, ataduras, tesoura, panos, agulha e linha. Enchi uma seringa com hidrocloreto de cocaína.

Eu tinha visto mulheres destruídas pelo fórceps, seus bebês com o crânio marcado por mossas, ou amassado, às vezes com paralisia espástica pelo resto da vida. *Não pense nisso.*

A dra. Lynn estava pedindo a Honor White que se deitasse de costas.

Ela gritou: Espere!

Agarrou a toalha e fez força, uma veia saltando na têmpora.

A médica perguntou: Agora está pronta?

Honor White fez que sim. Sua tosse pareceu forte o bastante para fraturar uma costela.

Um anestésico local, doutora, já que ela não quer o clorofórmio?

A dra. Lynn aceitou a seringa de hidrocloreto de cocaína e a injetou nas partes moles de Honor White, enquanto eu segurava as pernas da paciente.

Entorpecida a área, a médica fez a incisão. Trabalhando depressa, antes da contração seguinte, introduziu até o fim o primeiro ramo achatado do fórceps, passando ao longo do crânio do feto. Em seguida, introduziu o outro.

Nessa hora, Honor White gritou.

O sangue corria ainda mais depressa, e me perguntei como a médica podia ver o que estava fazendo naquela confusão de cores berrantes. Este era o paradoxo do fórceps: quando ele não tirava o bebê de imediato, podia piorar a hemorragia.

Mais depressa, mais depressa.

A dra. Lynn engatou os dois ramos na articulação central e os travou.

Honor White contorceu-se e tossiu, enquanto a dor a atingia como um raio.

Ajudei-a a erguer o corpo para poder respirar e limpei o catarro de sua boca.

A dra. Lynn murmurou consigo mesma: Sem afobação.

Segurando a pinça terrível, continuou a trabalhar. Apertei-me no espaço atrás de Honor White, segurando-a tão imóvel quanto pude, enquanto ela derramava mais e mais sangue rubro nos lençóis.

Deus do céu, disse Honor White, arquejante.

A dra. Lynn endireitou o corpo e me olhou, balançando a cabeça com ar preocupado: Ah, ainda não dá para alcançá-lo.

Retirou o fórceps inteiro e o pousou na bandeja: Ergotoxina, quem sabe, para intensificar as contrações? Mas ela é tão imprevisível...

Eu nunca tinha visto a dra. Lynn hesitar. Sem jeito, desviei os olhos e me atarefei medindo a pulsação de Honor White. Vinte e seis batimentos em quinze segundos, portanto um ritmo cardíaco de cento e quatro por minuto. O que me preocupou não foi a velocidade, mas a falta de força, uma música débil sob meus dedos.

Abaixei-me mais para ouvir o que a paciente estava sussurrando: *Pois, ainda que eu ande pelo vale da sombra da morte, não temerei mal algum, porque estás comigo.*

Quando encostei o dorso da mão em sua face cinzenta, ela estava pegajosa de suor. Está sentindo enjoo, sra. White?

Achei que ela havia assentido, mas não tive certeza. A pressão dela está caindo, doutora.

(Ela poderia perder a consciência a qualquer momento.)

A dra. Lynn manteve o olhar fixo; pela primeira vez, pareceu-me perdida: Nesse caso, disse, duvido que a solução salina seja suficiente. A sra. White precisa de sangue, mas o estoque do hospital está terrivelmente baixo. Eu me pergunto, será que há algum doador andando pelo prédio?

Doadores ambulantes, era essa a expressão jocosa. Minha mente desanuviou-se e eu lhe disse: Todas nós, enfermeiras, estamos no registro. Eu faço a doação.

Ah, mas...

Estou bem aqui. A senhora não precisaria nem testar a compatibilidade. Meu tipo é O.

Doadora universal; isso fez o rosto da médica iluminar-se.

Corri para buscar o kit esterilizado na prateleira do alto.

Atrás de mim, ouvi a tosse estrídula de Honor White quando a contração seguinte a puxou de volta para o olho do furacão.

A médica lhe disse: Continue a fazer força, se puder.

Honor White gemeu ao forçar a expulsão. A cama era um mar de vermelho.

Preparei meu braço esquerdo, girando-o umas dez vezes.

Bridie observava, como se estivesse assistindo a um ritual imperscrutável.

Olhei para as outras pacientes. De algum modo, Mary O'Rahilly parecia estar atravessando tudo isso dormindo, mas Delia Garrett perguntou: Que diabos...

É só uma transfusão de sangue, expliquei com toda a naturalidade, como se fizesse aquilo todos os dias.

Não havia espaço para uma cadeira junto ao catre dela, de modo que me empoleirei na borda do colchão e desabotoei meu punho com a mão direita trêmula. Eu não estava com medo, apenas emocionada com a perspectiva de doar exatamente o que era necessário.

A dra. Lynn disse em voz alta: Sra. White, vou pôr um quartilho de sangue da enfermeira Power na senhora.

Nenhuma resposta. Já estaria ela fora do nosso alcance?

Tornei a segurar seu pulso. Subiu para cento e quinze, doutora.

(O coração da paciente estava bombeando mais depressa para compensar o fato de ela estar se esvaindo em sangue.)

Bridie, disse a médica, um copo d'água para a enfermeira Power.

Quase esbravejei: *Não perca tempo*. Mas nesse momento eu era uma paciente, de modo que mordi a língua.

A médica precisaria de uma artéria minha para ter um fluxo de sangue mais novo e mais forte, a fim de bombeá-lo mais depressa para a mulher que afundava. Assim, ofereci-lhe o lado do polegar em meu pulso, na esperança de que ela tivesse habilidade para localizar a artéria radial profunda.

A dra. Lynn recusou a oferta: Não, não, essas artérias pequenas doem como o diabo, e existe o risco de infiltração e embolia.

Eu realmente não me incomodo...

Você é necessária demais para arriscar sua saúde, enfermeira. Além disso, li um artigo que dizia que a transfusão de veia para veia, auxiliada pela gravidade, funciona numa emergência.

Numa emergência; era nesse ponto que estávamos? E será que, na verdade, a médica nunca havia experimentado essa técnica de veia para veia até aquele momento?

Ela deslizou a mão quente pela dobra interna do meu cotovelo. Ao encontrar a melhor veia, deu-lhe alguns tapinhas.

Desviei o olhar e bebi o copo de água que Bridie estava segurando. Curiosamente, eu ficava nervosa quando se tratava de alguma coisa perfurando minha pele.

A dra. Lynn só precisou de duas tentativas para introduzir a agulha, o que não foi nada mau para uma médica. Uma linha escura de sangue encheu o tubo e ela girou a válvula antes que o sangue derramasse. Rapidamente, atou o aparelho no meu braço.

Mas a cabeça de Honor White foi pendendo para trás; suas pálpebras se fecharam. Outra contração se apossou dela, coisa medonha de se observar — um monstro invisível que sacudia seu corpo amolecido numa padiola vermelha.

Vamos!, exclamei.

A dra. Lynn estava prendendo calmamente meu tubo à outra seringa de metal. Amarrou o braço de Honor White, para fazer as veias saltarem, mas elas estavam baixas como fios.

Com a mão direita, medi o pulso do outro braço da mulher — agora já tinha subido para cento e vinte e estava muito fraco.

A médica ainda não havia conseguido achar uma veia na mulher agonizante.

Calor? Minha voz saiu quase raivosa. Bridie, molhe um pano limpo na panela de água fervendo, sim?

A dra. Lynn murmurou: Quase peguei a danada.

Contudo, apesar de todas as sondagens e tentativas, as veias de Honor White continuavam a fugir dos dedos da médica.

Quando Bridie trouxe o pano quente, eu mesma o peguei, a despeito de meus empecilhos. Sacudi-o no ar duas ou três vezes, para soltar um pouco do vapor, a fim de que não queimasse Honor White, depois o dobrei e o pressionei na parte interna de seu braço.

Você pode tentar, enfermeira Power? A dra. Lynn me ofereceu a seringa.

Mesmo na pressa, respeitei-a por saber que aquele era um momento em que todo o seu estudo e sua experiência não se comparavam aos de uma enfermeira.

Peguei a seringa e tirei o pano quente do braço de Honor White. Ali estava, na pele enrubescida, uma linhazinha azul — um regato numa garganta profunda. Tamborilei nela com a ponta dos dedos: *Continue viva, sra. White.* O vaso sanguíneo cansado elevou-se um pouquinho, apenas o suficiente, e nele introduzi a agulha.

A dra. Lynn assumiu prontamente o comando, prendendo o tubo com uma atadura na paciente desabada, para que ele não saísse do lugar.

Fique em pé, ela me disse.

Levantei-me do catre de um salto.

Assim que ela abriu a válvula, meu sangue começou a fluir pelo tubo. A médica pegou minha mão esquerda e a colocou sobre seu ombro, para mantê-la elevada; meu cotovelo travou. Ela apertou minha carne com tanta força, acima da agulha, que quase soltei um grito. Espremeu meu braço, extraindo vida de mim.

Ao ouvir certa comoção no corredor, estremeci; seriam os policiais de volta, ainda caçando a dra. Lynn?

Ou ela não ouviu nada, ou tinha nervos de aço. Capitã do exército rebelde, lembrei a mim mesma. Com as balas passando a seu lado, chispando feito granizo.

Bem, murmurou a dra. Lynn, não sei ao certo quanto estou tirando, enfermeira Power, portanto me avise imediatamente se ficar tonta.

Com a outra mão, segurei a cabeceira da cama, pelo sim, pelo não. *Tomara que não coagule*; não teríamos nem um minuto para trocar um tubo entupido ou decantar meu sangue e lhe acrescentar citrato de sódio para mantê-lo líquido. *Flua, flua, cachoeira vermelha, continue a fluir para dentro dessa mulher. Não deixe que tenhamos de cortá-la para tirar esse bebê.* Eram mãe e filho fazendo o melhor possível para *caminhar pelo vale da sombra da morte.*

Será que eu tinha visto um leve rubor surgir no rosto de giz de Honor White?

De repente, a mulher piscou para mim.

Está tudo bem com a senhora, querida, garanti-lhe.

(Ainda não era verdade; uma esperança sob a forma de mentira.)

A senhora logo se sentirá mais forte, acrescentei.

Ela soltou um grito rouco.

Em seu berço, a neném O'Rahilly assustou-se e deu um miado.

Honor White tentou se sentar.

A dra. Lynn ordenou: Fique parada.

Honor White começou a se debater.

Com a mão direita, comprimi a agulha em meu braço esquerdo, para mantê-la no lugar, e pus a mão esquerda sobre a dela, para que ela não arrancasse o tubo: Sra. White!

Será que ela ia entrar em convulsão, como a pobre Ita Noonan?

Não, isso não. Agora com o rosto vermelho, trêmula, ela agarrou as laterais do corpo como se fossem explodir, depois coçou o rosto e o pescoço, arfando, tentando dizer alguma coisa. Um eczema pálido foi surgindo.

A dra. Lynn resmungou, irada: Reação à transfusão.

Fiquei estarrecida. Só tinha ouvido falar disso, nunca tinha visto.

Honor White resfolegava, desvairada, cravando as unhas no corpo e fazendo surgirem vergões raivosos.

A médica fechou a válvula e arrancou a atadura de Honor White.

Bridie lutou para manter a mulher quieta: O que está acontecendo?

Alguma coisa no sangue da sra. White não gosta do meu, admiti, apesar de eu ser doadora universal.

A dra. Lynn resmungou: Sempre há exceções. Não tínhamos como saber.

Arrancou o tubo da agulha do braço de Honor White e meu sangue espirrou pelo chão, agora indesejado, nocivo.

Puxei a agulha e o tubo do meu braço e pressionei o orifício com força para conter o sangramento.

Não podíamos fazer nada sobre a coceira enlouquecedora — a maneira de o corpo de Honor White tentar repelir meu sangue alienígena. Ela arfava como uma tísica. Empenhei todos os esforços em exortá-la a se acalmar e respirar.

A dra. Lynn foi esterilizar as mãos na pia.

Numa hora dessas, por que diabos ela precisava lavar as mãos de novo?

Então me dei conta de que não havia outra esperança senão trazer aquele bebê à luz antes que a mãe morresse de hemorragia.

Gritei para a médica: A senhora pode encontrar um fórceps esterilizado na... Já vi.

Bridie e eu seguramos a sra. White e a mantivemos imóvel, enquanto a dra. Lynn introduzia o primeiro ramo do fórceps.

Honor White soltou um uivo longo.

Em seguida, o outro ramo.

A dra. Lynn resmungou: Sim. Ficou olhando para o espaço enquanto firmava a preensão e enrolava o indicador no anel da articulação.

Eu disse a Honor White: Empurre com toda a força dessa vez.

Se bem que ela não aparentava ser capaz nem mesmo de levantar a cabeça. Quem era eu para ordenar a essa mulher que fosse além de suas forças?

E se você pressionasse o fundo do útero, enfermeira?, perguntou a médica.

Pus a mão no alto da barriga de Honor White, esperei que ela fosse tomada pela onda seguinte e pressionei.

Aaaaaaaaaargh!

Calma, calma... E aí vem o rosto.

Sem pressa, a dra. Lynn guiou a saída da cabeça com o fórceps.

Novos olhos piscando através de uma inundação escarlate, virados para o céu. *Sonhador.*

Iria esse bebê afogar-se no sangue materno? Agitei-me para encontrar um pano limpo e enxuguei seu nariz e sua boca.

A dra. Lynn murmurou: Espere por ele. Força, mais uma vez.

Coloquei-me atrás de Honor White e a segurei com o tronco levantado para ajudá-la a respirar. Vai acabar logo, jurei.

(E pensei: *De um jeito ou de outro.*)

Ela se remexeu um pouco e seus olhos se arregalaram. Tossiu com o som de algo que se rasgava. Na contração seguinte, deu um empurrão tão forte para trás que a grade da cama bateu em minhas costelas.

O bebê inteiro escorregou de dentro dela.

Muito bem!

Parabéns, sra. White, disse a dra. Lynn. A senhora tem um filho.

Abri um cobertor para pegá-lo.

Sem ser instigado, ele soltou o choro.

No começo, achei que o fórceps da médica havia cortado sua boca. Depois, reconheci a linha denteada — nascido com lábio leporino.

Mas de tamanho saudável, para quem estava a algumas semanas de uma gestação a termo, e com boa coloração.

A dra. Lynn estava concentrada em conter a hemorragia. Massageou a barriga afundada de Honor White de cima para baixo, convencendo o útero da paciente a expelir a placenta.

A pulsação do cordão umbilical foi ficando mais lenta; o bebê havia extraído tudo o que poderia tirar dele. Pedi a Bridie para me trazer a bandeja de instrumentos. Amarrei o cordão azul escorregadio em dois pontos diferentes e o cortei com a tesoura.

Você pode aquecer um quartilho de solução salina, enfermeira?

Embrulhei o bebê White numa toalha, coloquei-o no berço e mandei Bridie vigiá-lo: Avise se parecer que ele está sufocando ou se mudar de cor.

Apressei-me a misturar o sal na água aquecida e depois levei a garrafa. A dra. Lynn já havia colocado um novo tubo no braço de Honor White. Pendurei a garrafa num suporte, para que a solução salina fosse injetada nela.

Menos ruborizada, a paciente havia parado de coçar os vergões, mas estava fraca como um trapo. Que outros danos meu sangue infausto teria causado a ela?

Santa Maria, mãe de Deus, rogai por nós, pecadores, ela estava sussurrando, *agora e na hora da nossa morte, amém.*

Aí está a placenta, excelente.

A coisa carnuda saiu como uma onda, com um enorme coágulo atrás.

A dra. Lynn levantou o órgão para ver se estava inteiro, depois o deixou cair na bacia que esperava ao lado.

Medi a pulsação de Honor White; ainda muito acelerada e muito fraca, uma terrível dança de plumas.

Sutura, por favor, enfermeira?

Lavei as mãos trêmulas antes de enfiar a agulha.

A dra. Lynn costurou com firmeza a pequena incisão que tinha feito no períneo de Honor White.

Bridie disse: O seu braço, Julia!

Na parte interna do meu braço esquerdo havia um filete vermelho onde a agulha estivera. Não é nada.

Mas ela foi buscar uma atadura para mim.

Não tem importância, Bridie. Deixe para lá.

Só me deixe...

Ela pôs a atadura em mim sem habilidade, frouxa demais.

Nos quinze minutos seguintes, enquanto observávamos, o sangramento de Honor White realmente foi diminuindo. Ah, o lento e doloroso alívio daquilo. Pouco a pouco, a pulsação dela se regularizou e caiu abaixo de cem, e a velocidade de sua respiração também diminuiu. Ela pôde menear a cabeça e falar. Eu não soube dizer se tinha sido a solução salina, ou a divina misericórdia, ou pura sorte.

Dei banho no bebê White, com a ajuda de Bridie. Que atração exercia sobre o olhar o hiato minúsculo daquele menino — apesar de ser de um lado só e de a fenda não chegar à narina. Eu tinha ouvido falar que os antigos romanos ficavam tão horrorizados com esses bebês que costumavam afogá-los. Esse estava com ótima saúde; nem sinal da gripe, e meu sangue também não parecia ter lhe feito nenhum mal, o que sugeria que o seu era de um tipo diferente do da mãe. Era engraçado pensar que até quinze minutos antes os dois tinham sido um só, e agora estavam separados para sempre.

Bridie murmurou para mim: Então quer dizer que ele não estava todo terminado?

Você está falando da boca?

Vai ver que é porque a médica tirou ele antes que ficasse pronto, não é?

A dra. Lynn disse por cima do ombro: Não, isso simplesmente acontece, Bridie. É de família.

(Especialmente das pobres, embora isso ela não quisesse dizer diante de Honor White. Era como se o que faltasse às mães fosse proclamado no rosto dos filhos.)

Com a voz roufenha, Honor White perguntou: Qual é o problema dele?

A senhora tem um menino saudável, sra. White, eu lhe disse. É só o lábio dele que tem uma fenda.

Mostrei-lhe a pupa entrouxada.

Os olhos vermelhos da mãe esforçaram-se se para focalizar a boca triangular do menino. Com a mão trêmula, ela se benzeu.

Quer que eu a ponha sentada, para a senhora poder segurá-lo?

Mas o rosto dela fechou-se como o tampo de uma escrivaninha.

A dra. Lynn murmurou: É melhor ela ficar deitada, para facilitar a circulação.

Certo, desculpe. (Eu devia ter me lembrado disso.)

Eu teria oferecido deitar o menino no peito da mãe, mas talvez até o peso pequenino impedisse a respiração úmida de Honor White. Assim, segurei-o bem junto dela, quase tão perto quanto se ela o segurasse no colo, com a cabeça penugenta não longe da sua, e fiquei pronta para afastá-lo se ela tossisse.

Honor White não se mexeu para beijar o filho. Uma lágrima escorreu-lhe do canto do olho e desceu pelo espaço entre os dois.

Bearna ghiorria, murmurou a dra. Lynn.

Eu sabia um pouco de gaélico, mas não conhecia essa expressão. O que é isso, doutora?

Ela explicou: Significa fenda leporina. Traga-o de volta daqui a um mês e eu conserto isso para ele, sra. White.

Foi gentil da parte da médica, mas sugeriu que ela não havia captado a situação de Honor White pelo seu prontuário. Tanto a mulher quanto a criança ficariam aos cuidados e sob a custódia das freiras.

A não ser que a médica achasse uma questão de cortesia conversar com ela como faria com qualquer outra nova mãe, não é?

Não tive chance de perguntar a Honor White se ela pretendia amamentar o bebê, mas, de qualquer modo, ele não conseguiria segurar o mamilo com aquela fenda na boca. Ele precisará ser alimentado de colher, não é, doutora?

Ela pensou na pergunta. Bem, o palato está fechado, pelo menos, o que já é uma bênção... Talvez ele consiga se arranjar com uma mamadeira, se você puser um bico largo cortado em cruz, enfermeira, desde que você o segure bem na vertical e mantenha o fluxo lento. Vou mandar a Maternidade enviar a mistura que eles fazem.

Obrigada.

O lábio leporino podia causar otite média e defeitos na fala, lembrei-me, mas isso não era nada perto do modo como as pessoas olhariam para ele, ou desviariam os olhos, ou zombariam dele como uma mercadoria danificada. Pensei naquele refugo de humanidade sendo mandado de volta para o lar do convento com a mãe dali a uma semana. Ocorreu-me que todos os bebês de rosto não marcado seriam escolhidos para adoção antes dele. Iria o menino acabar com uma estranha como ama de criação em troca de alguns xelins, como tinha acontecido com Bridie? Será que essa babá de criação saberia ou se daria o trabalho de levá-lo ao hospital para uma cirurgia, ou ele cresceria como alvo fácil de qualquer valentão?

Bridie anunciou: Ele faz aniversário no mesmo dia que a enfermeira Power. Ah, e que eu também! (Pousou os olhos alegres nos meus.) Dia 1º de novembro, uma grande data mesmo.

Honor White disse, muito baixo: Dia de Todos os Santos.

Eu gostaria de saber se o coração devoto dela ficava satisfeito pelo fato de o menino compartilhar um dia santo com a Igreja triunfal no céu.

A dra. Lynn endireitou o corpo e disse: Bem, parece estar tudo em ordem. Boa noite a todas.

À porta, virou-se para trás: Esqueci de perguntar... como está se sentindo agora, enfermeira Power?

Bem. Mal cheguei a doar uma xícara.

Mesmo assim, você parece exausta. Durma aqui hoje, para economizar a viagem de ida e volta para casa.

Ah, mas...

Você sabia, enfermeira, que os bacteriologistas determinaram que a exaustão reduz a resistência a infecção?

Sorri, entregando os pontos. Muito bem, doutora.

Não tínhamos telefone em casa, mas Tim não se preocuparia; ele sabia que às vezes eu precisava passar a noite no hospital.

As pálpebras de Honor White piscavam depressa.

Antes que ela apagasse, limpei-a e coloquei nela duas cintas: a abdominal, cobrindo a barriga, e a peitoral, porque ela não ia amamentar — mas essa eu deixei muito mais frouxa que a de Delia Garrett, para não restringir sua respiração.

Perguntei-lhe baixinho: Será que há alguém para quem a senhora queira mandar a boa notícia?

Um pai ou mãe, uma irmã, até uma amiga. Eu tinha esperança de que ela pudesse me dar um nome.

Honor White balançou a cabeça. Seus cílios baixaram. Ela estava mergulhando no sono.

De repente, senti tontura. Sentei-me junto à escrivaninha. Meu braço doía como se tivesse ficado preso em arame farpado, e havia um hematoma se espalhando.

Que bom se a doação tivesse feito algum bem, ou nenhum mal, pelo menos; *primum non nocere*. Em vez disso, eu tinha visto meu sangue transformar-se em veneno e quase matá-la.

Bridie segurava uma xícara de chá: Você salvou os dois, você sabe.

Obrigada, Bridie.

Tomei um gole grande do chá. Ao menos era doce.

Na verdade, foi a dra. Lynn quem os salvou com seu fórceps.

Nada disso. Eu estava bem aqui e digo que foram vocês duas.

Tive vontade de abraçá-la nessa hora.

Entre nós três, sim, eu achava que tínhamos mantido os White vivos, mas não consegui tirar disso grande consolo.

Eu disse a Bridie: Outro dia — ontem, corrigi-me (tinha sido mesmo ontem que eu havia conhecido essa moça?) — você mencionou bebês que iam *para o esgoto*. O que quis dizer, exatamente?

Bridie deu de ombros: Lares para mães e bebês, lavanderias de Madalena, orfanatos, foi desfiando a lista entre dentes. Escolas industriais, reformatórios, prisões... não são todos setores do mesmo esgoto?

Ratos num túnel inundado. A imagem me revirou o estômago.

Eu sou do esgoto, sabe, Julia, disse Bridie, baixinho, e acho que nunca vou sair de lá.

De máscara e capa, a irmã Luke estava parada à porta, observando-nos tomar nosso chá.

Levantei-me de um salto e minha voz saiu rouca: Boa noite, irmã.

E, com isso, estava encerrado mais um plantão.

Atualizei-a sobre os dois partos do dia, o de Mary O'Rahilly e o de Honor White. Orientei-a sobre como alimentar o bebê White: Coloque-o sentado, com o tronco ereto, e vá gotejando a mamadeira, senão a senhora o sufoca.

Para onde havia desaparecido Bridie? Não parecia próprio dela sair correndo sem dizer nada.

E então me contive — fazia só dois dias que eu a conhecera.

A irmã Luke pôs a ponta do dedo no lábio garatujado do bebê e deu um suspiro: Improvável que se desenvolva, é claro, murmurou. Vou chamar o padre Xavier para batizá-lo.

Ressenti-me do seu derrotismo: Imagino que a senhora não tenha sido treinada para cuidar de recém-nascidos, não é, irmã?

Ela franziu os lábios: Estou familiarizada com os elementos básicos.

Hoje em dia muitos bebês se saem perfeitamente bem ao serem alimentados por mamadeira, e assim espero que aconteça com o da sra. White.

Ela cedeu: Ah, não estou querendo dizer que a desfiguração em si vá sufocá-lo.

Baixou a voz para um murmúrio de mexerico: Mas as nossas irmãs que trabalham com os desvalidos me dizem que, em geral, os desse tipo têm mais de uma fraqueza hereditária.

Com *os desse tipo*, ela não quis se referir às crianças com lábio leporino, percebi, mas aos filhos ilegítimos.

Tive uma vontade imensa de dizer à enfermeira da noite que ela estava errada, mas, afinal, acaso a dra. Lynn não havia citado uma estatística semelhante a respeito da mortalidade das crianças nascidas fora do casamento?

Dei-lhe as costas. Peguei meu casaco e disse: Vou ficar no dormitório das enfermeiras esta noite, irmã.

(Deixei de mencionar que a médica havia recomendado isso porque talvez eu sentisse os efeitos de ter doado sangue. Não quis que ela questionasse minha capacidade.)

Mande chamar uma parteira da Maternidade, se a senhora tiver algum motivo de preocupação com a sra. White, acrescentei, ou se a sra. O'Rahilly precisar de ajuda com a filhinha.

A irmã Luke assentiu com ar sereno.

Detestei ter que deixar minhas pacientes aos cuidados dessa mulher.

Boa noite, sra. White. Sra. O'Rahilly. Sra. Garrett.

Fiz uma pausa para dar mais uma olhada no bebê White, cuja boca tinha a curva franzida de uma ervilha-de-cheiro. Depois segui meu caminho.

IV

PRETO

Fora da enfermaria, avistei a cabeça luminosa de Bridie. Será que estava esperando por mim?

Com o casaco fino dobrado no braço, ela estudava o último cartaz:

O GOVERNO TEM A SITUAÇÃO BEM CONTROLADA
E A EPIDEMIA ESTÁ REALMENTE EM DECLÍNIO.
NÃO HÁ NENHUM RISCO REAL,
EXCETO PARA OS IMPRUDENTES
QUE TENTAM COMBATER A GRIPE DE PÉ.
SE VOCÊ SE SENTIR SUCUMBINDO,
FAÇA SUA NOTIFICAÇÃO
E DEITE-SE POR UMA QUINZENA.
SERÁ QUE ELES TERIAM MORRIDO
SE TIVESSEM FICADO DE CAMA?

Julia, ela murmurou, sem nem mesmo virar a cabeça. Isso é verdade?

Cáustica, perguntei: Qual parte, os mortos são culpados por morrer?

A frase que achei mais risível foi a que falava em passar uma quinzena de cama. Quem podia bancar ou administrar isso sem uma casa repleta de criados?

Bridie balançou a cabeça: Quando dizem que ela está *em declínio*.

Propaganda, Bridie. Mentiras do governo.

Ela não pareceu surpresa: É igual à música.

Que música?

Bridie inclinou a cabeça para trás e entoou a letra a plenos pulmões, apesar de estarmos num patamar movimentado da escada, com gente passando aos empurrões: *Então ergam seus copos na mão*, ela cantou.

O mundo é uma rede de mentiras.
Um brinde aos já mortos, então,
E viva os próximos a partir.

Aquilo fez algumas cabeças virarem.

Eu ri: Bem, essa é agradável.

A melodia é, pelo menos.

Você tem uma voz encantadora, Bridie.

Ela soltou uma bufada desdenhosa.

Não sou de lisonjear. Agora me diga, por que você saiu às carreiras quando a irmã Luke chegou?

Bridie olhou para trás, em direção à porta: Para aquela gralha velha não poder me mandar ir direto para o convento, *nada de vadiagens nem procrastinações*.

Sorri da imitação. Então, para onde você vai?

Não vou sair daqui se você não for. Alguém precisa ficar de olho em você, a médica disse.

Só doei meia xícara de sangue.

Mesmo assim.

Fitei de olho comprido a descida da escada. Eu havia ansiado pela caminhada até o bonde, para acalmar os nervos depois daquele dia. Suponho que eu deva estar cansada, comentei, mas acho que ainda não conseguiria dormir.

Bridie concordou: Nem eu.

Bem, o dormitório é lá em cima, se você também pretende ficar.

Ela me acompanhou, perguntando: Vão me deixar entrar, mesmo eu sendo só uma ajudante?

Acho que ninguém vai criar caso num momento como este.

Segundo andar, passando pela Maternidade. Meus ouvidos discerniram o choro de uma mãe em trabalho de parto e o grito inseguro do recém-nascido de outra mãe.

No terceiro lance de escada, Bridie admitiu: Na verdade, estou um pouquinho cansada.

Eu ri, sem fôlego.

Mas ainda sem sono.

Chegamos ao quarto andar, mas a porta a que eu a conduzira tinha um aviso grudado: "Febre Masculina (Capacidade Ultrapassada)". Atrás dela, um vozerio confuso.

Bem, disse eu, isso resolve a questão.

A voz de Bridie soou decepcionada: Não tem mais dormitório?

Acho que teremos de ir para casa, afinal.

Estremeci ante minha própria fala. Bridie não tinha casa, só uma cama num convento. Sua vida era regida pela mesma ordem religiosa que havia dirigido o suposto lar em que ela fora criada. Um mundo oculto, de cabeça para baixo, onde as crianças não tinham aniversários e as irmãs já não eram irmãs, apenas uma parte do *esgoto*.

A não ser que subamos ao telhado para pegar um pouco de ar fresco, que tal?, falei num tom leve.

Bridie pareceu surpresa.

Acho que eu estava me sentindo festiva por ser meu aniversário. *Nosso* aniversário. Além disso, o dia tinha sido bom. Apesar de todo o lento martírio do trabalho de parto obstruído de Mary O'Rahilly e do horror da reação negativa de Honor White ao meu sangue, ninguém havia morrido. Não na nossa enfermaria, pelo menos; não em nosso quadradinho de mundo adoecido e cansado da guerra.

Bridie perguntou: Escalar a lateral do telhado, você diz?

Sorri dessa ideia. Não é preciso escalar nada. Há uma parte plana em que se pode andar, entre as partes pontudas.

Bom, isso é um alívio.

O que eu mais apreciava nessa moça era que ela nunca dizia não. Mostrava-se disposta a qualquer coisa, aparentemente, inclusive escalar o telhado de cumeeiras altas de um prédio de quatro andares.

Peguei um punhado de cobertores de uma prateleira, na passagem. Conduzi Bridie por uma porta sem identificação e uma escada estreita. A última porta, a menor de todas, parecia um beco sem saída, mas eu já estivera lá em cima quando precisava de um intervalo, de tomar fôlego, de um cigarro e uma vista da cidade. Disse a ela: Essa porta nunca está trancada.

Saímos no telhado revestido de piche. Fazia uma noite esplêndida, clara, para variar, sem um fiapo de nuvem no céu azul-marinho. Num belo dia de verão, haveria pequenos grupos do pessoal hospitalar tomando sol durante a hora da refeição, mas, depois das nove horas de uma noite de outono, dispúnhamos de toda a área só para nós.

A lua minguante desenhava seu último e vago C logo acima do parapeito. A luzinha de um poste de rua escapava até lá em cima, subindo da cidade silenciada. Apoiei os cotovelos nos tijolos do parapeito e dei uma espiada lá embaixo. Comentei: Uma caminhada também teria sido agradável. Talvez outro dia.

Ocorreu-me que, quando o hospital voltasse a seus padrões e rotinas, uma auxiliar não qualificada já não seria necessária ou, na verdade, permitida. O provável era que Bridie recebesse um agradecimento e fosse dispensada. Será que algum dia... Não, de que modo eu conseguiria tornar a vê-la?

Eu sou muito boa de caminhada, estava dizendo Bridie. Sou capaz de andar toda vida. Todo domingo, no asilo, era costume a gente andar oito quilômetros em crocodilo até o mar.

Ridiculamente, imaginei-a na barriga de um crocodilo de verdade, em vez da fila dupla de estudantes. Tentei substituir essa imagem pela de Bridie pequenina dançando na areia, atirando pedras nas ondas, correndo para a água e soltando gritinhos encantados.

Vocês iam tomar banho de mar?

Ela balançou a cabeça: Era só pelo exercício. Tínhamos que dar meia-volta e retornar direto pra casa. A gente não podia andar de braço dado, senão vinham as correadas, mas podia conversar sem mexer a boca.

Eu não soube o que dizer.

Com o rosto virado para o céu, Bridie oscilou.

Segurei-a pelo cotovelo: Não vá agora cair da borda.

As estrelas são tão brilhantes que chegam a me ofuscar!

Olhei para cima e achei a Ursa Maior. Disse a Bridie: Antigamente, na Itália, eles culpavam a influência das constelações por nos fazer adoecer — é daí que vem *influenza*.

Bridie absorveu calmamente a ideia: Como se, quando chega a nossa hora, a estrela desse um puxão na gente...

E puxou como quem recolhesse um peixe com a linha.

Está longe de ser um pensamento científico, admiti.

Ela retrucou: Talvez não. Mas ouvi dizer que está tudo decidido lá em cima.

Tudo o quê?

O dia em que cada um de nós vai morrer.

Isso é pura bobagem, Bridie.

Ela levantou e abaixou os ombros ossudos: Não tenho que ser científica; não sou eu a enfermeira.

Mas tem as qualidades para ser. Se quiser.

Bridie me olhou, depois descartou a ideia com uma risada.

Eu tinha consciência de que meu trabalho era muito repulsivo para a maioria das pessoas, com todo o mau cheiro e as secreções e as mortes. A minha era uma vocação peculiar.

Sabe, Bridie, eu registro todos os pacientes que perco.

Onde? Num livro?

Acho que você me viu fazer isso.

Peguei meu relógio nesse momento, sem ver a hora, e o deixei cair na palma da mão dela, virado para baixo.

Bridie o sopesou na mão. Isso é prata de lei?

Acho que sim. Era da minha mãe.

(Acrescentei isso para ela não achar que eu havia ganhado o bastante para comprar uma coisa dessas para mim.)

Ela murmurou: Ainda está quente do seu corpo.

A corrente entre nós duas era um cordão umbilical esticado.

Pus o dedo num dos círculos arranhados sem firmeza na parte posterior do relógio: Cada lua cheia significa uma paciente minha que morreu.

Mas não por culpa sua.

Espero que não. É difícil ter certeza absoluta. Neste trabalho, a gente tem que aprender a conviver com isso.

E os pedacinhos curvos?, ela perguntou.

São luas crescentes, em vez de cheias.

Os bebês?

Essa moça nunca deixava escapar um truque. Assenti.

Bridie olhou mais de perto nesse momento: Tem uns que são só uns risquinhos.

Esses foram os natimortos. Ou os abortados, quando a gravidez estava avançada o bastante para eu saber se era menina ou menino.

Quer dizer que você arranha o seu precioso relógio por todos eles, por se sentir mal?

Balancei a cabeça: Eu só...

Bridie sugeriu: Quer se lembrar deles?

Ah, eu me lembro deles de qualquer jeito. Muitas vezes gostaria de não lembrar.

Eles são, assim, feito assombrações?

Lutei para encontrar as palavras: Tenho a sensação de que eles querem ficar registrados em algum lugar. Precisam ficar. Exigem, até.

Bridie alisou a curva prateada: É uma espécie de mapa dos mortos, então. Um céu cheio de luas.

Peguei de volta o relógio e o enfiei no bolso. Disse a ela: É comum eu ser assombrada do mesmo jeito pelos vivos. O menino da sra. White, por exemplo.

Bridie assentiu.

Fico pensando, em vez de ele ir *para o esgoto*, se um casal jovem e bom — como os O'Rahilly, digamos —, caso não se importasse com o lábio dele e o adotasse...

Bridie fez uma careta: A Mary O'Rahilly é um amor, mas ele é um bandido.

Essa frase prosaica me deixou desconcertada: O marido dela?

Bem, ele mete a mão nela, não é?

Bridie leu meu rosto estarrecido e viu que isso era novidade para mim: Ah. Não deu para você perceber?

Ela não cantou vitória nem nada, apenas ficou perplexa com a minha ingenuidade.

Fazia sentido. A timidez da jovem Mary O'Rahilly, as muitas coisas que pareciam irritar seu marido... e as antigas marcas azuis em seus pulsos. Ela tinha dito que *se machucava com facilidade*, e eu, crédula como uma novata em seu primeiro dia, deixara as coisas ficarem nesse pé.

Bridie, sussurrei, você sabe coisas que não deveria saber. Especialmente não com *uns vinte e dois anos*.

O meio sorriso dela foi tristonho.

Admiti: Ninguém jamais levantou a mão para mim, em toda a minha vida.

Que bom, disse ela.

Estou começando a saber o bastante para saber que não sei nada.

Bridie não me contradisse.

Desloquei-me pela parte central plana do telhado. Encontrei uma área de junção com um telhado inclinado e estendi um dos cobertores junto da inclinação. Agachei-me para me sentar, prendendo as saias em volta do corpo para me proteger do frio, e me reclinei nas telhas úmidas de ardósia.

Bridie se acomodou a meu lado.

Abotoe o casaco para ficar agasalhada, recomendei. E olhe, curve-se para a frente...

Abri outro cobertor sobre a nossa cabeça e por trás de nós, como um manto. Não, uma capa de mágico. Sacudi um terceiro para cobrir nossos joelhos.

Agora me fale dele, disse eu no silêncio. Do seu... do lar. Se você não se incomodar.

A pausa foi tão longa que achei que Bridie provavelmente se incomodava

Então ela disse: O que você quer saber?

Qualquer coisa de que você se lembre.

Eu me lembro de tudo.

Seu rosto agitou-se enquanto ela pensava no assunto.

Por fim, ela disse: Xixi velho e borracha, é disso que sinto o cheiro quando penso nele. Tantas de nós tinham acidentes durante a noite, sabe, que a certa altura elas disseram que a gente podia dormir só no forro impermeável e poupar a lavagem dos lençóis.

Agora ficara no meu nariz aquele cheiro acre.

Tinha uma professora que entrava na sala de aula assim — Bridie franziu o nariz, imitando-a. Todo dia ela dizia: *De quem é que estou sentindo o cheiro? De quem é que estou sentindo o cheiro?* Mas a questão, Julia, é que todas nós fedíamos.

Isso é terrível.

Ela balançou a cabeça: Terrível era como todas nós levantávamos a mão, ansiosas pra dizer o nome de outra garota, pra dar o nome dela como a fedida.

Ah, Bridie.

Espichou-se um longo minuto enquanto eu deixava tudo isso ser absorvido.

Ela prosseguiu: E também havia as surras. Essas eu sinto nos ossos até hoje.

Pigarreei: Surras por quê?

Ela deu de ombros. Você podia servir de exemplo por dormir na posição errada, ou por espirrar na missa. Por escrever com a mão esquerda, ou perder uma tacha da bota. Por ter o cabelo crespo, ou ruivo.

Estendi a mão para a leve penugem âmbar que lhe escapava por entre os grampos: Mas por que diabos...

Elas diziam que era uma marca de maldade e me penduravam pelo coque num gancho de casaco.

Recolhi a mão e cobri a boca. Você não podia falar com alguém sobre esses maus-tratos? Uma professora da escola, por exemplo?

Ela deu um sorriso amargo. Ah, Julia. Todas as aulas que nós tínhamos eram no asilo — ele também era a escola, entendeu?

Eu entendi.

Mas, pra ser justa, nem todas elas eram diabos, disse-me Bridie. Uma cozinheira de lá, nos meus últimos anos, ela gostava de mim. Botava as cascas de maçã bem no alto das sobras, pra eu poder pegar quando carregava o balde pros porcos. E, uma vez, uma metade inteira de um ovo cozido.

Minha boca inundou-se de fel.

Bridie continuou: Eu não tinha mão boa pra tricotar suéter de Aran nem pra bordar vestimentas, então me botavam nas novenas. Nesses dias, a gente comia pedacinhos de vela, ou papel, ou cola, qualquer coisa para botar no estômago.

Novenas?, repeti. Como em nove dias de oração?

Bridie fez que sim. As pessoas pagavam ao convento pra rezarem novenas por intenções especiais.

Isso me estarreceu, a ideia de crianças rezando em escala industrial, crianças tão famintas que comiam cola.

Ela acrescentou: Mas eu adorava quando, vez ou outra, me contratavam para ir às fazendas. Aí eu podia pegar frutas silvestres, ou um nabo aqui e ali. Até comida de gado.

Tentei imaginar aquilo, a pequena ruivinha esgueirando-se entre duas vacas para escarafunchar as gamelas dos bichos. Quando vocês começavam a trabalhar?

Assim que a gente se vestia de manhã.

Não, com que idade, mais ou menos?

Bridie não respondeu, então reformulei a pergunta: Você não se lembra de uma época antes de elas lhe darem ordens de tricotar, ou capinar, ou fazer orações?

Ela balançou a cabeça, meio impaciente. O asilo precisava funcionar. A gente tinha que limpar e cozinhar e cuidar das menorzinhas, além de fazer os trabalhos por dinheiro pra ganhar nosso sustento, entendeu?

Que mentirada!, explodi. O governo paga por pessoa.

Bridie piscou.

Pelo que eu li, os monges ou as freiras só administram esses lugares para o Estado. Todo ano eles recebem uma soma por cada criança colocada sob seus cuidados, para pagar a comida e a roupa de cama e o que mais for necessário.

Tem certeza?, Bridie falou com estranha calma. Nunca nos contaram.

Percebi que aquele era o mesmo truque vergonhoso usado na instituição situada a alguns minutos dali, caminhando por essas ruas escuras, o lugar onde mulheres como Honor White eram obrigadas a bancar com o trabalho o custo de seu próprio cativeiro durante anos a fio.

Chega, disse Bridie.

Mas...

Julia, por favor, não vamos perder mais tempo desta noite linda revolvendo coisas ruins do passado.

Eu tentei. Contemplei o céu e deixei meus olhos correrem de uma constelação para outra e mais outra, saltando entre trampolins. Pensei nos corpos celestes lançando suas cordas estreitas de luz aqui para baixo, para nos fisgar.

Eu nunca havia acreditado que o futuro era escrito para cada um de nós no dia em que nascíamos. Se alguma coisa estava escrita nas estrelas, éramos nós que juntávamos esses pontos, e o texto era a nossa vida.

Mas a neném Garrett, que nascera morta ontem, e todos os outros cujas histórias acabavam antes de começar, e aqueles que abriam os olhos e descobriam estar vivendo num longo pesadelo, como Bridie e o neném White — quem decretava isso, eu me perguntei, ou pelo menos o permitia?

Meu estômago roncou tão alto que Bridie riu, e eu também.

Lembrei-me do que tinha ficado esperando na minha bolsa o dia inteiro. Perguntei: Quer beliscar alguma coisa?

Por que, o que você tem aí?

Trufas de chocolate da Bélgica e uma laranja italiana.

Bridie maravilhou-se: Não!

Presente de aniversário do meu irmão, Tim.

A fruta foi mais fácil de descascar do que eu havia esperado. Seu perfume brotou em borrifos sob a unha do meu polegar. Por trás de tiras de branco, a polpa era tão escura, à luz das estrelas, que parecia quase roxa.

Bridie a olhou: Puxa, dá pra acreditar? Depois disso tudo, está estragada.

Não está! Cheire.

Ela olhou com nojo, mas se inclinou para cheirar. Seu rosto se iluminou.

Eu disse: As laranjas-de-sangue têm esse nome por causa da cor da polpa. São sempre muito doces e quase não têm sementes.

Os gomos separaram-se entre meus dedos. Rasguei a membrana fina. Os alvéolos iam do amarelo, passando pelo laranja, até o marrom, quase preto.

Bridie mordeu um gomo, cautelosa. Ah — o sumo quase lhe escorreu da boca e ela teve que sugá-lo de volta —, isso é uma mesmo uma glória.

Não é?

Feliz aniversário, Julia.

Lambi das mãos os filetes de sumo, de um modo que teria feito a enfermeira- -chefe me demitir no ato. Agora é seu também, lembra? Primeiro de novembro.

Primeiro de novembro, ela repetiu com ar solene. Não vou esquecer.

Feliz aniversário, Bridie.

Agora já não havia nenhum som a não ser os pequenos ruídos molhados da laranja sendo devorada entre nós.

Você é extremamente fácil de conversar, apanhei-me dizendo. Desde que o Tim voltou do *front*, ele não.

Bridie não perguntou: *Não o quê?* Em vez disso, indagou: Não conversa com você?

Com ninguém. Nem uma palavra.

Eu não sabia direito por que me sentia impelida a tagarelar sobre tudo isso, a jogar uma pedrinha de dor na balança, comparada aos pedregulhos de Bridie.

Isto não é uma coisa que eu costume contar às pessoas, acrescentei.

Bridie perguntou: Por que não?

Bem. É uma espécie de medo supersticioso, acho, de que, se eu disser com todas as letras, passará a ser verdade.

Bridie inclinou a cabeça: Já não é verdade?

Sim, mas... mais oficial. Permanente. Eu serei *a Julia do irmão mudo.*

Ela fez um aceno afirmativo. Isso envergonha você?

Não é isso.

Machuca você?, sugeriu.

Eu disse que sim, engolindo em seco.

Bem, murmurou ela. Sorte a sua, eu acho.

Sorte por ter um irmão mudo?

Por ter um irmão, ela me corrigiu. De qualquer tipo.

Ela estava certa, eu disse a mim mesma. Era assim que Tim estava. Esse era o irmão que eu tinha agora.

Depois de uma pausa, ela disse: Ou ter alguém.

Ah, Bridie!

Ela deu uma das suas encolhidinhas de ombro de criança levada.

Pigarreei com força. O Tim ainda tem senso de humor.

Bom, então.

E também tem uma pega-rabuda de que ele gosta muito.

Que chique, disse Bridie, implicante.

Ele é ótimo na horta e no jardim. E bom para fazer comida caseira.

O pássaro?

Minha gargalhada ecoou no telhado de perfil irregular.

Dividi as trufas. Cada uma de nós devorou uma, depois fizemos um jogo para ver quem levava mais tempo para derreter a segunda no calor da língua.

Bridie disse, com a voz empastada: Isso é que é a última refeição de um condenado, com certeza.

Pensei no paciente que tinha perdido o juízo com a gripe e pulado de uma janela para a morte. Mas não disse uma palavra. A Bridie que saboreasse sua trufa.

Fazia frio, mas não me importei. Ergui o rosto para o céu estrelado e soprei uma pluma comprida de vapor.

Sabia que outros planetas têm uma porção de luas, em vez de uma só?

Bridie retrucou: Ah, não me venha com essa.

É verdade. Aprendi num livro da biblioteca. Netuno tem três e Júpiter tem oito — ou melhor, não, os cientistas acabaram de descobrir a nona, tirando uma fotografia com exposição muito longa.

Bridie inclinou a cabeça, como se eu estivesse fazendo troça dela.

Ocorreu-me que, na verdade, a nona lua de Júpiter poderia não ser a última; os astrônomos poderiam continuar a descobrir mais outras, conforme os séculos passassem, bem devagar. Talvez, se arranjassem telescópios mais potentes, eles descobrissem uma décima, uma décima primeira, uma décima segunda. Aquilo fez minha mente rodar, a plenitude reluzente lá do alto. E aqui embaixo. As gerações dançantes, a vida agitada — mesmo que nosso número fosse superado pelos mortos silenciosos.

Abaixo, na rua, havia um homem gritando feito uma gata no cio. Eu disse: Devíamos jogar alguma coisa nesse sujeito.

Bridie riu. Ah, para. Eu bem que gosto de música.

Você dignificaria isso com esse nome?

É "Estamos abatidos?".

É besteirada de bêbado.

Ela cantou: *Estamos abatidos?*

Esperou que eu desse a resposta. Em seguida, respondeu ela mesma com o desfecho: *Não!* E continuou: *Então que ressoem suas vozes e todos juntos cantemos. Estamos abatidos?*

No terceiro verso, finalmente forneci o *Não!*

O tempo passou. Em algum ponto de nossa conversa longa e digressiva, Bridie e eu concordamos que já devia passar muito da meia-noite.

Dia de Finados agora, lembrei. Devíamos visitar um cemitério.

Hospital conta, já que tem sempre gente morrendo?

Vamos dizer que sim. Ah, eu deveria fazer uma oração pela mamãe.

Bridie perguntou: Foi no hospital que ela pegou a febre, depois que seu irmão nasceu?

Balancei a cabeça. Em casa. Acontece todo dia, no mundo inteiro — as mulheres têm filhos e morrem. Não, corrigi-me, elas morrem por ter filhos. Está longe de ser novidade, por isso não sei por que ainda me enche de tanta raiva.

Bridie disse: Acho que essa é a sua luta.

Olhei de lado para ela.

Aquilo que você disse ao sr. Groyne sobre as mulheres serem que nem soldados, dando a vida delas, sabe? Bom, o seu trabalho não é ter os bebês, é salvá-los. Eles e as mães.

Assenti. Minha garganta doeu. Eu disse: Todos os que eu posso, pelo menos.

Bridie se benzeu: Abençoe a sra. Power, mãe da Julia e do Tim.

Baixei a cabeça e tentei acompanhar a oração.

Abençoe todos os que partiram, ela acrescentou.

Um silêncio de seda à nossa volta.

Bridie comentou: Esses foram os dois melhores dias que eu já vivi.

Olhei para ela.

A melhor coisa da minha vida. Que aventura! Mais umas duas pessoas estão vivas por nossa causa — porque você e eu estávamos lá e fizemos a nossa parte. Dá pra acreditar?

Mas... os melhores dias, de verdade, Bridie?

Bom, e eu conheci você.

(As cinco palavras dela como golpes no meu peito.)

Você me disse que eu era um tônico, Julia. Indispensável. Então não passou bálsamo nas minhas mãos, quando nem me conhecia? Me deu o seu pente. E também um aniversário. Quando eu quebrei o termômetro, você disse que a culpa era sua! Você me ensinou muita coisa em dois dias. Me fez sua ajudante, sua mensageira. Me fez ser importante.

Fiquei sem fala.

Tornei a pensar na ótima enfermeira que a Bridie daria. A Ordem nunca lhe propôs formar você em alguma coisa?

Ela fez uma careta. Elas me arranjaram um trabalho de empregada logo que cheguei a Dublin, mas a patroa me mandou de volta — disse que eu era desaforada.

Sim, era visível que havia em Bridie uma centelha de que os patrões de tipo mais tacanho se ressentiriam.

Às vezes eu faço faxina como diarista, disse ela. Hotéis, escolas, escritórios.

E o pagamento que você recebe...

O rosto de Bridie me fez perceber que ela nunca via um centavo. Disse-me: Nós ainda devemos às freiras pela nossa criação e nossa educação.

Minha voz saiu furiosa: Se a Ordem fica com o seu pagamento, isso é trabalho escravo. Vocês, internas, não têm liberdade para sair de lá?

Eu não conheço todos os detalhes complicados, admitiu Bridie. Vamos falar de alguma coisa mais divertida, agora.

Ela estava tremendo, notei. Aconcheguei-me mais e a puxei para baixo dos cobertores.

As estrelas foram avançando devagarinho pelo céu. Contei a Bridie o enredo de todos os filmes de Mary Pickford que eu tinha visto. Depois outros filmes, tudo de que achei que ela poderia gostar.

Ela gostou de todos.

A certa altura, conversamos sobre filhos. Espontaneamente, eu disse: Não pretendo ter nenhum.

Não?

Não sei se algum dia eu quis me casar, exatamente. De qualquer modo, deixei passar o momento.

Bridie não me disse que *Trinta não é velha*, como faria qualquer outra mulher. Apenas olhou para mim.

Nunca fui propriamente bonita, disse eu, e agora...

Mas você *é* bonita.

Os olhos de Bridie, o brilho deles.

E você não deixou passar *este* momento, ela me disse.

Bem, acho que não.

Bridie segurou meu rosto e me beijou.

Nem um não, nem uma palavra, nem um movimento para detê-la, nada. Apenas deixei...

Que ela...

Deixei o beijo acontecer. Nunca antes, nunca daquele jeito. Como uma lua perolada em minha boca, imensa, esmagadora, aquele brilho.

Isso contrariava todas as regras com que eu tinha sido criada.

Retribuí o beijo. O velho mundo estava profundamente mudado, morrendo em pé, e um novo mundo lutava para nascer. Podia ser que só restasse esta noite, e foi por isso que beijei Bridie Sweeney, abracei-a e beijei-a com tudo que eu tinha e tudo que eu era.

Deitadas sobre a inclinação fria das telhas de ardósia, tentando recobrar o fôlego.

Meus olhos marejaram.

Bridie notou na mesma hora. Ah, não chore.

Não é...

O que é, então?

Eu disse, num impulso: Aposto que a sua mãe se lembra do verdadeiro dia do seu nascimento. Deve ter havido um momento em que você foi posta no colo dela e ela pensou: *Ah, meu Deus*.

Um sorriso tristonho de Bridie. Está mais para: *Ah, meu fardo*.

Ah, meu tesouro, disse eu. (Segurando as mãos dela.) O seu doce peso no dia em que você nasceu — imagine.

Bridie tornou a pôr os lábios nos meus.

Fomos sentindo cada vez mais frio com o correr da noite. Trocamos beijos e conversamos, parando e recomeçando. Nenhuma de nós mencionou os beijos, para não estourar a bolha ao tocá-la. Para não pensar no que significava nós duas nos beijarmos.

Chegamos à guerra e eu me apanhei falando com Bridie sobre o melhor amigo de Tim, Liam Caffrey, e sobre como os dois tinham se alistado juntos, atrevidos que só eles, dando risada na fotografia que ainda pendia, meio torta, como a única foto na parede do meu irmão. Contei-lhe que Liam não tinha voltado para casa.

O que aconteceu com ele?

Levou um tiro na garganta no ano passado, na Batalha de Jerusalém. (Pus o dedo de Bridie na covinha na base da minha garganta. No mesmo lugar em que Tim usava seu pequeno amuleto, que podia ter salvado sua pele, talvez, mas não o resto dele.)

Ela quis saber: Ele estava lá, o seu Tim?

Tão perto quanto você está de mim agora. Salpicado com pedacinhos do amigo.

Ah, minha nossa, pobre garoto. Pobres garotos.

Nessa hora me ocorreu que a guerra podia ter aquecido e forjado aquela amizade como uma outra coisa, mais difícil de denominar, impossível de descrever. Seria eu uma tola por não ter pensado nisso antes? Não era algo que eu pudesse me imaginar perguntando a Tim algum dia, não mais do que saberia lhe falar desta noite no telhado com Bridie.

Por mais que sentíssemos frio, ela e eu não nos mexemos daquela posição. Volta e meia, nossas bocas falavam tão perto que paravam por um instante e se beijavam. Fiquei tão feliz que achei que ia explodir e, nos momentos entre um beijo e outro, eu quase ficava mais feliz ainda.

Quando é que aquela centelha entre nós tinha se acendido pela primeira vez, brilhado e começado a chamuscar? Eu não havia notado; estivera ocupada demais. Com os nascimentos vindo de trambolhada atrás das mortes, quando é que eu podia ter tido tempo para me intrigar com algo tão sem importância quanto meus novos sentimentos, muito menos me preocupar com eles?

Estávamos ambas bocejando. Eu disse: Foi maluquice vir aqui para cima. Você precisa do seu sono.

E você não?

Eu fui treinada para ficar acordada, estou acostumada...

Eu estou mais acostumada, disse Bridie com um sorriso, e sou mais nova e mais dura na queda.

Tem razão.

Com certeza a gente pode dormir quando tiver morrido, disse ela.

Eu estava grogue, mas exultante, com a sensação de que não dormiria nunca mais. No entanto, devemos ter mergulhado no silêncio e adormecido sem perceber, porque acordei quando Bridie se mexeu ao meu lado, encostada na inclinação do telhado. Along uei o pescoço enrijecido. A Ursa Maior havia rastejado pelo céu. Deviam ter se passado horas.

Câimbra na perna!, exclamou Bridie, esticando-a.

Admiti, com um arrepio, que não conseguia sentir nenhuma das minhas. Bati um dos pés na ardósia; a sensação foi de que era de outra pessoa.

Estou com uma sede horrível, disse Bridie.

Desejei ter outra laranja para ela. Quer descer até a cantina para tomar uma xícara de chá?

Não quero ir a lugar nenhum.

Seus olhos eram tão ternos que me deixaram tonta. Era como se aquele telhado fosse um dirigível, flutuando acima do mundo poluído, e nada pudesse acontecer, desde que permanecêssemos lá em cima, apertando tão forte os dedos gelados uma da outra que não sabíamos quais eram de quem.

Passado um tempinho, insisti que nos levantássemos por um minuto, para fazer o sangue fluir. Apoiamo-nos uma outra para ficar de pé e nos sacudimos feito cachorros. Até dançamos um pouco, rígidas, dando risada, criando com a respiração baforadas brancas no ar escuro.

Eu queria ir àquele lugar em que você morou, Bridie, e derrubá-lo. Parti-lo em pedaços, tijolo por tijolo.

Era pedra, na verdade.

Pedra por pedra, então.

Ela disse: O que mais me incomoda lembrar é o choro dos pequenininhos.

Esperei.

A criança a cargo da gente chorava sem parar, sabe, e não havia nada que a gente pudesse fazer.

A cargo de vocês?

Qualquer criança pequena que elas botavam num berço do lado da nossa cama pra gente cuidar quando a gente crescia.

O que você quer dizer com crescia: catorze, quinze anos?

A boca de Bridie suspendeu-se de um lado, quase num sorriso: Mais pra oito ou nove. E era assim: se a criança cuidada por você fizesse uma travessura, vocês duas eram punidas. E, se ela adoecesse, também era culpa sua.

Esforcei-me para absorver isso: Você está dizendo que era responsabilizada pela doença dela?

Bridie fez que sim. E os pequenininhos viviam adoecendo, o tempo todo. Uma porção deles ia pro buraco nos fundos dos prédios.

Perdi o fio da meada: Você quer dizer que eles pegavam alguma coisa por brincarem num subterrâneo?

Não, Julia! Era lá que botavam eles... depois.

Ah. Uma sepultura.

Bridie disse: Só um buraco grande, sem nada escrito.

Pensei no Canteiro dos Anjos, o cemitério onde seria enterrada a neném de Delia Garrett que não chegara a despertar. Crianças pequenas morriam, sim, as pobres com mais frequência que as outras, e as indesejadas com ainda mais frequência que essas. Mas...

Que injustiça, disse eu, responsabilizar uma menina de oito anos pela morte de uma criança pequena.

Bem, disse Bridie, sem alterar a voz, eu tenho que lhe contar que, de vez em quando, ficava com tanta fome que não podia deixar de roubar a criança de que eu cuidava.

Roubar o quê?

Ela hesitou e respondeu: Eu comia o pão dela. Bebia metade do leite da mamadeira e enchia o resto na torneira.

Ah, Bridie.

Nós todas fazíamos isso. Mas não serve de consolo.

Meus olhos estavam ardendo. Essa moça havia sobrevivido por todo e qualquer meio necessário, e descobri não desejar que tivesse sido diferente.

Nunca contei essas histórias antigas a ninguém, disse Bridie.

(Histórias antigas, chamou-as, como se fossem lendas da Guerra de Troia.)

Ela acrescentou: E, provavelmente, também não devia estar contando a você.

Por que não?

Bem, agora você sabe como eu sou, Julia.

Como você é?

Bridie disse muito baixinho: Suja.

Você não é suja!

De olhos fechados, ela sussurrou: Aconteciam coisas.

Com você?

Faziam coisas com muitas de nós. Quase todas, aposto.

Meu pulso disparou. Quem fazia?

Ela balançou a cabeça, como se não fosse isso o importante: Um operário, um padre, talvez. Uma inspetora ou uma professora que pegava uma menina pra esquentar a cama dela e depois lhe dava um cobertor extra.

Fiquei com o estômago embrulhado.

Ela acrescentou: Ou um pai de dia de folga.

Que diabo é pai de dia de folga?

Uma família local pedia uma criança pro fim de semana, assim, *pra dar uma folguinha a ela*. A gente podia ganhar doces ou tostões.

Tive vontade de tapar os ouvidos.

Ela continuou: Um dos pais me deu um xelim inteiro. Mas não consegui pensar no que fazer com tanto dinheiro nem onde ele podia ficar escondido, aí acabei enterrando no poço de cinzas da lareira.

Bridie, disse eu. (Tentando não chorar.)

Ainda deve estar lá.

Nada é seu nessa sujeira, eu lhe disse. Você é limpa como a chuva.

Ela me beijou, mas na testa dessa vez.

Vozes no telhado atrás de nós; estranhos saindo pela mesma portinha por onde havíamos passado.

De uma guinada, Bridie e eu nos separamos.

Eu disse, em voz alta e falsa: Bem, acho melhor tomarmos o desjejum.

(Prometi a mim mesma que haveria mais tempo para beijos e para contar todas as histórias.)

Quando Bridie e eu recolhemos nossos cobertores e passamos pelos atendentes, eles estavam acendendo seus cigarros e concordando uns com os outros em que agora ela ia acabar, a qualquer momento. Revoltas em várias cidades alemãs, baionetas jogadas no chão, negociações secretas, o Kaiser à beira da abdicação...

Torci para que a escuridão escondesse meu rubor.

Querem um cigarro, meninas?

Não, obrigada, respondi educadamente. Segurei a porta para Bridie, mas ela tropeçou, esbarrando na ombreira. Cuidado!

Ela riu. Sou desajeitada mesmo.

É nisso que dá passar a noite inteira em claro no frio, respondi.

Mas constatei que eu estava acordadíssima, inteiramente alerta.

Na escadaria principal, ao passarmos pelos janelões, olhei para os faróis elétricos de um ônibus a motor que passava devagar lá embaixo. Não, um rabecão a motor. Outro funeral, portanto; o desfile do dia estava começando antes do alvorecer. Como se algum anjo do pavor voasse de casa em casa e não houvesse nenhuma marca que se pudesse pôr no lintel para convencê-lo a seguir adiante.

Dois médicos mais velhos, de ar extenuado, passaram por nós, arrastando-se escada acima.

Um deles disse: Fui parado por um guarda, por estar só com um farol aceso no carro, e me peguei desejando que me mandassem para a cadeia para poder descansar.

A risada do outro teve um toque de histeria. Tenho de admitir que ando tomando Marcha Forçada como se fosse açúcar de cevada.

Depois que eles passaram, Bridie me perguntou: O que é Marcha Forçada?

Comprimidos fornecidos aos soldados, ou a qualquer um que precise ficar desperto e lúcido. Noz-de-cola em pó com cocaína.

As sobrancelhas dela se arquearam: Você toma isso, Julia?

Não. Tentei uma vez, mas fiquei com o coração disparado e tremedeira.

Ela cobriu a boca num longo bocejo.

Está se sentindo exausta, Bridie?

Nem um pouco.

No banheiro, borrifamos água no rosto e ela se curvou e deu lambidas no fluxo da torneira, feito um cachorrinho.

No espelho, usando o pente para me arrumar, encontrei meus olhos. Eu tinha idade suficiente para conhecer minha cabeça, com certeza, e para ter consciência do que estava fazendo. Mas parecia ter tropeçado no amor como quem tropeça num buraco à noite.

No patamar da escadaria, o cartaz da véspera prendeu minha atenção:

SERÁ QUE ELES TERIAM MORRIDO SE TIVESSEM FICADO DE CAMA?

Meu impulso foi rasgá-lo, mas era provável que isso constituísse conduta imprópria para uma enfermeira, além de traição.

Sim, eles estariam mortinhos, diabo!, esbravejei em silêncio. Mortos em sua cama, ou à mesa da cozinha, comendo sua cebola diária. Mortos no bonde, ou desabando na rua, onde quer que o homem dos ossos por acaso os alcançasse. Culpem os micróbios, os cadáveres insepultos, a poeira da guerra, a circulação aleatória do vento e do tempo, o Senhor Todo-Poderoso. Culpem as estrelas. Só não culpem os mortos, porque nenhum deles desejou isso para si.

Na cantina do subsolo, Bridie e eu entramos na fila do mingau.

Ela não quis linguiça; nessa manhã, parecia movida pela hilaridade.

Perguntei em voz baixa: Qual é a pior coisa que poderia acontecer se você simplesmente nunca mais voltasse para o convento?

Mas pra onde é que eu iria, Julia?

Eu tinha uma ideia. Queria pedir que ela fosse para casa comigo, à noite, para conhecer Tim. Mas será que isso soaria precipitado, ou até maluquice? Não consegui decidir como enunciar a ideia; as palavras morreram em minha boca. Respondi: Vou pensar em alguma coisa.

Olá, você chegou cedo.

Gladys!, exclamei, piscando para minha colega da Olhos e Ouvidos. Tudo que consegui acrescentar foi: Sim.

Ela perguntou: Sempre aguentando firme?

Com certeza.

Gladys franziu um pouco o cenho, como se intuísse alguma coisa meio estranha em mim nessa manhã. Tomou um gole de seu café. Seus olhos nem passaram de mim para a jovem de sapatos rachados; ela não teria nenhuma razão para achar que Bridie Sweeney significava alguma coisa para mim.

A fila andou adiante de nós. Dei dois passos à frente e um adeusinho a Gladys: Bem, tchau.

Depois que ela se foi, fiquei pensando em como deveria ter lhe apresentado Bridie.

E o que é que Gladys teria pensado se nos visse no telhado trocando beijos? Mais que isso, o que teria feito?

Eu me afastara tanto da minha vida anterior que não sabia ao certo se algum dia poderia voltar.

Quando Bridie e eu entramos juntas na Maternidade/Febre, a irmã Luke ergueu os olhos da escrivaninha. Não gostou da nossa camaradagem, isso ficou óbvio. Bem descansadas, vocês duas? Espero que sim.

Garanti-lhe que estávamos. Se ela não sabia que o dormitório das enfermeiras tinha sido fechado, eu é que não ia mencionar o fato.

A salinha cheirava forte a eucalipto. Honor White estava fora do nosso campo visual, atrás de uma tenda de vapor feita com lençóis, mas pude ouvi-la tossir. Seu bebê estava no berço, balançando as perninhas bem agasalhadas.

A irmã Luke informou que ele havia tomado bem as duas primeiras mamadeiras.

Uma coisa eu tinha que reconhecer na freira: seus preconceitos não atrapalhavam seus cuidados com os pacientes.

Bridie serviu um copo de água fervida da moringa e o engoliu com um arquejo. Em seguida, pôs-se a trabalhar na arrumação da enfermaria como uma veterana.

Delia Garrett me disse: Vou embora hoje, enfermeira Power.

É mesmo?

A dra. Lynn passou aqui e disse que será melhor eu convalescer em casa.

Era pouco ortodoxo, mas eu não podia objetar, dadas as condições do hospital. Os Garrett tinham uma situação suficientemente confortável para contratar uma enfermeira particular, ao passo que, para a maioria de nossas pacientes, essa era a única oportunidade de elas serem cuidadas.

A irmã Luke me disse: O padre Xavier saiu ontem à noite e no momento está num funeral, mas vou ver se consigo encontrar outro padre para batizar aquele ali. (Acenou com a cabeça para o bebê White.)

Depois que a freira se foi, encontrei os olhos de Bridie. Seu sorriso era deslumbrante.

Ela perguntou: E agora?

Em sua tenda de vapor, Honor White estava rubra. Resolvi que era hora de tirá-la dali.

Enxuguei seu rosto com um pano frio. Está melhor assim, sra. White?

Ela apenas resmungou outra de suas orações.

Verifiquei sua cinta peitoral. Mal chegava a estar úmida; seu leite ainda não havia descido. Afrouxei mais o tecido, para que ele não cerceasse sua respiração ruidosa. Bridie, você pode fazer uma limonada quente para a sra. White enquanto verifico a sra. O'Rahilly?

A jovem mãe estava amamentando sua menina, cuja cabeça já começava a se arredondar perfeitamente. O rosto de Mary O'Rahilly estava sereno e a bandeja a seu lado fazia supor que ela se alimentara bem. Mas meus olhos pousaram, compulsivamente, na parte interna escurecida de seus pulsos — as marcas azuis.

Como se tivesse lido meu pensamento, ela o mencionou: O sr. O'Rahilly vem buscar a Eunice amanhã, disse, para ela ser batizada. Vão permitir a entrada dele no saguão das visitas e ela será levada até lá.

Ótimo.

Fiquei observando o rosto da paciente. Será que ela ansiava por voltar para o marido, em casa, ou tinha medo, ou as duas coisas?

Fique fora disso, Julia. Casamento era um assunto particular e misterioso.

Voltei-me para Delia Garrett. Vejo que a senhora já arrumou a bagagem. Vou trocar sua cinta antes de vesti-la.

Quando retirei a faixa, ela saiu encharcada de leite.

A paciente manteve o rosto desviado.

Que desperdício aqueles seios aumentados. Fiquei pensando em quanto tempo eles levariam para registrar e aceitar o fato de que não havia ninguém para alimentar.

Tornei a envolver Delia Garrett numa nova atadura, depois procurei e tirei de sua bolsa um vestido solto.

Não, essa velharia não!

Encontrei uma saia e blusa, em vez dele, e Bridie e eu a vestimos com toda a delicadeza.

Tornei a olhar para Honor White, que já havia mergulhado num cochilo, com o copo de limonada intacto na mesinha. O sono era a melhor coisa para ela, eu supunha; não tínhamos outro remédio mais eficaz.

Em seu berço, o menino dela emitiu um som semelhante ao de um gato, enquanto espichava as pernas. Não seria preciso entalhar uma lua crescente em meu relógio por aquele ali. Apesar de prematuro, ele estava indo esplendidamente bem. Sua boca assimétrica já quase não assustava meus olhos; eram só duas partes de um lábio que não se juntavam muito bem, um breve hiato.

Ocorreu-me que aquele estranho minúsculo tinha um pouco do meu sangue em suas veias. Seria sempre aparentado comigo, debaixo da pele?

Quer que eu lhe mostre como dar de mamar a ele, Bridie?

Sim.

Achei o bico com o corte em cruz e a mamadeira, no lugar onde a irmã Luke os tinha deixado no bicarbonato, depois de fervê-los. Agitei o vidro da mistura infantil (leite de vaca pasteurizado, nata, açúcar e água de cevada, de acordo com a etiqueta), depois o diluí em água morna, não fria, para não esfriar o estômago do bebê. Encaixei o bico no bocal soldado.

Fiz Bridie segurar o nenê White na curva do braço esquerdo. Ele tentou enroscar-se feito uma larva, mas eu me certifiquei de que seu pescoço ficasse levantado. Deixei o líquido descer aos poucos para a curva da boca, diminuindo o fluxo com o dedo colocado na segunda abertura do bico, como se tocasse uma flautinha irlandesa.

Bridie murmurou: Olhe só pra isso. Ele não consegue exatamente mamar, mas está engolindo tudo, sem o menor incômodo.

Pouco a pouco, o menino White tomou toda a mamadeira, enquanto nós duas o observávamos. Engolia como se soubesse que só tinha uma tarefa no mundo e que seu futuro dependia dela.

Ouvi uma voz de barítono no corredor: *Dois garotinhos tinham dois brinquedinhos...*

Groyne, é claro.

Peguei o bebê já sonolento. Você pode ir lá fora e mandar esse homem fazer silêncio, Bridie?

Ela saiu correndo.

Mas voltou no minuto seguinte, sentada na cadeira de rodas empurrada por Groyne. Segurava rédeas imaginárias, fingindo apressar o cavalo, enquanto os dois continuavam com a canção:

Achou que eu ia deixá-lo agonizando,
Quando há espaço pra dois no meu cavalo?
Monte aqui, Joe, já, já saímos voando,
Com dois na garupa ando no mesmo embalo.

Sem me alterar, eu disse: Isto aqui é uma enfermaria de doentes, seu par de patetas idiotas.

O atendente relinchou baixinho e inclinou a cadeira para trás, apoiando-a nas rodinhas traseiras: Carruagem para a sra. Garrett.

Bridie desceu da cadeira com um risinho tímido.

Quando me virei para pedir desculpas a Delia Garrett, ela exibia um leve sorriso. E disse: Essa eu canto para as minhas meninas.

Elas não vão ficar encantadas por ter a senhora em casa?

Delia Garrett assentiu, e uma lágrima repentina luziu em seu queixo.

Pus o bebê White no berço e Delia Garrett na cadeira de rodas, penduran-do sua bolsa num dos cabos traseiros. As mãos dela estavam pousadas no colo, a blusa solta sobre a barriga. Ela estava bonita, de um modo meio destruído.

Obrigada, enfermeira Julia, disse. Obrigada, Bridie.

Adeus, respondemos em coro.

Boa sorte, sra. O'Rahilly.

A paciente mais jovem não conseguiu dizer *Para a senhora também* a essa mãe enlutada, por isso ofereceu-lhe apenas um vago sorriso e um aceno afir-mativo de cabeça.

Groyne foi empurrando Delia Garrett pelo corredor.

Bridie e eu viramos uma para a outra.

Ah, o segredo e o calor daquele olhar.

Depois, sem dizer uma palavra, fizemos a cama vazia da direita, deixando-a pronta para quem mais chegasse.

Quando o sol despontou, um pouco mais tarde, uma faixa de luz entrou pela janela da enfermaria. Bridie me pareceu transparente nessa manhã, como que feita de ossos e luz, usando a carne como um vestido.

Ela espirrou tão de repente que Eunice se sobressaltou e largou o seio da mãe.

Desculpe, disse Bridie, é a luz do sol.

Às vezes ela também me faz espirrar, disse eu.

Mary O'Rahilly recolocou a boca do bebê em seu mamilo, já perita.

Honor White estava dormindo e não havia outra paciente para ouvir, assim achei que não podia perder a oportunidade de falar com Mary O'Rahilly.

Inclinei-me sobre sua cama e disse num sussurro (já que não era para es-tar dizendo nada disso): Posso lhe perguntar uma coisa, querida? Uma coisa muito pessoal.

Os olhos dela se arregalaram.

Há alguma ocasião em que o sr. O'Rahilly... perca a cabeça?

Uma esposa despreocupada teria respondido: *Isso não acontece com todo mundo?*

Mas Mary O'Rahilly encolheu-se um pouco, o que me disse que Bridie havia acertado o palpite.

Aproximando-se pelo outro lado da cama, Bridie perguntou: Ele perde, não é?

A mulher mal chegou a ser audível: Só quando ele bebe.

Eu lhe disse: Isso é uma coisa terrível.

Bridie a pressionou: Quantas vezes?

Os olhos de Mary O'Rahilly corriam de um lado para outro entre nós duas: É difícil para ele, estando desempregado.

Ah, eu sei, respondi. Deve ser.

Ela nos garantiu: Ele é muito bom para mim, quase o tempo todo.

Eu me aventurara nessas águas profundas sem nenhum plano de como sair do outro lado. Agora que Mary O'Rahilly havia confessado a verdade, o que é que eu havia de aconselhá-la a fazer? Ela levaria sua neném para casa dentro de seis dias, ou menos, e os vizinhos faziam questão de nunca se meter entre marido e mulher.

Firmei a voz: Diga a ele que a senhora não vai mais tolerar nada disso, especialmente agora, com um bebê em casa.

Mary O'Rahilly conseguiu fazer um aceno inseguro com a cabeça.

Bridie perguntou: O seu pai acolheria a senhora em casa, se as coisas chegassem a esse ponto?

Ela hesitou, depois tornou a acenar que sim.

Pois então diga isso ao seu marido.

Pressionei-a: A senhora vai dizer?

Bridie acrescentou, em tom severo: Pela Eunice. Para que ele nunca faça a mesma coisa com ela.

Os olhos de Mary O'Rahilly estavam úmidos. Ela sussurrou: Vou, sim.

A neném afastou a boca do seio e gemeu.

Isso pôs fim à conversa.

Agora, coloque-a na posição vertical, eu disse a Mary O'Rahilly, incline o rosto dela na sua mão e massageie as costas, para ajudá-la a arrotar.

Olhei para Honor White. Ainda apagada feito uma lâmpada, a cabeça caída de lado no travesseiro.

Não. Não era sono.

Minha garganta travou. Inclinei-me para examinar seu rosto. Olhos abertos, sem respirar.

Bridie perguntou: Qual é o problema?

Deslizei os dedos sob o pulso caído na cama. Ainda quente, mas sem nenhum batimento. Testei também a lateral do pescoço pálido de Honor White, só para ter certeza.

Dai-lhe, Senhor, o repouso eterno, murmurei, *e que brilhe sobre ela a Vossa perpétua luz.*

Ah, não! Bridie veio correndo.

Fechei as pálpebras de Honor White. Cruzei suas mãos brancas sobre o peito.

Oscilei. De repente, não consegui manter-me de pé. Bridie apoiou minha cabeça em seu ombro e eu me agarrei com força suficiente para machucar. Pude ouvir Mary O'Rahilly chorando sobre sua neném.

Obriguei-me a recuar, endireitando o corpo: Bridie, você pode ir buscar um médico?

Depois que ela saiu, olhei para o menino White. Seus sonzinhos fanhosos e as batidas hesitantes com os braços. Será que o sangue doado por mim e todos os nossos esforços só haviam precipitado sua mãe para os braços do homem dos ossos?

A dra. Lynn entrou, com ar cansado: Enfermeira Power, que tristeza.

Examinou a morta, sem diminuir o rigor por já não haver esperança. Em seguida, preencheu o atestado.

Tive de perguntar, com a voz insegura: A senhora diria que foi a reação à transfusão de sangue?

A médica balançou a cabeça: A sobrecarga do coração pela pneumonia é o mais provável, exacerbada pelo trabalho de parto, pela hemorragia e pela anemia crônica. Ou, possivelmente, um coágulo que levou a uma embolia pulmonar.

Ela puxou o lençol e o estendeu sobre o rosto de estátua, depois virou os óculos reluzentes para mim: Estamos fazendo o melhor possível, enfermeira Power.

Fiz um aceno afirmativo.

E, um dia desses, até essa gripe terá acabado.

É mesmo?, perguntou Mary O'Rahilly. Como a senhora pode ter certeza?

A raça humana acaba chegando a um acordo com todas as pragas, disse-lhe a médica. Ou a um empate, no mínimo. De um jeito ou de outro, nós vamos levando, dividindo a terra com cada nova forma de vida.

Bridie franziu o cenho: Essa gripe é uma forma de *vida*?

A dra. Lynn confirmou, tampando um bocejo com a mão: Num sentido científico, sim. Uma criatura sem nenhuma intenção maléfica, apenas a ânsia de se reproduzir, muito parecida com a nossa.

Essa ideia me deixou perplexa.

Além disso, o pessimismo é um médico ruim, ela acrescentou. Portanto vamos manter a esperança, senhoras. Agora, sra. O'Rahilly, vou examiná-la e dar uma olhada na sua bela recém-nascida.

Depois de examinar Mary O'Rahilly, a médica deu uma espiada na boca do neném White: Ele reteve alguma mamadeira?

Três, eu lhe disse.

Bom menino. *Filius nullius* agora, imagino, acrescentou em tom sóbrio — filho de ninguém, uma criança da paróquia. Suponho que será mandado para a instituição onde ela estava, não?

Para o esgoto, pensei. Fiz que sim.

A médica disse, em voz baixa: Quando isso acabar, a sra. Ffrench-Mullen e eu estamos fazendo grandes planos de fundar nosso próprio hospital, especificamente para os filhos pequenos dos pobres.

Que maravilha!

Será, não é mesmo? Enfermarias no último andar, boas enfermeiras de qualquer religião, todas as médicas que pudermos contratar, cabras para haver leite fresco...

Meus olhos cruzaram com os de Bridie e eu quase ri; foram as cabras leiteiras.

A dra. Lynn acrescentou: E também uma casa de férias no interior, para as mães se recuperarem.

Mary O'Rahilly disse: Isso parece uma beleza.

Vou mandar atendentes buscarem a sra. White, disse-me a médica ao sair.

Nenhum parente no prontuário da mulher, lembrei-me. Isso significava — estremeci — um enterro de indigente.

Tirei o prego da parede e preparei meu relógio para a inscrição.

Bridie cochichou: Posso fazer isso?

Se quiser.

Entreguei-lhe o relógio e o prego.

Ela se afastou discretamente de Mary O'Rahilly. Achou um espaço e marcou a prata com um círculo nítido e fundo para Honor White.

Perguntei-me quantas outras mães eu teria que registrar no meu relógio ao longo das décadas seguintes. As linhas se superporiam, juntas, emaranhados de fios de cabelo. Minhas palavras saíram roucas: Que número!

Bridie retrucou: Mas pense em todas as outras mães. Nas mulheres que estão cuidando da própria vida. Nas crianças crescendo.

Olhei para o bebê White. Os braços, um pouco mais grossos que meus polegares, abriam-se de fora a fora no colchão do berço, como que para abraçar o mundo.

Groyne veio marchando, carregando uma maca como se fosse um escudo: Enfermeira Power, eu soube que a senhora perdeu mais uma.

Isso me fazia parecer uma criança descuidada que deixasse cair moedinhas no chão.

Atrás dele, O'Shea cruzou as mãos para esconder o tremor.

Groyne olhou para o catre da esquerda. Ah, então a mulher escarlate empacotou.

Ignorei o insulto a Honor White e me perguntei quem teria dito aos atendentes que ela não era casada.

Agora está no mundo das sombras, disse Groyne, com melancólico prazer. Montada no cavalo amarelo...

Perguntei-lhe: É tudo pura piada para você, Groyne? Nós somos apenas carne?

Todos olharam para mim.

A senhora diz depois do evento em questão, enfermeira? Ele cortou a garganta com um dedo, sorrindo. Na minha opinião, somos. Babau, *finito, kaput*.

Deu um tapinha no esterno e acrescentou: Inclusive o seu humilde amigo aqui.

Não consegui pensar numa réplica.

Groyne fez uma pequena mesura rígida para mim e pôs a maca no chão.

O'Shea o ajudou a estender sobre ela o corpo amortalhado de Honor White e os dois a levaram embora.

No berço, o bebê dela não deu sinal de saber o que estava perdendo.

Atarefei-me tirando a roupa de cama do catre esvaziado.

Bridie perguntou baixinho: Por que você é tão dura com o Groyne?

Indignei-me. Você não o acha grotesco? As musiquinhas constantes, a vulgaridade mórbida desse homem. Esteve na guerra, mas não chegou nem perto de uma batalha, e agora circula por aqui, o solteirão obsequioso, treinando os seus números de musical com mulheres que estão sofrendo.

Mary O'Rahilly pareceu desconcertada.

Eu sabia que não devia falar daquele jeito diante de uma paciente.

Bridie disse: Ele não é solteiro, na verdade. Como é a palavra? Não é só viúvo, mas alguém que era pai.

Senti o coração martelar: Quando foi isso?

Anos e anos atrás, antes da guerra. O Groyne perdeu a família inteira de tifo.

Pigarreei e consegui dizer: Desculpe, eu não sabia. Acho que a palavra ainda é *pai*, mesmo que... Quantos filhos?

Ele não me disse.

Como você soube disso tudo, Bridie?

Perguntei se ele tinha família.

Fiquei muito envergonhada. Eu havia suposto que Groyne tinha chegado ileso a esta altura de sua vida por ter voltado da guerra com as mãos firmes, o rosto não derretido e a capacidade de conversação intacta. Nunca tinha sido capaz de ver o homem alquebrado por trás das piadas e das canções. Saudável, caloroso e atormentado. Aprisionado aqui sem as pessoas que amava, cumprindo sua pena. Poderia gastar a pensão militar em bebida, mas não, estava ali todo dia, às sete horas da manhã, para carregar os vivos e os mortos.

Mary O'Rahilly disse: Não quero incomodá-la, enfermeira Power...

Depois de alguns gaguejos e hesitações, ela admitiu que seus mamilos estavam muito doloridos, assim peguei um vidro de lanolina para massageá-los.

Dei uma olhada no bebê de Honor White, mas sua fralda ainda estava seca. Tão fraco e pequeno ele me pareceu de repente; será que a irmã Luke tinha razão em não apostar em suas chances?

Eu disse a Bridie: Precisamos batizar o jovem sr. White.

Agora?, perguntou ela com ar assustado. Nós?

Bem, não há nenhum padre no hospital hoje, e qualquer católico está autorizado a fazer isso, se for urgente.

Mary O'Rahilly perguntou, num entusiasmo inquieto: Você já batizou bebês antes, enfermeira?

Ainda não, mas já vi isso ser feito com alguns.

(*Agonizantes*, eu não lhe disse.)

Eu sou capaz de lembrar as palavras, garanti-lhe.

Bridie objetou: Mas não sabemos que nome ela queria dar a ele.

Era verdade, e isso me perturbava. Honor White fora tão fechada e árida, e eu tinha achado que haveria tempo...

Bridie disse, entristecida: Mesmo assim, acho melhor a gente escolher um nome do que deixar por conta do pessoal de onde ele for parar.

Perguntei-lhe: Você pode ser a madrinha?

Uma meia risada.

Sério, Bridie, você pode? É uma coisa solene.

Como se estivesse no circo, Mary O'Rahilly exclamou: Vamos lá!

Assim, Bridie segurou o menino White e se postou em pé como um soldado.

Eu me perguntei se deveríamos escolher um dos santos mais comuns, por precaução. Sugeri em voz alta: Patrick? Paul?

John? A pergunta veio de Mary O'Rahilly. Michael?

Não tem graça, não tem graça, reclamou Bridie.

Olhei para o rostinho dele. Quem sabe um cumprimento pela última torção dada à argila pelo oleiro? Lábio leporino; como era mesmo a expressão gaélica usada para isso pela dra. Lynn: *bearna* alguma coisa? Então disse: Vamos chamá-lo de Barnabas.

Bridie considerou o neném aninhado em seu braço esquerdo: Gostei.

Mary O'Rahilly manifestou-se: Muito distinto.

Bridie virou bem a cabeça e soltou um enorme espirro, que sua manga voou para cobrir. Desculpem!

Em seguida tornou a espirrar, ainda mais alto.

Mary O'Rahilly perguntou: Você está bem?

É só um resfriadinho que peguei. Devo ter sentado numa corrente de ar ontem à noite. (Bridie me deu uma piscadela.)

Lembrei-me do telhado. Será que estava ficando ruborizada?

Comecei num tom cerimonioso: Bridie Sweeney, que nome você dá a essa criança?

Ela respondeu, solene: Barnabas White.

O que pede à Igreja de Deus por Barnabas?

O... batismo?

Assenti. Como sua madrinha, você está disposta a...

(A expressão tradicional era *ajudar os pais*.)

... ajudar Barnabas?

Estou.

Na falta de água-benta, a água fervida comum serviria. Peguei uma bacia e pus água num copo. Pedi: Segure-o acima da bacia, sim, Bridie?

Firmei as mãos e a voz. A parte seguinte, o latim, era a mais importante: *Ego te baptizo, Barnabas, in nomine Patris...*

Ao pingar água sobre sua testa, achei que ele poderia franzir o cenho, mas não.

Et Filii...

Tornei a verter a água.

Et Spiritus Sancti.

Uma terceira vez, vertendo o líquido cristalino e invocando o Espírito Santo para o garoto.

Bridie quebrou o silêncio: Acabou?

Fiz que sim e tirei Barnabas de suas mãos.

Ela bebeu o resto do copo de um trago.

Pisquei, observando-a.

Desculpe, eu continuo com aquela sede louca.

Minha pulsação deu uma derrapada de medo.

Um brilho rosado em suas faces sardentas; dois pontos de cor no alto das maçãs do rosto. Ela nunca estivera mais bonita.

Pus Barnabas no berço e encostei o dorso da mão na testa de Bridie. Um pouco febril. Você está se sentindo mal?

Bridie admitiu: Um pouquinho zonza, só isso.

Tornou a encher o copo com água da moringa e, dessa vez, tomou-a num gole comprido, a garganta se contorcendo ao funcionar.

Eu lhe disse: Calma, calma.

Uma gargalhada: Parece que não consigo beber água que chegue.

Foi nessa hora que o ouvi, um chiado muito leve enquanto ela falava, uma música infinitesimal das profundezas de seus pulmões, como vento numa árvore distante.

Mantive uma expressão reservada no rosto. Algum problema para respirar?

Ela deu um grande bocejo. É só porque estou cansada. E a minha garganta sempre arranha um pouco quando eu me resfrio.

Mas seu nariz não estava escorrendo, como aconteceria no caso do resfriado comum.

Minha mente foi ticando como um relógio com corda demais, conferindo cada sinal que eu tinha observado, sem registrá-los até esse momento:

Espirros.

Dor de garganta.

Sede.

Tonteira.

Irrequietação.

Insônia.

Estabanamento.

Um toque de mania.

Descobri que eu não queria dar nomes. Mas isso era superstição. Comentei, animada: Bem, não pode ser esta gripe, porque ninguém a pega duas vezes.

Ela torceu a boca.

Bridie!

Ela não respondeu.

230

No mesmo instante, transformei-me numa fúria tempestuosa: Você disse que já tinha tido isso, que tinha tido fazia séculos.

(Ela me dissera isso na primeira manhã. Duas manhãs atrás — será que era só isso? Parecia ter havido uma vida inteira desde que ela entrara calmamente na minha enfermaria, sem máscara, desprotegida.)

Os olhos de Bridie desviaram-se: Pode ter sido um resfriado comum que eu tive naquela época, acho. Ou vai ver que só o velho tipo comum que estou pegando agora, não é?

Tive que morder o lábio para me impedir de dizer: *O único resfriado que qualquer pessoa está pegando hoje em dia é do tipo perigoso.*

Deus Todo-Poderoso. Dois dias de incubação, o que significava que ela a havia pegado bem ali, naquela pequena estufa de contágio.

Tentei não deixar minha voz tornar-se estrídula. Você está sentindo alguma dor?

Uma de suas encolhidas de ombros.

Pus a mão em seu cotovelo: Onde, Bridie?

Ah, um pouquinho aqui e ali. Ela tocou a testa, o pescoço, a parte posterior da cabeça.

Tive vontade de socá-la; tive vontade de abraçá-la. Mais algum lugar?

A mão dela deslocou-se para as omoplatas, a região lombar, os ossos longos das coxas. Ela se contorceu e espirrou convulsivamente na manga.

Meio sem jeito, disse: Bem, parece que essa eu peguei, está certo. Ou ela me pegou.

Eu me dei conta de que os pontos de cor eram mais vermelhos que rosados, quase espalhafatosos; maquiagem de pantomima de Natal. (Alguma vez alguém teria levado Bridie a uma pantomima?) *Vermelho para marrom, para azul, para preto.*

Mary O'Rahilly estava lhe dizendo: Essa gripe não é tão ruim, eu já tive piores.

A jovem mãe era bem-intencionada, mas me deu vontade de chacoalhá-la.

Num tom matronal, obriguei-me a dizer: É verdade, você vai ficar boa, Bridie.

Ela estava começando a tiritar, notei.

Repouso, é isso que importa. Vamos colocá-la na cama agora mesmo.

Ela perguntou: Onde?

Embatuquei por um momento, depois indiquei com a cabeça o catre vazio da direita, o que tinha sido de Delia Garrett, com os lençóis e cobertores que Bridie havia alisado comigo ainda naquela manhã.

Mas... eu não vou ter um bebê.

A verdade é que eu não suportaria mandá-la descer para a Admissão, onde ela poderia ter que esperar durante horas. O atraso podia ser perigoso, se este fosse um caso ruim, e a probabilidade era que não fosse, mas só por precaução... nos virando com o que tínhamos, situações excepcionais, o dever supremo de cuidar. (Com quem eu estava discutindo?)

Eu lhe disse: Não tem importância. Tome, vista isso...

Arranjei-lhe uma camisola engomada da prateleira. Você consegue sozinha?

Um espirro alto encobriu a resposta de Bridie. Desculpe!

Castigada por espirrar na missa, eu me lembrei.

Ela virou de costas, pudica, e começou a se desabotoar.

Encontrei um lenço limpo para ela, pus um termômetro sob sua língua e abri um prontuário, como se ela fosse qualquer paciente nova. "Bridie Sweeney. Idade: vinte e dois (aprox.)." Havia muitos detalhes que eu não conhecia. Irritou-me dar como seu endereço a sede do convento da Ordem da irmã Luke. "Médico responsável pela admissão" — em branco. Tentei lembrar quando havia posto o termômetro em sua boca — seria possível que já tivesse passado um minuto? O tempo vinha se movendo de forma muito peculiar. Curvei-me e toquei no queixo de Bridie. Abra, sim?

Seus lábios ressequidos se afastaram, liberando o termômetro; um deles colou no vidro quando o retirei e um pedacinho de pele foi rasgado, soltando uma bolha de sangue.

Sequei o vidro e li a temperatura: 39,2 graus. Alta, mas não particularmente alta para essa gripe, levando tudo em consideração, eu disse a mim mesma.

Corri porta afora. No corredor, passei aos empurrões por enfermeiras e médicos e pacientes que andavam arrastando os pés. Inclinei a cabeça para dentro da Febre Feminina e, como não conseguiria lembrar o nome da freira encarregada da enfermaria, nem que fosse para salvar minha vida, chamei: Enfermeira? Enfermeira?

A freira baixinha não gostou dessa forma de tratamento: O que é, enfermeira Power?

Minha ajudante não está passando bem, respondi com voz aguda e falsamente descontraída. A senhora poderia liberar alguém para ir buscar um médico agora mesmo?

Não informei para qual paciente; não podia admitir que tinha posto uma ajudante voluntária num leito, quando ela nem sequer tinha sido internada.

A freira suspirou e disse: Muito bem.

Mordi a língua para não dizer a palavra *Já*.

Quando voltei a minha enfermaria, Bridie já estava embaixo das cobertas, com a roupa dobrada na cadeira.

(Eu me dei conta de que ela havia crescido sabendo que levaria uma surra se desperdiçasse tempo.)

Eu não tinha a menor condição de ficar encarregada dessa enfermaria, por estar tão apavorada que mal conseguia respirar, mas não havia nenhuma outra pessoa. *A necessidade obriga.* Ajeitei Bridie sobre dois travesseiros. Peguei do armário quatro cobertores que fediam a enxofre. Preparei um uísque quente, muito forte. A respiração de Bridie estava só um pouco acelerada, e sua pulsação, apenas ligeiramente alta. Anotei todos os números, tentando raciocinar cientificamente. Não havia tosse, pelo menos.

Bridie remexeu-se entre os lençóis. Perguntou: Mas e se uma paciente de verdade precisar da cama?

Shh, fique quieta. Você é tão de verdade quanto qualquer outra. É mais do que hora de ter um descanso, depois da correria em que tem andado para mim, de um lado para outro. Desfrute de uma soneca.

Meu tom foi incongruentemente brincalhão. Acrescentei: Você deve estar com sono, depois de passar a noite inteira em claro, sentada no telhado.

O sorriso de lábios rachados de Bridie foi radiante.

Virei-me de repente: Sra. O'Rahilly, a senhora se incomoda se eu mudá-la para a cama mais distante, para criar um pouquinho mais de espaço aqui?

Mary O'Rahilly piscou. Com certeza.

(Toda vez que eu me debruçava sobre Bridie, achava estar me saindo bem na tarefa de não deixar o pânico transparecer em meu rosto — o pânico, mas não o amor. Eu não suportaria que alguém visse meu modo de olhar para ela.)

Assim, ajudei Mary O'Rahilly a sair de seus lençóis e se deitar no leito junto à parede. Reservei, sim, um pensamento para os dois bebês. Empurrei o berço de Eunice até encaixá-lo entre a cama de sua mãe e o catre vazio do meio, para afastá-la dos espirros de Bridie. Depois, enfiei ao lado dele o berço de Barnabas, mas com muita força, o que fez os dois bebês serem ligeiramente abalados e Eunice emitir um gemido.

Ocupei-me tentando lembrar, se é que alguém já me dissera isso, se uma instalação mais rápida da gripe significava necessariamente um caso pior. Poderia Bridie passar chispando por essa coisa e voltar a ficar de pé e a rir dentro de poucos dias?

Para protegê-la do frio, enrolei um xale de caxemira em volta de sua cabeça e pescoço.

Seus dentes estavam batendo. Que beleza!

Estendi os cobertores por cima dela e prendi as pontas em volta do seu corpo magro e trêmulo.

Ela brincou: Pode ser que agora eu fique quente *demais*.

É bom para mandar a gripe embora na transpiração, respondi. Mais água? Servi depressa um copo.

Bridie espirrou no lenço cinco vezes. Desculpe...

Interrompi-a: Você não tem que se desculpar por nada.

Joguei seu lenço no cesto da roupa suja e lhe dei outro. Era imaginação minha ou a cor estava se espalhando em direção a suas orelhas de porcelana? E agora, estava mais parecida com o mogno? *Vermelho para marrom, para...*

Beba seu uísque, Bridie.

Ela tomou uma talagada da bebida. Expeliu-a num borrifo.

Repreendi-a com ternura: Pequenos goles!

Ela falou, ofegante: Pensei que tinha um gosto melhor.

Pude ouvir o esforço em sua voz, a precariedade da respiração. Disse-lhe: Sabe, acho que você não está *realmente* conseguindo bastante ar, por isso seu coração está batendo mais depressa, para tentar compensar. Deixe-me só encaixar isto atrás de você...

Peguei um encosto em formato de cunha e o imprensei entre ela e a parede, depois coloquei um travesseiro por cima. Recline-se agora.

No contraste com a fronha, seu cabelo sobressaía como o sol poente. Ela soltou uma expiração entrecortada.

Segurei seus dedos e sussurrei: O que deu em você, de verdade, para mentir sobre já ter tido isso?

Com um chiado rouco: Dava pra ver que você precisava de outro par de mãos.

Esforçou-se para chegar à inspiração seguinte.

Eu queria ajudar, disse. Ajudar *você*.

Mas só fazia meio minuto que você me conhecia.

Bridie sorriu: Se eu admitisse que ainda não tinha tido isso...

(Agora ofegante.)

... você podia ter me mandado embora. Havia trabalho para fazer, trabalho para duas.

Descobri-me incapaz de falar.

Bridie disse, arfante: Não fique agitada.

(Como se fosse ela a enfermeira.)

Não precisa se alvoroçar. Eu vou vencer isto.

Se é que eu a estava escutando direito. Ela soprava as palavras tão de leve que eu tinha de me abaixar toda, com o ouvido junto a sua boca.

Seu tom era estranho. Exultante, era isso. Uma vez eu havia assistido a uma palestra de um alpinista que contou ter experimentado uma sensação de euforia nos picos mais altos, onde o ar era rarefeito. Enquanto estava na montanha, ele não havia reconhecido isso como sintoma de coisa alguma, ou talvez estivesse absorto demais na aventura para se importar.

Tornei a medir a temperatura dela. Havia pulado para quarenta graus.

Essa não é Bridie Sweeney, é?

A voz atrás de mim era da dra. Lynn.

Mantive os olhos no prontuário enquanto resumia o caso a toda a velocidade.

A médica me interrompeu antes que eu acabasse: Mas ela devia estar na Febre Feminina...

Por favor, doutora. Não a transfira.

Ela estalou a língua, já colocando o estetoscópio nas costas da camisola de Bridie: Respire fundo para mim, meu bem.

De onde eu estava, era possível ouvir o som áspero, terrível. Eu disse: Ela não está com tosse... Isso não é bom?

A dra. Lynn não respondeu. Estava virando as mãos de Bridie para cima; inchadas, nesse momento, e não só por causa da frieira. A médica murmurou: Edema... líquido vazando para os tecidos.

Como é que eu não tinha visto isso?

Obriguei-me a perguntar: E quanto à...

Não consegui pronunciar as sílabas de *cianose*.

... às bochechas dela?

A dra. Lynn fez um aceno grave com a cabeça. Se você ficar bem quietinha, disse a Bridie, com um pouco de sorte... já vi isso voltar ao tom rosado.

Mas com que frequência a médica vira isso, comparado ao número de casos em que a mancha tinha escurecido? *Vermelho para marrom, para azul, para...*

Pare!, disse a mim mesma. Tudo que Bridie precisava era de *um pouco de sorte*, e quem a merecia mais do que ela?

A dra. Lynn segurou o queixo de Bridie: Pode abrir para mim, por um minuto?

Bridie escancarou a boca, mostrando uma língua escura de enforcada.

A médica não comentou. Virou-se para mim e disse: Você está fazendo tudo que é possível, enfermeira Power. Continue com o uísque. Agora acho que precisam de mim na Cirurgia Feminina.

Mas...

Prometo que vou voltar, ela me disse na saída.

Para ter algo que fazer, tornei a medir a temperatura de Bridie; agora estava em 41,1 graus. Isso estaria certo? Pérolas de suor brotavam de seu rosto, surgindo mais depressa do que eu conseguia enxugá-las.

Fique bem quietinha, como a médica mandou, murmurei. Não tente falar, para melhorar ainda mais depressa.

Pus compressas geladas em suas faces de cor magenta, na testa, na nuca. Ocorreu-me que Bridie não estava tossindo porque não podia; estava sendo sufocada pela subida de seus próprios líquidos. Afogando-se por dentro.

As horas se passaram como um momento longo, impossível. De quando em quando, movendo-me como um autômato, eu me fazia cumprir um dos meus outros deveres. Dei uma comadre a Mary O'Rahilly, quando ela se arriscou a pedi-la; verifiquei sua cinta, troquei seu absorvente. Barnabas acordou e chorou um pouco. Troquei sua fralda e lhe preparei outra mamadeira. Mas, durante todo esse tempo, eu só sabia de Bridie.

Suas faces tinham um tom marrom-claro que ia até as orelhas; não se podia chamar aquilo de nenhum matiz de vermelho, e a respiração dela era rápida, um ranger úmido. Ela não conseguia mais segurar a xícara de uísque, de modo que me ajoelhei na cama a seu lado e a segurei junto a seus lábios rachados. Ela tomava pequenos goles entre uma respiração arranhada e outra. Espirrou cinco vezes seguidas, e de repente o lenço ficou manchado de vermelho.

Olhei para o linho. Um vaso capilar rompido, um entre milhares, milhões em seu corpo jovem e resistente. Sangue não significava nada. No parto, era comum as mulheres se debaterem em poças dele e ficarem perfeitamente bem no dia seguinte.

Acho que eu preciso da..

De quê, Bridie?

Não veio nenhuma palavra.

Tive um palpite: De uma comadre, é isso?

Uma lágrima escorreu de seu olho esquerdo.

Verifiquei e ela havia urinado na cama. Não esquente a cabeça, isso acontece o tempo todo. Eu seco você em dois segundos.

Inclinei o corpo leve e mole de Bridie no momento exato de rolar o lençol seco pelo lado esquerdo e tirar o molhado pelo direito. Soltei as tiras de sua camisola — vislumbrando seus quadris pálidos e o que parecia ser uma antiga cicatriz — e a vesti com uma camisola limpa.

Perguntei-lhe: Você está me enxergando bem? Estou com a imagem borrada?

Ela não respondeu.

A temperatura tinha baixado para 40,5 graus. Minha voz alteou-se de alívio: Sua febre está baixando.

Bridie abriu a boca feito um peixe. Não tive certeza de ela ter entendido o que eu dissera.

Verifiquei seu pulso; continuava acelerado, e a força me pareceu baixa. Eu tinha que impedir que ela entrasse em choque, por isso me apressei a preparar um quartilho de solução salina. Enchi nossa maior seringa de metal, firmando as mãos na base da força de vontade.

Mesmo em sua confusão, Bridie se retraiu ao ver a agulha.

Eu lhe disse: É só água salgada, como o mar.

(Teria havido médicos que visitassem seu suposto lar? Alguma vez na vida Bridie tinha tomado uma injeção?)

Ela murmurou: Você vai pôr o mar dentro de mim?

Ordenei a mim mesma não machucá-la e introduzi a agulha na veia na primeira tentativa.

Observei, esperei.

Ainda cem por cento viva, repeti mentalmente, embora seus lábios estivessem mudando para uma bela tonalidade de lilás, quase violeta, e suas pálpebras inchadas estivessem muito esfumaçadas, sombreadas, como as de Mary Pickford na tela do cinema.

A solução salina não parecia estar funcionando; sua pressão sanguínea continuava a cair.

Quando é que o roxo devia ser considerado azul? *Vermelho para marrom, para azul, para preto.* O que era exatamente que a dra. Lynn tinha dito sobre os casos de azul, suas chances de recuperação?

Ofegante, Bridie disse alguma coisa.

Achei que podia ter sido *cantar*. Você quer que eu cante?

Talvez ela estivesse delirando. Talvez não fosse nem a mim que se dirigia. De qualquer modo, ela não pôde responder, porque todo o seu esforço estava concentrado na inspiração seguinte.

Eu queria correr até a Cirurgia Feminina e arrastar a dra. Lynn de volta comigo.

Bridie, vou sair só por um minuto.

Será que ela sequer me ouviu?

Saí voando da sala. Virei à esquerda, desci o corredor muito depressa.

No sentido inverso, havia uma comoção. Não tinha importância.

Mas então o barulho aumentou, olhei em volta e vi a dra. Lynn descendo a escada, usando um avental com um vestígio de vermelho no peito, cada um dos braços sob a custódia de um policial de capacete. Como era desajeitada a descida do trio; os homens a seguravam com excesso de firmeza, e, por breves momentos, ela era levantada do chão.

Dra. Lynn!

A médica me olhou através da massa de curiosos colocados entre nós. Sua expressão era o que havia de mais intrigante — uma mistura de frustração, arrependimento, tristeza, até riso (pensei) diante do absurdo da situação. Percebi que ela não podia me ajudar e não podia ajudar Bridie, porque seu tempo havia se esgotado.

Os homens de azul fizeram uma curva com a médica e sumiram de vista.

Quando voltei aos tropeços para a enfermaria, Bridie exibia a cor de uma moeda suja. Seus olhos estavam arregalados no que parecia uma expressão de pavor.

Segurei sua mão úmida. Você vai ficar ótima, jurei.

Um dos bebês começou a chorar e achei que Mary O'Rahilly talvez também estivesse chorando, mas não desviei o rosto de Bridie. Sua respiração arquejante era difícil e rasa, quase rápida demais para contar. O rosto era de um azul terroso.

Esperei.

Observei.

O homem dos ossos estava na enfermaria. Pude ouvi-lo chacoalhar, com seu risinho abafado.

Mas os poderes de resistência de Bridie eram extraordinários, não eram? Ela era *mais nova e mais dura na queda* que eu, tinha se gabado. A privação e a humilhação tinham sido o pão de cada dia dessa moça. Ela o havia engolido e transformado em força, alegria, beleza. Certamente poderia sobreviver a este dia, como tinha sobrevivido a todos os outros, não?

Era só uma trilha no bosque, eu disse a mim mesma. Emaranhada, indistinta e cheia de curvas, mas assim mesmo uma trilha. E acaso todas as trilhas não tinham fim? Como as colinas arborizadas ao redor de Dublin, onde um dia caminharíamos, Bridie e eu, brincando sobre como eu havia me apavorado quando ela tivera a gripe. Ela viria para minha casa e conheceria Tim e sua pega-rabuda. Deitaria a meu lado na minha cama. Haveria todo o tempo do mundo. Pegaríamos um navio para a Austrália, um dia, e passearíamos nas montanhas Azuis, envoltas em nuvens de perfume. Imaginei-nos caminhando por bosques de eucalipto, entretidas com o voo exuberante de pássaros estranhos.

Uma espuminha vermelha vazou pelo canto de sua boca.

Enxuguei-a.

Na tela de minha imaginação, a trilha pela floresta estava ficando mais escura, à medida que os galhos se fechavam no alto. Agora, mais parecia um túnel.

Pensei em correr à procura de outro médico para injetar alguma coisa em Bridie, qualquer coisa. Mas tudo que os estimulantes fariam seria dar-lhe *mais alguns minutos de dor* — não era isso que tinha dito a dra. Lynn?

O túnel estreitou-se. Nós duas sabíamos muito bem onde ele ia dar.

Bridie tossiu forte e expeliu um sangue escuro, que se derramou sobre seu pescoço.

Segurei-a nos braços, enquanto uma secreção carmesim jorrava em bolhas de seu nariz. Não pude encontrar os batimentos em seu pulso magro. Agora sua pele estava pegajosa, perdendo todo o calor que havia acumulado.

Não fiz nada, apenas fiquei agachada ali, contando suas breves inspirações ofegantes — cinquenta e três em um minuto. Com que velocidade podia respirar uma pessoa? Leve como asas de mariposa, ruidosa como uma árvore sendo derrubada. Continuei a contar, somando as inspirações de Bridie até aquela, pequena e sem ruído, que alguns segundos depois percebi ter sido a última.

Meus olhos estavam secos, ardendo. Voltei-os para o chão. Era Bridie quem o tinha limpado mais cedo; tentei encontrar seu rastro prateado.

Enfermeira Power, por favor. Controle-se.

Groyne; quando é que o ajudante tinha entrado?

Seu tom era estranhamente bondoso: Levante-se, sim?

Pus-me de pé, me arrastando; estava coberta de sangue, do peitilho à bainha. Soltei a mão de Bridie e a coloquei sobre suas costelas.

O rosto de Groyne desabou: Ah, não a menina Sweeney.

Atrás de mim, Mary O'Rahilly soluçava.

O ajudante se retirou sem mais uma palavra.

Comecei pelos dedos de Bridie. Limpei-os, depois esbanjei bálsamo na pele vermelha e irritada do dorso das mãos. Corri o dedo pelo círculo elevado deixado pela tinha — a marca tênue de um antigo forte numa colina. Desci a toalha por seus braços, o liso e o enrugado pela queimadura.

Uma panela de sopa, ela me dissera no primeiro dia. Que ingenuidade a minha ter suposto que havia sido um acidente. Era muito mais provável que, em algum ponto da criação penitencial de Bridie, um adulto lhe tivesse jogado sopa escaldante.

Entrou o dr. MacAuliffe.

Eu mal disse uma palavra.

Ele auscultou o pulso inexistente. Levantou a pálpebra direita de Bridie e acendeu sua lanterna, para confirmar que a pupila não se contraía.

Foi a papelada incompleta que o desconcertou: A senhora está me dizendo que ela nunca foi realmente internada neste hospital?

Respondi: Ela trabalhou aqui por três dias. Incansável. De graça.

Deve ter sido meu tom que fez MacAuliffe calar-se. Em "Causa da morte", ele rabiscou: "Influenza".

Em seguida partiu, e eu continuei.

Eram poucas as partes do corpo de Bridie que não tinham marcas; prepará-lo para o sepultamento foi como encontrar capítulo após capítulo de um livro horripilante. Quando tirei sua segunda meia, notei um dedo do pé num ângulo esquisito — uma antiga fratura não cuidada. Nas costelas, num movimento serpeante que vinha das costas, uma linha vermelha medonha; acabara por se curar, como acontece com a maioria das coisas. Inclinei-me e beijei a cicatriz.

De seu catre, Mary O'Rahilly falou, com a voz trêmula: Enfermeira Power, posso ir para casa, por favor? Este lugar...

Era um instinto saudável, o desejo de pegar sua neném e fugir. Respondi sem virar a cabeça: Só mais alguns dias, sra. O'Rahilly.

Achei uma camisola engomada para colocar em Bridie. Estendi todos os seus membros, juntei suas mãos, entrelacei seus dedos.

Groyne e O'Shea entraram com a maca e a puseram ao longo da cama vazia do meio.

Não pude olhar quando levantaram Bridie e a colocaram sobre ela. Não pude deixar de olhar.

Peguei um lençol limpo e a cobri.

Groyne pôs a mão em meu ombro, o que me fez estremecer: Agora nós vamos cuidar dela, enfermeira Power.

O silêncio voltou a encher a enfermaria quando eles se foram.

Em algum momento, Barnabas começou a chorar. O barulho diminuiu. Olhei e vi que Mary O'Rahilly o estava embalando no colo, fazendo-o silenciar.

Quando a irmã Luke entrou, eu a encarei, pois não sabia o que ela estava fazendo ali tão cedo. Mas o quadrado da janela estava muito escuro e meu relógio, inexplicavelmente, dizia nove horas.

Mary O'Rahilly continuava a estreitar Barnabas junto ao peito.

A freira deu um suspiro. Eu soube da pobre Sweeney. Que choque! É verdade, *não sabemos o dia nem a hora.*

Minha raiva ficou entalada na garganta.

A enfermeira da noite pendurou a capa; ajeitou o véu e a máscara; amarrou um avental. Vejo que o estropiadinho está aguentando firme, não é?

Tirou Barnabas do colo de Mary O'Rahilly e o colocou no berço, como quem fizesse a arrumação.

Consegui levantar-me nessa hora. Dei um passo, depois outro.

Olhei para o rubor do lábio superior mal-acabado de Barnabas. Ocorreu-me que aquilo era um sinal, um selo aposto em seu corpo. Declarei: Não há nada errado com ele.

Acima da máscara, a sobrancelha da irmã Luke arqueou-se, com ar cético.

Havia uma ideia louca desabrochando. Pensei comigo mesma: *Se o Tim...*

Não, não seria justo com meu irmão. Eu não tinha esse direito.

Mesmo assim, insisti.

Informei à freira: Hoje eu vou para casa.

O aceno que ela fez com a cabeça foi displicente; achou que eu me referia apenas a dormir.

Fui explícita: Vou tirar minha licença anual.

Ah, não, receio que todas sejamos muito necessárias aqui, enquanto isso durar, enfermeira Power.

Desamarrei o avental e o joguei na cesta. E disse: Se for uma questão de demissão, eles que me substituam.

Seu trabalho não é ter os bebês, Bridie me dissera, *é salvá-los.*

Bem, talvez salvar só um. Por Bridie. Eu tinha a convicção peculiar de que ela gostaria que eu mantivesse Barnabas White fora do esgoto.

Antes que tivesse tempo de perder a coragem, peguei uma antiga bolsa Gladstone no fundo do armário e a enchi de suprimentos básicos: fraldas e alfinetes, roupas de bebê, duas das mamadeiras especiais com bico largo, o vidro grande de alimento para bebês. A canção popular exasperante se repetia sem parar em minha mente: *Embale seus problemas na sua velha mochila*.

A irmã Luke me observava. Por fim, perguntou: O que você acha que está fazendo?

Vou levar o bebê comigo.

Vesti uma roupa de sair sobre as outras camadas de Barnabas.

A freira estalou a língua: Não há necessidade disso — já devem ter sido tomadas providências para levá-lo para o lar de mães e bebês.

Envolvi Barnabas em dois cobertores pequenos e lhe pus um gorro de lã que descia quase até os olhos.

Fui pôr meu casaco e meu chapéu e, quando me virei, a freira estava parada no caminho: Enfermeira Power, esse bebê não é seu para ser levado.

Bem, ele não parece ser de mais ninguém, não é?

Você quer dizer que está se propondo como mãe de criação dele?

Contraí-me. Não vou pedir nenhuma remuneração, retruquei.

Então você estaria atrás de quê?

Lembrei a mim mesma que a irmã Luke tinha boas intenções; acreditava ser seu dever proteger esse trapo humano de todos os riscos, inclusive de mim.

Apenas cuidar dele, respondi. Criá-lo como se fosse meu.

Ela puxou sua máscara como se coçasse: Você está me parecendo exausta e muito agitada — o que é perfeitamente compreensível, depois do dia que passou.

Se ela dissesse o nome de Bridie, eu desmoronaria.

Estamos todas cansadas, irmã. Agora eu vou para casa dormir e Barnabas White vai comigo.

A irmã deu um suspiro: Nós, celibatárias, tendemos a sofrer de uma ou outra explosão de instinto materno. Mas um bebê não é um brinquedo. E o seu trabalho aqui?

Tenho um irmão que vai me ajudar, respondi.

(Como é que eu me atrevia a fazer essa afirmação em nome de Tim?)

E voltarei ao trabalho depois da minha semana de licença, prometi em tom áspero. Agora me deixe passar.

A enfermeira da noite empertigou-se: Você precisa falar com o padre Xavier, uma vez que ele é o capelão interino. Todo católico nascido neste hospital está sob a égide dele.

Descobri-me querendo saber quem nos teria colocado a todos nas mãos desses velhos, para começo de conversa. Ele não está num funeral?

Ele já voltou — está na Maternidade.

Eu disse entre dentes: Muito bem.

Com relutância, deitei Barnabas de costas no berço, com agasalhos que pareciam suficientes para o Ártico. Peguei seu prontuário e saí porta afora, à procura do padre.

A enfermaria da Maternidade, no andar de cima, era comprida e cavernosa. Como estariam se arranjando em matéria de obstetra, agora que a dra. Lynn tinha sido levada para o Castelo de Dublin? Passei por uma porção de mulheres gemendo, arquejando, virando-se, tomando chá, uísque, ajoelhando, amamentando seus rebentos frágeis, chorando. *Ai das que estiverem grávidas naqueles dias.* Sim, havia tristeza. E também alegria. Tristeza e alegria crescendo tão juntas que era difícil distingui-las.

Encontrei o padre Xavier rezando com uma paciente. Ele se empertigou ao me ver e se aproximou, enxugando com um lenço o nariz que escorria.

Eu queria ser clara, por isso minha fala foi seca: Estou levando um bebê para casa.

O tufo grisalho de suas sobrancelhas arqueou-se.

Expus os fatos objetivos do caso de Barnabas White.

O padre alvoroçou-se: Você é jovem para arcar com um fardo desses.

Tenho trinta anos, padre.

E se você vier a se casar, enfermeira Power, e for abençoada com um ou muitos filhos seus?

Eu não podia dizer simplesmente: *Eu quero esse.* Tentei formular a frase em termos que o padre pudesse respeitar. Disse-lhe: A mãe dele morreu hoje, no meu plantão, mais cedo. Estou convencida de que essa tarefa me foi destinada.

Nesse momento, o tom do padre idoso tornou-se mais prático: Eu sei que todas vocês, enfermeiras, têm bom caráter, frequentam a missa regularmente. Minha preocupação passa mais pelo outro lado.

De repente, senti-me cansada demais para entender.

Ele explicou: A mãe era uma infeliz, para dizer o mínimo. E se vier a ser descoberto, havendo uma investigação maior, que o pai era um bruto ou um degenerado — uma linhagem ruim, entende?

O garotinho não pode esperar enquanto investigamos seu pedigree!

Padre Xavier assentiu. Mas tenha em mente que, com certeza, ele não é da sua classe.

Não creio que um bebê tenha classe.

Bem, tudo isso são ideias muito progressistas. Mas persiste o fato de que você não saberia o que está levando.

Lembrei-me dos poços escuros nos olhos do bebê e retruquei: Ele também não sabe.

Dessa vez o padre não disse nada.

Então boa noite, padre.

Dirigi-me à porta, como se ele tivesse manifestado sua concordância. Ouvi os passos do padre Xavier atrás de mim. Espere.

Virei para trás.

Como vai chamá-lo?

Ele já foi batizado de Barnabas.

Não, eu quero dizer... Talvez seja melhor deixar os vizinhos pensarem que ele é um primo do interior, não?

Pensei nisso pela primeira vez, na mácula de ser o que alguns chamavam de *adotado*.

Um novo começo, entende?

As intenções do padre eram boas.

E, assim, eu lhe disse: Vou pensar nisso.

Dei um passo atrás e a mão do padre Xavier ergueu-se, como se fosse me deter. Mas não, ele estava desenhando uma bênção no ar.

Minhas pernas tremeram um pouco na descida da escada.

Por um momento, achei que tivesse entrado na porta errada. Não, era a Maternidade/Febre, mas havia uma estranha no lugar da irmã Luke, dando uma colherada de alguma coisa a Mary O'Rahilly.

Onde está a irmã Luke?

A enfermeira que eu não conhecia disse: Foi levar um recado.

Lá estava a pequena Eunice em seu berço, mas o outro estava vazio. Senti o pulso latejar.

Mary O'Rahilly sussurrou: A irmã Luke o levou, enfermeira.

Girei nos calcanhares. Quer dizer que a freira pretendia entregá-lo pessoalmente a seus guardiões, só para me fazer pirraça?

Disparei escada abaixo. (Havia alguma norma do hospital que eu ainda não tivesse violado?)

Afastei-me de lado para dar passagem a dois homens que entravam carregando um caixão — sem fazer força, um caixão vazio. Em seguida, saí na friagem e corri pela rua.

Era uma noite escura, sem lua. Dobrei uma esquina.

Duas.

Uma súbita apreensão: será que minha memória estava errada quanto ao caminho para o asilo de mães e bebês listado no prontuário de Honor White? Ou será que o estaria confundindo com outro? Congelei, vasculhando a linha obscura das construções. Será que era aquele ali, o prédio alto de pedra, na esquina?

Avistei a massa branca da irmã Luke caminhando para o portão, com a bolsa Gladstone num braço e uma pequena forma entrouxada no outro.

Não a chamei; poupei todo o meu fôlego para persegui-los.

Quando meus passos bateram na calçada atrás dela, a freira se virou.

Não usava máscara agora; os lábios da irmã Luke eram finos e seu único olho estava esbugalhado: Enfermeira Power, em nome de Deus, o que pensa que está...

O que é que *a senhora* está fazendo?

Ela apontou com a cabeça a fachada cinzenta: É evidente que este é o lugar para o menino, até que as coisas sejam resolvidas. É melhor para ele, para você, para todas as pessoas envolvidas.

Cheguei mais perto e fiquei a poucos centímetros dela: Tenho autorização do padre Xavier. Entregue-me o bebê.

O braço da freira estreitou mais o menino Barnabas, adormecido. Para ser perfeitamente franca, enfermeira Power, você não me parece estar em condições. Aquela pobre moça hoje, eu sei como deve ter sido perturbador...

Bridie Sweeney!

Berrei o nome tão alto que as pessoas que passavam apressadas viraram a cabeça.

Acrescentei, mais baixo: Uma das vinte escravas mantidas no seu convento.

A boca da freira abriu e fechou.

Subnutrida, continuei. Negligenciada. Brutalizada a vida inteira. O que era a Bridie para a senhora, se não uma órfã suja — mão de obra gratuita, e vocês também tomavam os pagamentos que ela recebia. Diga-me, quando a senhora a mandou prestar serviço na minha enfermaria, chegou sequer a pensar em perguntar se ela já tinha tido essa gripe?

Os olhos de Barnabas se abriram; ele piscou para a cidade maculada.

A irmã Luke disse: Você está delirando. Completamente perturbada. O que tem Bridie Sweeney a ver com este menino?

Eu não soube responder. Só sabia era que as almas dos dois estavam ligadas de alguma forma. Um que mal havia nascido, outra que partira cedo demais; eles haviam compartilhado esta terra por algumas horas. Havia uma espécie de troca, era só disso que eu tinha certeza; eu devia isso a Bridie.

Disse à freira: Eu tenho a permissão do padre. Agora me entregue o bebê.

Um momento. E então a irmã Luke pôs a forma agasalhada de Barnabas no meu colo e a bolsa a meus pés.

Ele miou. Aninhei-o dentro da minha capa para protegê-lo do ar de novembro.

A freira perguntou friamente: O que você vai dizer às pessoas?

Eu não tinha que responder. Mas retruquei: Que ele é meu primo do interior.

Uma bufada zombeteira. Vão achar que isso quer dizer que ele é seu.

Registrei a implicação maldosa.

Talvez digam até que o pai é seu irmão, acrescentou ela, em tom mundano.

Uma vergonha — mas minha ira a empurrou para longe. Difamar um sujeito como Tim, que não tinha como revidar.

Não desperdicei mais palavras com ela. Peguei a sacola e saí andando pela rua. Vigiei a pisada dos meus sapatos em cada pedra do calçamento, tomando cuidado para não tropeçar e derrubar o que estava carregando.

O que é que eu estava fazendo, levando um bebê frágil para casa, para infligi-lo ao meu irmão ainda mais frágil, que não se dava bem com ruídos nem perturbações? Acaso Tim já não havia passado por mais que o suficiente? Que direito tinha eu de arrastá-lo para essa história?

Mas ele era um sujeito muito meigo, argumentei em minha mente. Um cuidador natural; nem era preciso falar para que ele cuidasse muito bem de mim. Se havia um homem capaz de ficar à altura desta estranha ocasião, era Tim.

Pequenas preocupações de ordem prática também se insinuaram. Quando eu saltasse do bonde, teria que andar pelo resto do caminho até minha casa; não poderia subir numa bicicleta com o bebê.

E o que eu ia dizer, como ia começar, quando entrasse no vestíbulo de casa?

Tim, você não vai acreditar no que...

Conheci uma moça...

Tim, espere só até eu lhe contar...

Este é Barnabas White.

Eu não estava em condição de convencer meu irmão com argumentos ou eloquência. Será que isto era parecido com o estado de Tim ao emergir das trincheiras, batizado pelo sangue do homem amado? Se algum dia eu contasse a alguém o que havia acontecido comigo — o sonho febril dos últimos três dias —, essa pessoa seria Tim.

Talvez essas vias públicas silenciosas me parecessem tão desconhecidas por eu as estar mostrando a Barnabas. Um estranho que entrava em nosso meio sem ser anunciado; um emissário de uma estrela longínqua, que reservava seu juízo. Agora respire o ar fresco, Barnabas, sussurrei para o topo penugento de sua cabeça. Vai demorar mais um pouco para chegarmos em casa, mas não muito. Então iremos dormir, logo, logo. É só o que temos a fazer por hoje. Aí, quando acordarmos amanhã, vamos ver o que veremos.

E assim o carreguei por ruas que pareciam o fim do mundo.

NOTA DA AUTORA

A pandemia de influenza de 1918 matou mais que a Primeira Guerra Mundial — de três a seis por cento da raça humana, segundo as estimativas.

O capricho das estrelas é uma ficção combinada com fatos reais. Quase todos os detalhes da vida de Bridie Sweeney foram extraídos de depoimentos menos angustiantes do Relatório Ryan de 2009 sobre as instituições residenciais irlandesas: https://industrialmemories.ucd.ie/ryan-report/. Ela, Julia Power e meus demais personagens foram inventados, com a única exceção da dra. Kathleen Lynn (1874-1955).

No outono de 1918, Lynn era vice-presidente da executiva do Sinn Féin e sua diretora de saúde pública. Quando foi detida, o prefeito de Dublin interveio em prol de sua soltura, para que ela pudesse continuar a combater a gripe na clínica gratuita que havia montado no número 37 da Charlemont Street (arrendada por sua querida Madeleine Ffrench-Mullen). No ano seguinte, nas mesmas instalações, Lynn fundou seu hospital infantil, o St. Ultan, com Ffrench-Mullen como administradora. Na eleição geral que se seguiu ao armistício de 11 de novembro de 1918, Lynn fez campanha pela amiga de ambas, a condessa Constance Markievicz, que se tornou a primeira mulher eleita para Westminster. E a própria Lynn conquistou um assento do novo Parlamento irlandês em 1923. Ela e Ffrench-Mullen viveram juntas até a morte dessa última, em 1944. Lynn continuou a trabalhar no St. Ultan até a casa dos oitenta anos, fazendo campanhas por nutrição, moradia e saneamento para seus concidadãos. Aos interessados em Lynn e nos diários que manteve por mais de quatro décadas, recomendo o livro de Margaret Ó hÓgartaigh, *Kathleen Lynn: Irishwoman, Patriot, Doctor* (2006), e o documentário de 2011 intitulado *Kathleen Lynn: The Rebel Doctor*.

Os vírus da influenza só foram identificados em 1933, ao serem descobertos com a ajuda do recém-inventado microscópio eletrônico, e a primeira das vacinas contra a gripe que hoje protegem tanta gente foi desenvolvida em 1938.

A sinfisiotomia (que secciona os ligamentos que unem os ossos pubianos) e a pubiotomia (que serra um dos ossos pubianos) foram as operações realizadas com mais frequência nos hospitais irlandeses entre a década de 1940 e a de 1960, porém já haviam começado em 1906 e se estenderam até 1984. Desde os anos 2000, têm sido objeto de acirradas controvérsias e conflitos judiciais.

O filme discutido por Bridie e Julia, um curta-metragem mudo intitulado *Hearts Adrift* [*Corações à deriva*] (1914), fez de Mary Pickford uma grande estrela, mas parece que todas as cópias gravadas se perderam.

Em outubro de 2018, inspirada no centenário da Grande Gripe, comecei a escrever *O capricho das estrelas*. Logo depois que entreguei o último rascunho aos meus editores, em março de 2020, a covid-19 mudou tudo. Sou grata aos meus agentes e a todos da Little, Brown, da HarperCollins Canada e da Picador por terem unido esforços para publicar meu romance neste novo mundo em meros quatro meses.

Acima de tudo, agradeço a todos os profissionais de saúde, que se arriscam tanto e em cujas mãos nos entregamos. A parteira Maggie Walker teve a gentileza de reservar um tempo durante a quarentena para corrigir alguns de meus equívocos, e, como em ocasiões anteriores, devo muito às correções de Tracy Roe, médica/revisora duplamente extraordinária, que dessa vez trabalhou durante uma pandemia. Numa nota pessoal, agradeço às parteiras da Womancare e à dra. Kaysie Usher, do Centro de Ciências da Saúde de Londres, pelos bebês que acolheram e pelas mães que salvaram (eu mesma, entre elas).

Impresso no Brasil pelo Sistema Cameron da Divisão Gráfica da
DISTRIBUIDORA RECORD DE SERVIÇOS DE IMPRENSA S.A.